나는 바다로 출근한다

나는 바다로 출근한다

김정하 지음

산지니

해양인들의 삶을
'해양인 열전'으로 남기며

'해양도시' 부산에서 28년간 은혜롭게 살았다. 한국해양대에 근무하다 보니 직간접적으로 주워들은 해양 관련 지식 덕택에 바다를 조금은 알게 됐다.

하지만 나는 늘 궁금했다. 언제나 바다와 관련된 담론에 뭔가 수상쩍은 그림자가 어른거렸기 때문이다. 궁금증을 유발한 건 지식과는 사뭇 다른 차원의 해양인에 대한 천시와 박대였다. 명색이 교수인 나마저 농조로 '뱃놈'이라 부르는 내륙인들의 사고방식이 궁금했고 그 수모를 용케 참고 견디며 살아온 해양인들의 속마음도 알고 싶었다.

오랫동안 연구실에서만 그 궁금함을 되작이다 드디어 2022년 초부터 현장으로 찾아가 해양인들을 만났다. 부산을 중심으로 해양 분야에 종사해온 실무자와 전문가, 기층민, 애호가를 인터뷰했고 그들의 내력을 '소평전(小評傳)' 형식에 담아 1년간 〈국제신문〉에 '뉴프런티어 해양인 열전'이란 제목으로 연재했다.

연재의 목적으로 일단 "21세기 신(新)해양시대에 해양의 의미를 재확인하고 해양인의 존재가치를 부각하고 싶다"는 희망 사항을 내걸었다. "해양인에 대한 인식 개선과 자긍심 고취"라는 명분도 곁들였다. 하지만 그것은 핑계였을 뿐 실제로는 그동안 품고 있던 나의 궁금증을 풀어보고 싶었다. 만약 해양인에 대한 천시와 박대가 잘못이라면 그걸 뒤집어 적용할 실사구시(實事求是)의 가능성을 찾아내고 싶었다.

인터뷰와 글쓰기는 고되지만 즐거웠다. 주위의 지인들과 독자들로부터 격려와 호응을 받아가며 해양인에 대한 부정적 인식이 전적인 오해와 오류의 소산임을 확인했기 때문이다. 인터뷰를 마치고 글을 쓰노라면 '운명애(Amor Fati)'나 '실존' 등의 개념이 절로 떠오르곤 했다.

그런 과정을 거쳐 세상에 내놓게 된 글들이지만 '해양 인식 제고'나 '미래 전망 제시'에는 턱없이 부족한 내용이다. 다만 '해양인이 왜 소중한 존재들인가?'에 대한 대답은 희미하게나마 마련한 듯싶다.

그 대답은 나에게 신선한 깨달음을 안겨준 현장에서의 체험을 통해 얻은 것들이다.

"살아가는 데 자신이 없어서 죽고 싶다던 사람도 여기 와가(와서) 새벽 어시장을 보면 생각이 바뀐다 카더라(바뀐다 하더라)."

그것은 답사현장 중의 한 곳인 부산공동어시장에서 귓결에 들은 말이었다. 과연 그곳은 밤낮의 구분 없이 진행되는 '양륙

(揚陸)'과 '배열', '부녀', '하조(포장)', '상차(上車)'로 땀 냄새와 생선 비린내가 뒤엉긴 '힐링 공간'이었다. 그곳에서 들었던 그 말은 다른 어디서도 들어보지 못한 '삶의 찬가'였다.

그런 깨달음은 '해양도시' 부산이기에 얻을 수 있는 것이었다. 바다와 강, 산, 온천을 지니고 있어 '사포지향(四抱之鄕)'이라 불리는 부산은 바다를 무대로 전근대와 근대, 외래와 전통이 중첩된 고장이다. 예로부터 전통의 맥박이 뛰던 동래, 기장, 김해, 강서와 함께 근대기 외래 문물이 밀려들어 온 부산항이 있어 한반도의 목구멍과 같은 역할을 해낸 도시가 부산이다.

우선 부산의 전통문화로는 어방과 숭어들이 등 어로 습속과 해녀문화, 동해안별신굿과 오구굿, 용왕굿, 소금 문화, 그리고 바다에 관련된 민담과 전설의 흔적이 흥미롭고 다양하다.

특히 가덕도에 100여 년 넘게 전해오는 숭어들이는 그야말로 신통한 어로법이다. 4킬로미터 남짓한 연안에서 숭어 떼를 포착하는 어로장의 눈썰미는 수면 아래 숭어의 눈 매무새까지 포착해낸다. 어린 숭어는 놓아주고 일정한 양만을 잡고 만족했으며 어로장이 사후에 '숭어의 신'으로 좌정하는 풍습은 생산공동체이자 생태공동체, 신앙공동체의 모습을 유감없이 보여주었다.

또 남해안별신굿은 어촌계 주도로 어민의 안전과 풍어를 빌며 사회 통합을 유도하는 전통을 간직하고 있다. 그 주역인 남해안별신굿 예능보유자는 비록 험한 생애를 살아왔을망정 어민들 사이에서만은 문화계의 리더이자 '셀럽'이었다. 그들이 별신굿을 통해 주도하던 기원의 풍습이 사라지는 것과 오늘날의 어촌 황폐화는 떼어놓을 수 없는 인과관계를 지니고 있다고 본다.

한국의 바다가 지닌 장엄한 내력을 말하면서 해양사와 해양 영웅을 빼놓을 수는 없다. 임진왜란기의 부산대첩은 옥포, 당포, 한산 대첩 승리의 여세를 몰아 이순신 장군이 펼친 구국(救國)의 장행(壯行)이었다. 부산에서는 전직 헌법재판관의 주도로 장군이 남긴 가르침을 실천하기 위해 여해재단을 만들어 이순신학교를 세우고 '작은 이순신'을 배출하는 사회교육이 시작되었다.

더불어 신라 말기 서남해역을 중심으로 전개되었던 장보고의 해상무역 역시 바다를 향해 열린 한반도의 지정학적 가치를 살린 장대한 위업이었다.

한편 부산에서는 근대기에 신문물 이입과 함께 침탈의 방편이었던 수산업과 조선업이 시작되었다. 1889년 한일통어장정 이후 '이주어촌' 건설과 공동위판장 설치, 기계화 선박과 신형 그물, 잠수 기술로부터 부산은 큰 영향을 받았다. 어획고만 늘어난 게 아니라 부산인의 입맛까지 다 바뀌어 회와 어묵은 부산 특산물이 되었고 박래품(舶來品)이 들어오던 바다는 침략과 수탈의 무대이자 개방적이고 대중적인 문화의 이입로가 되었다.

농토에서 유리되어 "가난하고 고된 머슴살이 집어치우고 부산포에 나가 깽깽이나 하자"며 부산으로 나온 이농민은 '한바 노가다'로 부산인에 편입되었다. 이주의 물결은 해방 후에도 꾸준히 이어져 귀환 동포와 피난민, 이주민이 꾸준히 부산시민으로

적(籍)을 올렸다. 그런 이주민이 모여들던 부산항은 훗날 파월 장병과 중동근로자가 배에 오르고 한국해양대를 졸업한 해기사들이 외국 배를 타는 '수출 선원'이 되기 위해 떠나가는 자리가 되었다.

그처럼 바다를 만난 사람들이 운명을 바꾸곤 하던 부산 앞바다는 헤겔의 말처럼 "해방과 전환의 입각점"이었다. 시대의 격랑에 휩싸인 부산에서 대중문화는 인기를 누렸고 항구도시의 활력이 되기도 했다. 기생과 권번, 대폿집, 영화와 더불어 해양가요는 '항구'와 '마도로스'를 노래하며 항구도시를 그것답게 만들었다. 대중가요 작곡가와 가수가 모이고 음반회사가 들어선 부산은 남인수의 〈울며 헤진 부산항〉을 비롯한 해양가요 절대다수의 배경이 되었다. 해양가요에서 마도로스의 이별과 사랑은 해양도시의 서정이었고, 개중에는 백야성의 〈잘 있거라 부산항〉처럼 마도로스의 꿈을 젊은이에게 심어주는 노래도 드물지 않았다.

그런데 부산에서 가난은 하릴없이 부끄러워해야 할 일로 여겨졌고 특히나 바다와 관련된 직업의 종사자들에게 가해지는 모멸은 더욱 심했다. 우암동 우사(牛舍)나 범일동 마사(馬舍), 아미동 일본인 공동묘지의 '하꼬방'이 그런 부끄러움의 징표였다. 그 부끄러움을 만든 건 국가나 사회였고 그것은 터무니없이 부당한 책임의 전가였다. 이 책은 그처럼 부당하게 조작된 편견에 굴하지 않고 자부심을 구축한 해양인들의 내력을 소개하는 데 많은 부분을 할애했다.

1887년 일본인들의 근대식 조선소 창업 이래 '조선소 거리'
라 불려온 부산시 영도구 대평동은 한국 해양산업의 산실이었
다. 1960년대 원양어업 붐으로 중고선 수리와 선박 건조가 시작
되면서 관련 업체가 모여든 이곳에서는 '무엇이든 고칠 수 있다'
는 자부심이 넘쳤다. 그 자부심은 조선업을 국가기간산업으로
만들어 2000년대 한국을 세계 수위의 조선 국가로 만드는 저력
을 낳았다. 그 중심에 서서 기술을 혁신하고 해외에 초대형 조선
소를 건설해 세계를 놀라게 한 조선업의 전설은 여전히 '조선(造
船) 한국'의 맥을 뛰게 만드는 동력이다.

　　또 그곳 조선소 거리는 전쟁 통에 지아비를 잃은 과수댁이나
고향을 떠나온 이주민, 선원의 아내들이 '깡깡이 아지매'가 되어
고난을 이겨내고 존재 가치를 입증한 삶의 터전이었다. 그들은
디딤틀에 올라앉아 뱃전의 녹을 떨어내다 낙상을 하거나 난청
과 질식의 위험에 노출되었지만 해양산업을 일구어낸 어엿한 산
업근로자들이었다. 나아가 그들은 '재첩국 아지매', '자갈치 아
지매', '국제시장 아지매'로 이어지는 부산 근로여성의 전형이자
모델이 되었다.

　　또 영도 해녀는 근대화기에 제주에서 건너와 일본인 객주의
억압과 착취에 시달렸지만 마침내 스스로 조합을 만들고 오사
카, 블라디보스토크로 진출한 당찬 '출가해녀'의 후예들이다. 어
려서 배운 자맥질로 80세가 넘도록 물질을 하며 가족을 부양한
그 여성 산업전사들은 온갖 통증과 이명에 시달리면서도 '바람

내기', '흐트러진 개' 등 해저의 바다밭을 일구어낸 바다 농사꾼들이었다.

흔히 '등대지기'라 불린 항로표지원의 삶 역시 고단하고 힘들었지만 그들의 역할만은 수훈감이었다. 그들은 한때 전화는 물론 식수도 구하기 어려운 낙도에 배치되어 쥐꼬리만 한 급여로 살아야 했지만 점등, 소등, 무신호(霧信號), 기상관측에만은 더없이 철저했다. 어두운 밤바다를 항해하던 선원들은 그들을 생명의 은인으로 깍듯이 예우했다.

해양인을 말할 때 '마도로스'라 불리던 해기사를 빼놓을 수 없다. 그들은 1970년대 100억 불 수출 시대에 '수출 선원'으로 일하면서 그 마진액과 같은 액수인 5억 불을 임금으로 벌어들인 주역이었다. 지금도 해기사들은 한국의 수출 물량 99.7%를 운송하며 'K-신화'를 견인하는 숨은 조역으로 묵묵히 일하고 있다. 최근에는 온갖 역경을 극복한 여성이 2019년 최초의 국적선 선장으로 임명되면서 해운업의 미래를 가늠케 할 상징적 인물이 되었다.

바다를 즐기는 레저 분야에서의 변화 역시 극적이었다. 1997년 부산 송정 앞바다에서 한 여성이 한국 최초의 서핑을 시작하면서 이곳은 일약 '서핑의 성지'가 되었다. 서핑이 안겨주는 해방감과 자유로움, 자존감이 알려지면서 동호인 수는 12년 만에 100만 명을 넘겼고 일기예보는 '서핑 지수'를 알리기에 이르렀다.

그런가 하면 '바닷속 전령'을 자처하는 수중사진가는 부산에서만 15명이 모이는 동호회를 만들어 촬영과 투어에 나서고 있다. 위험과 두려움을 이기고 바다로 뛰어들어 해양생물을 소개하는 그들 덕분에 인간도 별세계의 소식을 접하고 기후변화로 인한 수중 생태계의 변화도 짐작할 수 있게 되었다.

21세기에야말로 더욱 멋지고 새로운 해양문화가 부산을 비롯한 해양도시에서 시작되리라는 데는 의문의 여지가 없다. 이제 바다는 더 이상 침략과 수탈의 통로나 점유의 대상이 아니라 오염과 어족 자원 고갈, 기상이변 등에 대처하며 대체식량과 의약품 개발, 힐링, 레저, 문화산업 개발을 도모하는 장이 되어야 한다.

그런 미래의 가능성을 엿보고자 나는 대전과 인천으로 해저로봇과 남북극 연구에 나선 과학자를 찾아갔고 부산에서는 신공법 방파제 개발자를 인터뷰했다. 그들로부터 해저나 극지 탐험으로 미래의 자원 개발과 안전, 풍요를 누릴 방도에 관한 견해를 귀 기울여 들었다.

아울러 어촌전문가로부터 거주와 어로 공간으로서의 어촌을 상업, 문화, 레저, 관광의 핫플레이스이자 힐링과 안식의 장소로 바꿀 방안에 대해서도 들을 수 있었다. 어촌을 복합문화공간으로 만들어 관광산업을 펼치고, 횟집의 위생과 안전을 담보할 생선실명제의 도입과 최신 기술을 활용한 어업 선진화, 스마트 기술을 접목한 양식(養殖)과 같은 신박한 아이디어에 대해서도 들어보았다.

나아가 해양건축사로부터 서울의 세빛둥둥섬이나 제주의 선상 호텔처럼 부산에서 해양건축을 활성화할 방안도 귀담아들었다. 어항시설과 어촌경관, 커뮤니티로 격찬을 받았던 부산의 '도시어촌 청사포' 사례를 돌아보았고 부산시와 울산시가 발표한 해상도시 건설과 '마리나 복합시설'이나 '플로팅 아일랜드' 등을 현실화할 방안도 전문가와 함께 모색해보았다.

아울러 부산을 동북아 지중해 허브항으로 만들어 금강산, 원산, 블라디보스토크를 연결한 크루즈 관광을 활성화시키겠다는 크루즈 전문가의 구상도 경청했다. 그 구상에는 한국 영화와 노래, 춤 등 'K-컬쳐'를 접목시켜 온 세계의 크루즈 관광객을 끌어들이겠다는 계획도 포함되어 있었다.

이처럼 해양인들에게 바다는 인생 역정과 꿈이 펼쳐진 무대였다. 그 무대에서 그들은 때로 수탈과 지배, 억압으로 인한 모멸과 폄하, 편견, 오해에 시달렸지만 종내 그 고난을 물리치고 환희를 만끽하며 장쾌한 역전의 드라마를 펼쳤다. 거친 파도가 위협하는 바닷가에서 도리어 방파제를 고안해내고 그 파도를 타며 서핑을 즐기려는 발상의 전환이 특히 멋진 드라마였다.

산업혁명 발상지였던 영국에서 철강산업을 무려 400년이나 지속시킨 힘은 "우리 아빠는 자랑스러운 철강 노동자"라는 아이들의 동요에서 나왔다 한다. 그와 마찬가지로 온 나라 사람의 성원을 받아가며 해양도시와 어촌 등 해역으로 모여든 해양인들의 성공과 성취 또한 밝은 미래를 일구어갈 저력이 될 것이다.

이 책에 소개된 해양인의 고난 극복의 지혜와 용기, 인내심이 일반인이나 후세대의 삶에 조금이나마 도움이 되기를 기대해본다. 만일 그런 성과를 거두게 된다면 그것은 자신들의 삶을 진솔하게 피력해준 주인공들과 적극적으로 자문에 응해준 각 분야 전문가들, 서툰 글을 연재해준 〈국제신문〉, 취재 경비를 지원해준 한국해양수산개발원, 그리고 어려운 출판 여건 속에서도 단행본을 꾸려준 산지니 출판사 덕택이다. 나로선 다만 인생의 중요한 시기 대부분을 바다와 해양인들 옆에서 보낼 수 있었던 행운에 감사할 따름이다.

2023년 9월
황령산 아래 우거(寓居)에서 김정하

2부 **바다를 배우다**

3부 **바다와 놀다**

4부 바다를 꿈꾸다

1부

바다에서 일하다

물빛만 보고 숭어 떼의 움직임을 읽다

숭어들이 어로장 김관일

바다를 읽는다. 물때와 바람, 물빛의 변화를 보고 바다 밑으로 다가드는 숭어 떼를 찾아낸다. 낮 시간대에는 수면 아래 은은히 감도는 연붉은색이나 적갈색, 한밤중에는 '시거리' 혹은 '희끼'라 부르는 흰 물거품이 중요한 단서다. 비단 물빛만이 아니다.

"4월에는 숭어가 눈을 뜨기 때문에 움직임이 빨라집니다."

보통 사람은 좀체 알아보기 힘든 수면 아래 숭어의 눈 매무새와 몸놀림까지 훤히 들여다본다. 부산시 강서구 가덕도에서 '육수장망(六艘張網)'이라고도 부르는 숭어들이를 45년간 이끌어온 김관일 어로장의 놀라운 신공(神功)이다.

숭어들이는 숭어와의 눈치싸움

숭어들이는 고기와 인간 사이의 눈치싸움이다. 숭어는 빠르고 날랜 데다 소리와 냄새, 빛에 민감하기가 사람을 능가한다. 멀쩡히 떼를 지어 오다가도 비린내를 머금은 밀물이 닥쳐올라치면 즉시 오던 길로 돌아선다.

그래서 가덕도 숭어들이선 오랜 세월 동안 빛이 드러나지 않고 엔진 소음과 기름 냄새도 없는, 배 밑바닥을 검게 칠한 무동력의 목선을 사용해왔다. 게다가 숭어는 그물 안에 갇힌 다음에도 탈출하려고 온몸을 뒤틀며 수면 위로 솟구쳐 오른다. 30초 안에 그물을 들어올리지 않으면 태반이 그물 밖으로 뛰쳐 나간다.

조선 시대 정약전이 관찰을 토대로 써서 남긴 『자산어보』의 기록은 결코 허풍이 아니었던 것이다.

"의심이 많고 민첩한 숭어는 위기에 처하면 흙 속에 몸을 묻고 한 눈으로 동정을 살핀다."

가덕도 숭어들이 15대 어로장 김관일은 가덕도 대항마을에서 어부였던 김진율과 김선미 사이의 6남 1녀 중 셋째로 태어났다. 네 살 무렵 부모를 따라 잠시 이웃 마을인 외양포로 이사했다 돌아왔다. 이후 경기도에서 군 생활을 한 기간을 빼면 그는 줄곧 고향마을을 지켜왔다.

김관일 어로장은 군에서 제대한 후 10여 년간은 숭어잡이 배와 멸치 배, 데구리 배 등을 타다 34세에 동네 사람들의 추천을 받아 어로장의 조수 격인 '조망'이 되었다. 이후 7년간 '조망'을 거쳐 '부망'으로 일한 끝에 41세가 돼서야 '원망(어로장)'에 올랐다. 190년이 넘는 역사에 어획량도 전국 최대인 가덕도 '육수장망' 계승자가 된 것이다. 실은 할아버지와 큰아버지에 이어 형님

가덕도 '내동섬' 망대에서 어장을 배경으로 서 있는 김관일 어로장의 모습
ⓒ김정하

까지도 어로장을 지낸 적이 있으니 어로장은 그의 집안 내림인
셈이다.

어로장은 '망선주'라는 높임말로 부르기도 하지만 대체로 '망
지기'나 '망인'라 했는데, 경우에 따라서는 '망쟁이'란 낮춤말로
부르기도 했다. 하지만 대항마을에서 어로장은 큰 권력이었다.
김관일도 어로장이 되고 나니 마을 사람들 여럿이 집으로 찾아
와 선물을 건네거나 집안일도 거들어주며 숭어잡이 배를 타게
해달라는 청을 넣었다.

막상 남이 우러러보는 자리에 오르기는 했지만 김관일 어로
장에게도 온전한 능력을 갖추는 일은 결코 쉽지 않았다. 낙동

강 하구에서 가덕도의 '포구나무개'를 거쳐 '내동섬'에 이르는 4킬로미터 남짓한 연안은 제법 긴 거리다. 멀찌감치서 그 경관을 조망하면서 숭어 떼의 접근을 알아채야 하는 눈썰미는 기본이었다. 그와 함께 네 물부터 열 물까지의 '물때' 중 숭어의 도래가 많은 날을 알아야 하고 눈치 빠른 숭어의 속성, 목선을 배치하는 순서와 위치, 그물을 던지고 올리는 시기와 방법을 꿰고 있어야 했다. 바람의 방향과 속도를 가늠하는 동안 '샛바람(동풍)'이 적절히 불어줘야 찾아오는 숭어가 많다는 것도 체험으로 깨쳐야 했다.

그런데 상대하기에 힘겨운 것은 오히려 엉뚱한 것들이었다. 숭어가 찾아오길 기다리는 동안의 외로움과 지루함, 졸음이야말로 다른 무엇보다 겨루기 힘든 적이었다. 김관일 어로장 역시 라디오를 끼고 살며 노래로 무료함을 달래고 체조로 졸음을 쫓으면서도 심란해지는 마음을 추스르고 달래는 법을 익히는 데만 몇 년의 시간이 필요했다.

목선 6척의 선원 26명을 지휘하다

막상 숭어가 나타나면 사태는 급변했다. 목선 6척에 나누어 탄 26명의 선원을 지휘하느라 고함을 치고 수건을 흔드는 어로장은 오갈 데 없는 탱크전에서의 야전 지휘관이었다.

"봐라!" 하는 호령을 시작으로 숭어가 들어온 입구를 '밖목선'으로 막고, "어구 당겨라!"며 '안목선'으로 퇴로를 차단했다. 이어 "안장등 나오라!"고 포위를 지시한 다음, "뒷배 따르라!"며 '밖장등'과 '안귀잽이', '밖귀잽이' 목선들을 휘몰아가며 그물을 던지고 간격을 좁혀나갔다. 그 날래고 치밀한 전략과 전술에는 제아무리 눈치 빠른 숭어들도 당해내지 못하고 꼼짝없이 영어(囹圄)의 몸이 되었다.

숭어는 『자산어보』만이 아니라 『승정원일기』를 비롯해 『난호어목지』 등 숱한 서적이 그 맛과 효능을 찬탄한 고기다. 부르는 명칭만도 수어(秀魚), 치어(鯔魚) 등으로 무척 다양한데, 고장마다 다른 지역의 고기를 '밀치', '개숭어'라 낮춰 부를 정도로 자신들이 잡는 숭어를 추켜세우는 자존심 경쟁이 치열했다. 그러나 민물과 해수가 만나는 가덕수로에서 잡는 가덕도 숭어가 으뜸이라는 평가에는 누구나 동의를 했다.

그런 가덕도 숭어 덕에 대항마을에서는 3개월간 벌어들인 수입으로 한 해의 생계를 해결하는 가정이 적지 않았다. 나아가 그 수익금으로 학교를 지어 학생들을 가르쳤고 학생들의 육성회비를 지원해줄 정도였다. 그처럼 고마운 숭어인지라 10접(1접은 1,000마리), 즉 1만 마리의 고기를 잡은 날에는 마을에 서낭기를 내걸고 조업을 중단하여 감사를 표했다. 조업 중 덜 자란 '모치'나 '중부리'를 풀어주는 관행을 오래 지켜온 것 역시 숭어와 함께 살아가는 삶의 지혜이자, 요즘 유행하는 말로 '지속 가능한 어로 방식'이었다.

정성 어린 고사와 숭어들이

그런 풍속에 익숙한 김관일 어로장은 평소 밥 한 수저, 음료수 한 모금을 먹어도 '숭어의 신'에게 바치는 고수레를 잊지 않는다. 그런 정성은 오색 서낭기를 세우고 '할머니 신위'를 비롯해 14대에 이르는 어로장의 신위를 모시는 고사에서도 엿보인다. 어로장이 머무는 망대 뒤편 사당의 제단에는 온갖 제수를 진설해놓는데, 특히 '배선왕(배서낭)'인 '할머니 신위' 앞에 가위와 칼, 화장품, 실패 등 여성용품과 여자 고무신을 수북하게 쌓아 놓았다.

2021년 대항마을 조사에 나선 김창일 국립민속박물관 학예연구사는 역대 어로장의 신위를 모셔온 민속신앙에 주목했다.

"대항마을에서는 생전에 숭어를 잡던 실제 인물은 당연히 사후에 어로의 신으로 좌정하도록 예정돼 있습니다. 이는 한국의 어촌 어디에서도 볼 수 없는 해양 신앙 사례입니다."

2022년 2월에도 김관일 어로장은 14일부터 7일간 '사개 열기'라 부르는 준비 작업을 거쳐 정성 어린 고사와 함께 숭어들이에 나섰다. 이후 '초살'인 3월에는 새벽 5시 반부터, '중살'인 4월에는 4시 반부터 하루도 빠지지 않고 망대에 올라 열두 시간이 넘는 시간 동안 숭어들이에 몰두했다. 김관일 어로장이 머무는 망대에는 기본적 살림살이를 갖추어 놓고 63세의 나이에 그에게서 도제식 수업을 받고 있는 18대 부어로장 구영명이 곁을 지키고 있었다.

4월 19일 오전 8시 25분경, 부처상처럼 단아하게 자리를 지키고 있던 김관일 어로장의 눈매가 어장에 들어온 숭어 떼를 보았는지 매섭게 오므라들었다.

"숭어 떼의 앞머리와 뒤꼬리를 보고 15초 이내에 정확하고 담대하게 판단과 결정을 내려야 합니다."

날쌔게 망대 2층으로 뛰어 올라간 그가 현란한 손놀림으로 세 개의 레버를 조작했다. 그에 따라 280마력의 엔진이 망줄을 감아올려 100제곱미터에 이르는 넓은 그물 안에 숭어 떼를 그득하게 가두었다. 점차 올라가며 깔때기 모양을 이룬 그물의 아래쪽에 어느 정도 숭어의 무더기가 모이자 어로장은 휴대폰을 꺼내 작업 보조선을 불렀다.

인근에 대기하다 잽싸게 달려온 작업 보조선이 그물 아래로 들어가더니 '후꾸리(이깨수, 조마이)'라 부르는 그물주머니에 숭어들을 담았다. 뒤미처 운반선인 성광 11호가 다가와 '동두리'로 숭어들을 넘겨받고 다시 어창으로 쏟아 넣은 다음 대항마을 포구를 향해 달려갔다. 그러곤 전국에서 모여들어 그곳에 대기하던 '물차'들에게 고기를 넘겨주었다.

선원 구인난에 등장한 기계식 들망

최근에는 기계식 들망을 사용하고 있다. '육소장망'은 원래 목선 여섯 척으로 하는 어로 방식이었으나 그에 사용되던 목선을 기계식 들망으로 바꾼 건 선원 구인난과 치솟는 인건비 때문이

2012년 이전 가덕도 '내동섬' 어장에서
여섯 척의 배가 동원된
전통적인 '육소장망' 어법으로
숭어를 잡는 모습 ⓒ〈국제신문〉

었다. 시대가 바뀌고 보니 어로장에게 배를 타게 해 달라고 간청하던 그 옛날이 지나간 것이다. 선원을 구하기 어렵다 보니 통상 50대 50으로 수익금을 나누던 대항마을 어촌계와 선원은 그 비율을 선원 편에 80%까지 내주기도 했다. 그래도 선원을 구하기가 어렵게 되자 궁리 끝에 주민들은 관청의 협조를 얻어 어구, 어법 관련 법령을 고쳤다.

드디어 2013년과 2021년 두 차례에 걸쳐 '내동섬'과 '큰내끝' 어장에 바지선 세 척씩을 띄우고 그물과 기계를 설치하는 시설 공사를 마쳤다. 이후로 일정한 기간이 지나자 어로 방식이 자리를 잡고 수익이 안정되면서 어로장을 비롯한 부어로장과 선장, 선원 모두 어촌계에서 정해진 월급을 받게 되었다. 재미있는 것은 기계식 들망이 설치되면 역할이 축소될 줄 알았던 어로장의 눈썰미며 감각이 도리어 더욱 중요해진 역설적 상황이었다.

가덕도 '내동섬' 어장에서 기계식 들망으로 숭어를 포획하는 장면 ⓒ김정하

대항마을과 숭어들이의 위기

근래 가덕도에서 벌어진 여러 가지 어수선한 정황은 숭어들이에 장애가 되기도 했다. 대항마을에서는 숭어의 판매를 촉진하기 위해 2001년부터 10여 년간 매년 4월 '가덕 숭어들이 축제'를 개최해왔다. 그런데 이 축제가 2015년부터 가덕도 전체가 함께 여는 겨울철의 '가덕 대구 축제'로 확대되면서 가덕도 숭어를 소개하는 상징성을 잃어버렸다.

게다가 2021년부터 본격화된 가덕도 신공항 건립 계획은 대항마을 주민의 크나큰 우환이 되었다. 2023년 3월 정부는 유치를 추진 중인 2030년 부산세계박람회 개최 1년 전인 2029년까지 가덕신공항 완공 계획을 발표했다. 이 계획이야말로 앞으로도 가덕도에서 숭어들이가 계속될지를 장담할 수 없게 만드는 현실이다.

정부의 계획처럼 공항을 만들기 위해 대항마을을 끼고 육상과 해상에서 건설이 진행되면 우선 인근 산부터 일정한 높이 이하로 깎아야 한다. 수년간 폭약을 터뜨리며 산을 깎아내는 동안은 주민도 살기 어렵고 가뜩이나 소리에 민감한 숭어가 찾아올 리 없다. 공항이 완공되어 물길이 바뀌면 낙동강 하구부터 가덕도를 감싸고 돌며 회유하던 숭어가 섬의 연안 가까이 오지도 않을 듯싶다. 대항마을 주민들의 걱정과 주장은 '가덕대항 신공항 생존대책위원회' 사무실 외벽에 붉은 페인트로 써 넣은 "우리는 가덕도 신공항 반대한다"는 글귀, 그리고 실내에 부착된 플래카드의 "정든 고향 삶의 터전 우리가 지키자"란 문구에서 읽을 수 있었다.

신공항 건설이 시작되면 숭어들이가 어려워지고 대항마을 주민도 떠날 것이다. 그러면 마을과 더불어 여러 다양한 가치도 덩달아 사라질 것이다. 숭어를 잡으며 주민들이 묶이던 '공동체적 가치', 숭어가 잘 살 수 있는 '생태적 가치', 어로장 신위를 모시는 '문화적 가치' 등이 그것이다.

하지만 그런 상황이기에 도리어 45년을 숭어와 함께해왔고, 먼 훗날이면 당연히 '숭어의 신'으로 좌정하게 될 김관일 어로장의 삶이 돋보인다. 가덕도가 바뀌고 사당마저 사라진 다음 그가 남긴 평생의 족적을 어디에서 찾을 수 있을지 모르게 될 터이다.

그래서 여기 금쪽같은 책자의 한 귀퉁이를 빌려 김관일 어로장
의 일대기를 짧게나마 기록해두고자 한다.

도움말씀 주신 분

김창일 국립민속박물관 학예사, 김영석 대항어촌계장,
김경록 전 대항어촌계장, 임성진 강서구청 해양수산과 해양관리계장

물질 50년, 바다밭 황폐화에 맞서온 억척의 삶

영도 해녀 이정옥

작은 바람내기, 큰 바람내기, 작은 개, 큰 개, 흐트러진 개, 세이 끝.

육지의 지명들이 아니다. 부산광역시 영도구 연안 해저에 영도 해녀들이 붙여놓고 늘상 부르는 이름들이다. 해양오염과 '싹쓸이 어업'의 폐해가 심해진 시대에 그들이 일구는 '바다밭[海田]'의 이름이 그렇다. 그들 해녀는 바다밭의 농사꾼이자 파수꾼이다.

바다와 물질에 뛰어들다

부산광역시 영도구 동삼해녀회 이정옥 회장은 부산광역시 영도구 동삼동이 태를 버린 고향이다. 조부모는 서귀포에서 태어나 육지로 건너왔지만 그는 영도에서 이창수와 우도 태생의 고묘생 사이에 3남 3녀의 장녀로 태어났다.

이정옥 회장의 유년기는 고깃배와 '해녀배'를 두어 척 운영한

50년간 영도에서 물질을 한 이정옥 회장의 최근 모습 ⓒ김정하

조부와 부친 덕분에 퍽이나 유복한 시절이었다. 하지만 부친이 41세 한창 나이에 돌연 세상을 떠나자 뒤에 남겨진 모친이 할 수 있는 건 미역 공장에 나가 작업 뒷정리를 돕는 허드렛일이 고작이었다. 제주로부터 이주해온 내력을 지녔음에도 어머니는 다른 집안의 아낙들처럼 물질이 능숙하지 못해 해녀로 나설 엄두조차 내지 못했다.

그런 어머니를 안타깝게 바라보던 열일곱 살의 이정옥 회장은 어려서부터 놀이터로 삼아온 바다에서의 물질에 감연히 뛰어들었다. 막상 일을 시작하니 작업 도구는 '빗창'과 '까꾸리(호미)'면 충분했고, 작업복인 적삼과 속곳은 제주에서 건너온 해녀들이 만들어 준 덕에 갖추어 입을 수 있었다. 한 번에 20분, 하루 세

차례의 물질로 해산물을 잡아서 번 한 달 6만 원은 봉제공장 등
에서 받는 월급의 열 배에 달했다.

처음에는 물가에서 찰방거리는 '애기해녀'로 '진도바리(진두
발)'와 우뭇가사리, 미역을 건지던 이정옥 회장은 일을 시작한
지 4년 만에 '중군(中軍)'을 뛰어넘어 최고의 기량을 지닌 '상군
(上軍)'이 되었다. 차츰 그는 물질의 주기에 익숙해졌고 철에 맞
춰 잡는 해산물 종류에도 훤해졌다. 매번의 조금(밀물과 썰물의 차
이가 최소화되는 시기)부터 9일간 일을 하고 3일간의 사리(밀물과
썰물의 차이가 최대화되는 시기)에 맞춰 쉬는 생활 리듬이 생겼다.
매년 3월부터 5월까지는 먹성게를 비롯한 참군소, 돌멍게, 해삼,
전복을 잡고, 장마와 태풍이 지나간 9, 10월부터 겨울을 나는 동
안에는 안장구(말똥성게)를 잡았다.

영도에서 시작한 이정옥 회장의 물질 영역은 점차 넓어졌다.
자신보다 더 능숙한 선배들의 틈에 끼어 배를 타고 부산과 거제
의 해안에서 떨어진 앞바다, 나무섬과 형제섬, 외섬, 머구리알섬
(안경섬) 등으로 가서 물질을 했다.

그로부터 바다는 이정옥 회장에게 직장이자 은행이며 웬만한
잔병쯤은 쉽게 고쳐주는 병원이 됐다. 그만하면 그는 근대화기
제주에서 건너와 한때 일본인 객주의 억압과 착취에 시달렸을망
정 조합을 만들고 오사카, 블라디보스토크까지 진출한 '출가해
녀'의 후예로 손색이 없다.

하지만 해녀들이 흔히 내뱉는 "저승에서 벌어 이승에서 쓴다"

는 볼멘소리처럼 물질에는 언제나 고통과 위험이 따라다녔다. 수압으로 인한 두통과 치통, 납 벨트를 찬 허리 통증이 늘상 몸을 괴롭혔고 귀의 통증이 심해지다 이명 증상이 생기거나 고막이 터지기도 했다. 물속에서는 해저만을 보고 다니다 수면 가까이 쳐진 그물에 걸려 갇히기도 했고 지나가는 선박의 스크류에 치여 간혹 목숨을 잃기도 했다.

그렇게 4년여간 가사를 돕느라 물질에 열중하던 이정옥 회장은 나이 25세에 영도에서도 뭍에 가까운 봉래동으로 시집을 가면서 잠시 해녀 일을 손에서 놓았다. 다행히 시댁은 사업을 하던 시아버지 덕에 어려움이 없었지만 그가 발을 들여놓은 1년 후 시아버지의 갑작스러운 운명으로 가세가 기울었다. 귀하게 자라난 남편은 직장 생활은 고사하고 매사에 손방인지라 기댈 언덕이 아니었다. 보다 못한 이정옥 회장은 이번에도 부친이 돌아가셨을 때처럼 다시 동삼동으로 돌아와 물질에 나서기로 작정했다.

그렇게 가족을 돌보느라 애를 썼지만 다시 10년 뒤에는 남편이 남매를 남겨놓은 채 세상을 버렸다. 이제야말로 이정옥 회장에게는 오로지 바다만이 비빌 언덕이었다. 절에서 들은 "사내들 명이 짧은 건 집안 내림"이라는 말에 그는 불공에 정성을 다했다.

다행히 씩씩하게 자란 이정옥 회장의 아들은 일찍 야구선수로서의 재능을 인정받아 경남중고교를 거쳐 롯데 구단 소속 프로선수가 되었다. 그러나 그는 해녀 일을 하느라 오후에 물질을 끝내고 밤차로 객지까지 가도 간신히 시합만 보고 돌아와야 했다. 나름대로 온갖 애를 썼지만 프로선수를 기르는 뒤치다꺼리가 부족했다는 게 아직도 회한으로 남아 있다.

생활에 변화를 맞는 해녀들

이정옥 회장이 물질을 해온 51년간은 해녀들에게 바다와 주변 상황에 변화와 파란이 이어진 세월이기도 했다. 시작은 '잠수복'의 착용이었다. 1970년경 영도 해녀 둘이 무명 적삼과 속곳이 아닌 고무로 만든 물옷을 입고 나타나자 나이 든 해녀들은 펄쩍 뛰었다. 그런 차림이면 당연히 장시간 물에 머물 수 있을 테고 그러면 해산물이 고갈되리라는 염려 때문이었다.

일단 해녀는 물옷을 입지 않기로 했지만 해조 채취업자나 객지 해녀들이 그걸 입겠다는데 말리기가 어려웠다. 영도 해녀들과 그들과의 사이에 치열한 싸움이 벌어졌고 결국 5년이 지나지 않아 고무 물옷은 해녀들의 필수품이 되었다.

그러자 과연 나이 든 해녀들이 걱정했던 것처럼 해녀들은 저마다 오랜 시간을 각자의 작업에 몰두하게 되었고 해녀 공동체의 상징과도 같은 '불턱' 주위에 모여드는 동료들 수는 날로 줄어들었다.

그런 터에 양식업이 확산되었다. 양식으로 기른 해산물과 자연산의 질은 비교가 되지 않을 정도였지만 그런 사정을 알 리 없는 소비자들은 값이 싼 편을 선호하기 때문에 해녀들 수입은

수중에서 작업 중인 해녀의 모습 ⓒ〈국제신문〉

날로 줄어들었다. 영도 해녀들은 무리를 지어 양식업자들을 찾아가 시위도 벌였지만 전국 어느 바다에서나 시시각각 넓어지는 양식장은 어찌할 수가 없었다.

취미 삼아 어장을 황폐화시키는 다이버들의 남획 역시 해녀들에게는 위협적이었다. 다이버들 중 영도에서 낯을 익힌 사람들에게는 자제를 당부할 수나 있지만 먼 거리에서 원정을 오는 무리를 일일이 물리치기는 어려웠다.

어장 황폐화 속에서 지속 가능성을 모색하다
2022년에 들어와서는 다른 무엇보다 어장의 오염으로 인한 황폐화가 영도 해녀들의 근심과 걱정거리가 되었다. "바다 가까이 고층 아파트가 건설되는 바람에 그늘이 드리워져 해저에 오염물질이 쌓이고 거무튀튀한 뻘이 생겼다"는 게 해녀들의 주장이다.

영도 해녀들 나름대로 관찰하고 분석한 바에 따르면 바다 밑사정은 이러했다.

"햇빛이 비쳐야 해조가 자라고 어패류가 붙습니다. 그런데 이미 전복의 먹이인 '몰'이 사라졌듯이 바다 밑에서는 해산물의 먹이사슬이 끊어졌다고 보아야 합니다. 제피, 우뭇가사리, 진도바리와 함께 먹성게, 말똥성게, 보말(고둥), 하이칼라성게 수가 줄었고 보라성게는 아예 보이지 않습니다."

그들은 물 맑기로 유명하던 태종대 인근에서도 백화 현상이 나타나면서 미역 줄기가 약해졌으며 성게는 보이지도 않는다고 증언했다.

이는 나잠어업 허가에 의지해 살아가는 영도 해녀들의 생존이 걸린 문제이므로, 마땅히 전문가의 과학적이고 정밀한 조사가 필요해 보이는 사안이다. 무엇보다 환경 파괴의 책임을 명확히 하고 그 피해자를 구제하며 환경을 복원해야 할 시점이 도래한 것이다. 바다 밑의 농사꾼이었던 해녀들은 이제 스스로 환경의 파수꾼이 되어 경종을 울리고 나섰다.

환경 악화로 해산물의 수확량이 줄어들자 해녀들의 관심은 자연히 해산물 판매 쪽으로 기울었다. 오래전부터 운영해오던

태종대 유람선 선착장의 판매대 외에, 재작년 완공된 영도 중리
의 해녀문화전시관에서 봉래, 청학, 동삼 해녀회 등이 어울려 해
산물 판매에 나섰다.

　이곳 2층에는 해녀들이 사용하는 어로 도구와 일상생활을 설
명하는 전시관이 마련돼 있고, 1층에는 해녀들이 잡은 해산물을
즉석에서 먹을 수 있게 요리해주는 시식 코너가 갖추어져 있다.
전시관에서는 멀리 거제도가 건너다보이는 중리 앞바다의 전경
을 바라보며 해산물을 즐길 수 있어 TV 프로그램과 외지관광객
이 자주 찾아오는 관광명소다.

　장사는 일견 위험이 따르는 물질보다는 쉬워 보였다. 하지만
이를 탐탁지 않게 여기는 해녀들도 적지 않았다. 능력이 뛰어난

2019년 영도구청이 지은 해녀문화전시관 전경 ⓒ김정하

해녀라면 물질로 버는 수입이 장사보다 더 많은데도 의무적으로 장사에 나서야 하므로 작업 시간이 부족해지기 때문이었다.

게다가 공유재산법에 따른 해녀문화전시관의 임대료가 적잖이 부담이 되는 데다 해산물의 철이 언제인지도 모르는 객지 손님들이 주문을 하면 억지로라도 응해야 하는 고충도 컸다. 자칫 '나이에 상관없이 평생 자유롭게 일할 수 있는 직장인'이라던 해녀들의 자부가 개인적 소회로만 그치고 말 상황인 것이다.

영도 봉래산을 영도할매가 지키는 탓인지 모르지만, 부산에는 대를 이어 나타난 근로여성의 계보가 있다. 영도 해녀로부터 영향을 받아 나타난 '깡깡이아지매'와 다시 그로부터 이어지는 '재첩국아지매', '공동어시장아지매'에 이어, '자갈치아지매', '국제시장아지매'가 그들이다. 영도 해녀는 부산 근로여성의 원형인 것이다. 그들은 직업 일선에 나선 여성을 비뚜름하게 바라보는 남성 중심적 관점에 과감하게 맞서 강렬한 삶의 의지를 유감없이 보여준 인물들이다.

하지만 이제 영도 해녀들의 공동체는 여지없이 흔들리고 있다. 결혼식이나 초상을 함께 치르며 2, 3일을 쉬던 관행이나 철마다 떠나던 단체 여행, 매달 하던 회식도 언젠가부터 중단되었다. 매월 보름마다 오곡밥과 쌀, 술을 바다에 바치던 '용왕 멕이기'는 오염을 염려하는 관의 제지와 코로나19로 중단된 상태다. 2016년 제주 해녀문화가 유네스코 인류무형문화유산 등재로 세계인의 주목을 받은 것과는 판이하게 달라진 양상이다.

제주에서의 참여관찰을 토대로 한국 최초로 해녀 관련 박사 논문을 쓰고 꾸준히 해녀문화를 연구해온 안미정 한국해양대 교수는 해녀가 근로자로 자리매김할 수 있어야 한다고 말했다.

"도시 속 해녀들은 경쟁자이자 벗인 동료들과 커뮤니티를 형성해 어업과 상업에 나서고 자원을 보호해왔습니다. 대다수가 고령의 여성인 그들이 남성 진출과 기술 위협에 대응하며 생태계를 유지하는 가운데 계통출하가 가능한 어업 질서를 구축할 수 있도록 지원해야 합니다."

이에 호응하여 성병원 (재)통영시지속가능발전교육재단 사무국장은 해녀문화를 이어받아 '지속 가능한 어업'을 추구하자며 이런 의견을 제시했다.

"스위스는 시계 산업의 명맥을 유지하기 위해 기계화로 번 돈의 일부를 수제업자 보호에 사용합니다. 한국도 대규모 수산업으로 번 수익금의 일부를 제한된 수산자원을 전통 방식으로 채취하는 해녀문화 보전에 사용해야 합니다."

영도구청은 부산시와 더불어 매년 두 번의 전복 종패 방류와 함께 2년에 한 번씩 잠수복 구입비를 제공하는 등 지원에 나서고 있다. 또 영도구의회는 '나잠어업인 진료비 지원 조례'를 제정하여 해녀들의 잠함(감압) 질환 치료를 돕고 있다.

예전 같으면 해녀들이 마주치길 꺼리던 스킨스쿠버들 역시 영도 감지해변에서 '해양스포츠교실'의 조미진 대표를 중심으로 해녀들의 바다 청소와 종패 사업을 적극 지원하고 있다. 근래 거

제에서는 '해녀학교'가 개설되어 수강생을 가르치고 있으며, 해
녀를 자원하고 나선 젊은 여성이 유튜버로 활동한다는 소식이
들려오기도 한다. 해녀의 어로문화야말로 우리가 지키고 추구
해야 할 '오래된 미래'라 하겠다.

도움말씀 주신 분
성병원 (재)통영시지속가능발전교육재단 사무국장, 안미정 한국해양대 교수,
박영희 영도구청 해양수산과장, 조미진 해양스포츠교실 대표

깡깡이질 40년,
조선강국 태동의 역사

깡깡이아지매 강애순

'깡깡이아지매'를 아시는가. 부산광역시 영도구 대평동 '조선소 거리'에는 '깡깡이'라고도 하고 '청락(青落)'이라고도 하는 작업 방식이 있다. 일 년여 바닷물에 시달린 강선(鋼船)의 뱃전에 들러붙은 해조류와 녹을 떨어내는 그 일을 하는 아낙들을 '깡깡이아지매'라 부른다.

조선소와 부품상, 공구점이 늘어선 탓에 어느 구석에서나 첫내 감도는 그 동네 이름도 '깡깡이마을'이다. 요즘 그 이름에 '예술'을 붙인 '깡깡이예술마을'은 근대산업관광의 핫 플레이스가 되었다. 모든 것이 다부지고 옹골지게 삶을 살아낸 깡깡이아지매가 있었기에 가능하게 된 호사다.

일제의 지배와 통치 이전부터 일본제국과 조선총독부의 후원을 받던 일본인들은 영도[당시에는 마키노시마(牧ノ島)]에 어업 전진기지와 조선소를 속속 세웠다. 대평동에서 동력선을 만들기 시작한 다나카조선, 나카무라조선소와 함께 봉래동에 들어선

디딤틀에 걸터앉아 망치로 녹을 떨어내는 '깡깡이' 일을 하는 모습 ⓒ하은지

조선중공업주식회사는 4, 50년에 걸쳐 영도를 일약 '근대조선업 발상지'로 만들었다. 일제에게 농지를 빼앗기고 소작농으로 전락한 전국 농촌의 민초들 사이에선 "부산에 가서 깡깡이질이나 하여보세"란 비통한 울부짖음이 터져나왔다.

다시 1960년대 중반, 일본에서 중고 목강선(木鋼船)을 들여와 수리한 후 먼바다로 나서는 원양어업 붐이 일었다. 조선과 수리 기술이 남아 있던 대평동에 선박수리업체가 속속 들어서면서 깡깡이아지매들의 망치 소리도 덩달아 되살아났다. 선박수리나 부품 구입을 둘러싼 "영도에서 고칠 수 없는 건 아무것도 없다",

"영도에서 못 구하면 한국에선 못 구한다"는 말은 일테면 자부심의 다른 표현이었다.

따지고 보면 깡깡이아지매들은 역사의 피해자였다. 대륙 침략에 나선 일제의 징용과 징병, 6·25 참극과 산업화로 일깨나 함직한 청년과 중년 사내들을 대신해 아낙네들이 노동에 나서고 가족을 부양해야 했다. 봉제공장이나 신발공장, 수예점 등에서 까다로운 선발 절차를 거쳐 오랜 시간 숙련해야 하는 작업에 비하면 별다른 기술이 필요치 않고 맨몸으로 달려들어도 되는 일감이 '깡깡이'였다.

그런데 오랜 세월 깡깡이아지매 본인과 자식들은 물론 이웃들마저 자괴감과 멸시에 사로잡혀 그 노동의 경력을 감추기에 급급했다. 까닭을 알기 어려운 부끄러움의 대명사가 '깡깡이질'이었다. 그것은 명백히 부당한 책임 전가(轉嫁)였다. 실제로는 국가와 사회가 감당해야 마땅한 부끄러움을 엉뚱한 여성 근로자에게 떠넘긴 결과였다.

일찌감치 '본공'이 되다

과연 깡깡이가 부끄러운 직업인가. 깡깡이아지매로 40년을 일해온 강애순 노인의 삶은 도리어 당당하고 의연했다.

강애순 노인은 1938년 부산시 서구 대신동에서 강재복과 정순이의 2남 5녀 중 장녀로 태어났다. 그의 어린 시절은 남선전기에서 주임으로 일하던 부친 덕에 남부럽지 않았다. 6·25 전쟁

통의 오판으로 통영으로 피난을 갔던 탓에 잠시 살림이 삐걱대 긴 했어도 다시 부산으로 돌아와 전신전화국 직원이 된 부친은 순탄하게 가정을 꾸려갔다.

피난 시절의 끝자락인 1956년, 강애순 노인은 조선소 목공으 로 '참한 신랑감'이었던 네 살 위의 박대환과 결혼하여 영도 대 평동으로 들어왔다. 하지만 결혼 후 남편이 지닌 기술은 오래 인정받지 못했다. 하루가 다른 조선 기술의 변화로 강선 건조가 대세였다. 그가 지닌 목선 제작 기술은 입지가 좁아지더니 집에 서 쉬는 날이 더 많아졌다. 그런데다 결혼 전만 해도 몇 안 된다 던 남편의 동생들이 하나둘 나타나더니 무려 8남매임이 밝혀졌 다. 그들의 뒤치다꺼리를 하며 딸 셋에 덤으로 떠맡은 조카 셋까 지 돌봐야 하니, 살림살이가 갈수록 힘에 부쳤다.

강애순 노인의 마음을 끌어당긴 건 진작부터 눈여겨보던 선 박수리업체에서의 깡깡이였다. 직장을 구하기엔 늦은 나이인 서 른다섯에도 일을 배울 수 있고 다른 무엇보다 집과 일터가 가까 워 쉬는 틈틈이 가사를 챙길 수 있다는 점이 좋았다. 일단 마음 을 먹고 나서니 이웃에 살던 깡깡이 반장 덕에 아침마다 조선소 로 몰려드는 수백 명의 아낙네들 대열에서도 앞줄에 설 수 있었 다. 머잖아 강애순 노인은 조선소마다 서로 데려가 일을 시키려 애쓰는 '본공(本工)'이 되었다.

깡깡이는 보통의 여성들에게는 힘에 겨운 노동이었다. 뱃전에 늘어뜨린 줄에 매달려 덜렁대는 디딤틀 '아시바(足場)'에 걸터앉

강애순 노인의 최근 모습 ⓒ김정하

아 뱃전의 녹을 긁고 떨어내는 작업에는 극도의 위험이 뒤따랐다. 자칫 디딤틀에서 떨어졌다간 십중팔구 불구 아니면 식물인간이 되었다. 녹을 떨어내느라 망치로 쇠판을 치는 '깡ㅡ, 깡ㅡ' 하는 공명음(共鳴音)은 고막을 울리다 못해 잠결에도 환청이 되어 울렸다. 뱃전 외판에 새로 칠해진 페인트 냄새를 참는 일이나 좁고 어두운 선박 구석과 탱크에 들어가 청소하는 일은 더욱 힘들었다. 공기가 부족한 탱크 내부에는 질식해 생명을 앗아갈 위험이 언제나 도사리고 있었다.

무더운 여름날에는 먼지와 쇳가루를 막겠다며 덮어쓴 비닐 위의 수건, 그 위의 마스크와 물안경에 얼굴의 피부가 짓무르기 일쑤였다. 그런데도 1980년대까지 조선소 측은 보험 가입은커녕 방진 마스크나 귀마개, 안전 장구 등조차 지급하지 않았다. 그로 인해 깡깡이아지매 상당수는 일을 시작한 몇 년 뒤부터는 난청이 되고 늘그막에는 아예 청력을 잃거나 관절염, 심폐증 등에 시달리며 약에 의존해 살아야 했다. 그렇게 일을 하고도 몇 년치 수당을 받지 못하는 억울한 경우도 드물지 않았다. 그게 훗날 세계 굴지의 '조선 강국'이 된 나라의 선박수리 작업을 떠받쳐온 여성 근로자의 모습이었다.

자부심 어린 나의 직업

하지만 '깡깡이'는 강애순 노인에게 어엿한 근로자로서의 자부심을 갖게 해준 직업이었다. 회사 측에서 "목의 쇠 찌꺼기를 씻어내 준다"며 두어 달에 한 번 마련해주는 돼지고기 회식에 깡깡이아지매들 마음은 흥감해졌다. 봄가을에 한 번씩 버스를 대절해서 다대포나 산성마을 등지를 다녀오던 관광여행도 손꼽아 기다리는 행사였다. 1970년대까지도 하루 1천 원에 불과하던 일당이었지만, 알뜰하게 모으면 쌀과 찬거리를 사고도 아이들 학비와 학용품값을 마련하는 데 적지 않은 도움이 됐다. 푼돈으로 동료들과 '반지 계'를 운영하던 강애순 노인은 남편 손에 금반지를 끼워주는 기쁨도 누렸다. 하루 8시간의 작업 도중 집으로 달려가 둘째 딸의 젖을 먹이고 다시 일터로 달려가는 발걸음이 나는 새처럼 가벼웠다.

막상 일을 시작하니 대평동 안팎에 흔히 떠도는 "깡깡이질 하면 자식 혼사 길 막힌다"는 소문도 한낱 허언이었다. 반듯하게 자라난 세 딸은 각자 대학과 교정기관, 건설회사에 다니는, 아빠처럼 '참한 신랑감'을 찾아 가정을 꾸렸다. 뒤늦게 인생을 돌아보는 강애순 노인의 소회에는 자부심마저 어려 있었다.

"비록 어렵고 힘들게는 살았지만 나름대로 사는가 싶게 살았습니다."

대평동 2백여 명의 깡깡이아지매 중에서도 강애순은 사리 판별이 분명하고 주장이 똑 부러지기로 유명했다. 남편이 작업을 하다 사고를 당했을 때는 직접 회사를 찾아가 "산재를 올려라 (적용해라)"고 요구해 주장을 관철시켰다.

다른 깡깡이아지매들도 야무지기는 그에 못지않았다. 일요일에 특근을 할 때는 당당히 "평일의 두 대가리(두 배)" 일당을 청구했고, '묘박지'라 불리는 외항에 나가 작업을 하고도 수당을 받지 못한 날은 통선을 빌려 타고 해상 시위도 벌였다. 1970년대 중반에는 상당수의 깡깡이아지매가 '청락부'라는 직능 부문으로 노조에 가입해 자신들의 권익을 주장하기도 했으나 사측의 공작을 비롯한 여러 이유로 결국 와해되기도 했다.

주민들이 만든 '깡깡이예술마을'

그런데 아무런 이유 없이 부끄럽다고 여기는 깡깡이아지매에 대한 관점에 일대 전복(顚覆)이 일어났다. 9년 전 한 민속학자의

독일작가 핸드릭 바이키르히가 대평동
아파트 벽면에 그린 공공미술작품
〈우리 모두의 어머니〉ⓒ하은지

논문을 시작으로 인문학자들이 고생이 자산이라는 깡깡이아지매의 삶에 주목했다. 일찍이 "곱사등이에게서 혹을 떼어내면 그에겐 남는 것이 없다"고 갈파했던 철학자 니체의 말에 의지한 그들의 관점은 오랫동안 깡깡이아지매들이 받아온 편견을 일거에 뒤집었다.

이러한 관점의 변화를 바탕으로 2015년부터는 조선소거리가 예술을 통한 도시재생의 성공 모델로 떠올랐다. 그해 '깡깡이예술마을 조성사업'이 시작되면서 우선 마을의 외관부터가 달라졌다. 새로 지어진 마을회관에 주민이 운영하는 커피숍이 들어서고 깡깡이 자료를 전시하는 박물관이 마련되었다. 이후 5년여에 걸쳐 전개된 이 사업은 예술과 문화로 깡깡이아지매와 마을에 대한 기존의 통념을 단박에 뒤집는 역사(役事)를 이루어냈다. 대동대교맨션 아파트의 벽면에 그려진 독일작가 핸드릭 바이키르히의 〈우리 모두의 어머니(Mother of Everyone)〉를 비롯한 80여 점의 공공미술작품이 '깡깡이마을'의 이미지에 대한 새로운 해석을 선보였다.

그 사업을 주관하고 추진한 이승욱 플랜비 대표는 작가들의 참여와 노력 과정을 이렇게 설명했다.

"참가하는 작가마다 먼저 6개월씩 시간을 들여 주민들과 소통하면서 그들의 삶을 성찰하고자 노력한 후에 작업에 임했습니다. 그렇게 하여 예술과 문화, 삶을 민주주의적으로 결합하여 마을의 역사와 전통을 해석하고 표현하면서도 평범한 삶의 진정성을 담아낸 작품을 만들고자 노력했습니다."

사업에는 프로페셔널한 작가들만 참가한 것이 아니었다. 깡깡이아지매를 비롯한 주민들의 삶을 모티프로 영상물을 제작하고 책으로 출판하는 과정에서 전문가들에게 힘을 보태던 주민들 스스로가 점차 사업의 주체를 자처하고 나서기 시작했다. 특히 '문화사랑방'에 모인 주민들은 마을신문을 제작하고 정원을 꾸미며, 바리스타 교육을 받아 마을 커피숍을 운영하기 시작했다. 이들은 마을해설사가 되어 방문객을 안내하는 활동을 펼치기도 했다. 그뿐이 아니라 예술가의 지도를 받아가며 각자의 기억으로 시를, 몸짓으로 춤을 만들어 '공공예술페스티벌'을 개최하기도 했다.

대평동의 지난날을 기억하는 사람들에게 감회 어린 일도 이루어냈다. 마을과 자갈치를 오가던 도선(導船)을 우여곡절 끝에 복원하여 배를 타고 남포동을 오가던 대평동의 옛 정취를 되살려

냈던 것이다.

"사업 명칭에 붙인 '깡깡이'란 말에는 상징성이 담겨 있습니다. 대평동 조선소 거리 주민들의 참여와 주도야말로 '깡깡이예술마을' 도시재생이 성공한 비결입니다."

사업 당시 영도문화원 사무국장으로 사업을 측면에서 지원했던 김두진 부산문화재단 예술진흥본부장의 말이다. 그 말은 깡깡이아지매의 고단하지만 어기찬 삶이 있었기에 사업이 진정성을 갖게 되었다는 뜻으로 들렸다.

이를 증명하듯 2019년 부산상공회의소는 깡깡이아지매로 38년 일한 경력을 지닌 허재혜 노인에게 '근로부문 공로상'을 수여했다. 강애순 노인 역시 같은 해 출연한 방송 프로그램 〈유 퀴즈 온 더 블럭〉에서 체험담으로 시청자의 애정 어린 관심을 불러일으키며 유명인사가 되었다. 예전 같으면 어머니가 언론에 노출되는 것은 물론 남에게도 깡깡이 이력을 감추곤 했던 세 딸도 그 방송을 보고 나선 "엄마가 자랑스럽다"며 가슴을 폈다.

지난 2022년 1월 말 강애순 노인과의 만남도 앞서 진행되는 장시간의 방송 인터뷰가 끝나기를 기다려서야 가능했다. 강애순 노인은 "그동안 전개된 여러 사업 성과 중 무엇이 으뜸이라 보느냐?"는 질문에 망설임 없이 '깡깡이박물관 건립'을 꼽았다.

"박물관이 생긴 덕에 오랜 세월이 지나도 후손들이 우리 깡깡이아지매들을 기억해 줄 수 있지 않을까요?"

그렇게 말하며 눈을 빛내는 강애순 노인은 어느덧 깡깡이를 처음 시작하던 서른다섯의 아낙으로 돌아가 있었다.

깡깡이아지매에 대한 인식의 변화 덕분인지 근래에는 2, 30대 젊은 여성들 가운데에도 수리조선소 '깡깡이' 일에 나서는 사람이 적지 않다. 다른 무엇보다 수입이 적지 않은데다 근로시간도 지켜지고 예전과 달리 보안경과 방진 마스크, 안전화 보급이나 장비의 현대화 등 철저한 안전 보장이 가능하기 때문이다. 그런 딸들이 나타나게 만든 강애순 노인은 역시 '우리 모두의 어머니' 였다.

도움말씀 주신 분

이승욱 플랜비 문화예술협동조합 대표이사, 김두진 부산문화재단 예술진흥본부장, 박기영 대평동마을회장, 하은지 부산근현대역사관 주무관

공동어시장 새벽 깨우는
경매 지휘관

수산물 경매사 김대회

매일 새벽 부산공동어시장은 '잔치판'이다. 선주로부터 중도매인에게 넘어가는 몇십만 마리 생선 위판이 전부가 아니다. 경매사의 날랜 손짓과 구성진 음성이 흥을 퍼뜨리면 둘러선 사람들의 어깨도 덩달아 들썩인다.

한옆에서는 30년이 넘는 경력의 근로자들이 민첩하고 다부지게 위판물을 선별, 운반, 정리, 포장한다. 그 모습을 처음 접한 사람은 누구나 그 활기찬 분위기에 절로 가슴이 벅차오른다.

그냥 새벽 아닌 신새벽이다. 김대회 부산공동어시장 경매실장이 3시 30분 자택에서 출발해 어시장에 도착하면 정각 5시, 그때부터 38년을 되풀이한 그의 하루가 시작된다. 이미 박극제 대표이사를 비롯한 전 직원이 출근해 있고 전날 밤 작업을 거쳐 상자에 분류해 담아놓은 수산물들이 경매를 기다린다. 어둠과 잠은 진작에 멀리 달아나 있고 도리어 팽팽한 긴장이 어시장을 가득 채우고 있다.

2022년 12월 5일 부산 남부민동 부산공동어시장에서 경매팀과 중도매인이
수산물을 사이에 두고 경매를 벌이는 모습 ©김정하

그로부터 60분간 김 실장은 위판장 곳곳을 돌아다닌다. 선주
와 중도매인, 경매사들과 짧은 대화로 정보를 주고받으며 '물건
의 상태'를 살핀다. 그의 머릿속에 바다 날씨와 조업 상황, 위판
에 올릴 어종(魚種)과 물량, 신선도, 그날의 시세, 소비자의 선호
등 100여 가지 정보가 가지런히 정리된다. 그중 한 가지만 달라
져도 어가(魚價)가 요동을 치며 오르내린다.

신경을 곤두세워 물건을 파악하고 이런저런 궁리를 챙겨둔 김
대회 경매사가 드디어 6시에 맞춰 놋쇠로 만든 종을 흔들어 경매
시작을 알린다. 속기사, 판매사와 3인 1조를 이룬 경매팀과 중도
매인들이 수산물을 사이에 두고 팽팽한 긴장 속에 마주 선다.

판매사가 상자를 두드려 보이면 경매사가 수지 표시에 "흐어~, 허어이~" 추임새를 곁들여 원산지와 품목, 가격을 읊는다. 그 소리에 중도매인이 날렵하게 손가락을 펴 보이고 팔을 움직여 응찰가를 제시하면 속기사는 재빨리 그들의 고유번호와 낙찰가를 기록한다.

눈앞에서 번연히 펼쳐지는 광경인데도 마치 꿈결 속 장면처럼 이어지는 5, 6분의 '상향 수지식' 경매다. 그 몸짓과 목소리에 위판물 정보와 낙찰가격, 상호교감까지 담아내는 동작들은 가히 무형문화재라 해도 좋을 법하다.

위판이 끝나면 주인이 정해진 생선에 다시 얼음을 채워 손수레와 트럭으로 옮긴다. 그 바쁜 손길에서 느껴지는 보람들은 곧이어 시장 상인들의 보람을 거쳐 소비자들의 포만감으로 이어질 터이다.

씨름선수를 꿈꾸던 소년, 경매사가 되다

경매사로 위판 업무에 나서기 전의 김대회는 선수로 씨름판을 누비던 용자(勇者)였다. 부산공동어시장 씨름단 소속으로 금강급 3등까지 올랐고, 은퇴 직전에는 코치 겸 감독까지 맡았다. 강한 승부욕과 빠른 두뇌 회전, 상황을 장악하는 몸싸움을 익힌 씨름선수 출신답게 그는 "경매방식도 몸으로 익혔다"고 설명한다.

어린 시절을 내륙지역에서 보낸 김대회는 바다를 전혀 몰랐다. 충북 청주시 오창읍에서 농사짓는 김재정과 김봉희의 5남

김대회 경매실장이 수지 표시를 해보이는 모습 ©김정하

매 중 셋째로 태어난 그는 중학 시절 씨름판에 올라 소년체전에
서 준우승을 했다. 전국 대학부 우승을 2회 기록하고 전주대를
졸업한 1984년 부산공동어시장 씨름단에 스카우트되며 바다를
만났다. 단체 3연승에 40회 가까이 우승했으니 경기 성적은 좋
았지만 프로팀이 생기자 이름깨나 얻은 선수들이 떠났고 얼마
후에는 씨름단이 해체됐다.

　바다보다 모래판이 더 친숙했기에 아쉬움이 컸던 김대회였지
만 그 참에 풍요롭고 활기 넘치는 바다를 택하기로 마음먹고 씨
름계에서의 은퇴를 택했다. 때마침 부산공동어시장이란 든든한
직장을 가진 덕에 결혼에 성공한 직후였다.

내처 김대회는 경매사가 되기로 마음을 굳혔다. 학교를 졸업한 지 오랜만에 책을 붙들자니 어려움도 컸지만 그는 밤잠을 줄여가며 유통 상식, 도매시장 관계법 등의 시험과목을 독학으로 준비했다. 도리어 남들이 어렵다는 2차 시험에서 치르는 모의 경매 테스트는 현장에서 갈고 닦은 실무경험이 있어 어렵지 않았다. 그와 별도로 김대회는 판소리를 배우는 사람들을 본받아, 선배 경매사의 목소리를 녹음기에 담아두었다가 조용한 산기슭에 올라 들으면서 연습을 하고 목청을 틔웠다.

그렇게 나름 뼈를 깎는 노력을 한 끝에 자격시험을 단번에 통과할 수 있었다. 하지만 그러고도 10년이 넘는 시간 동안 기록과 안내, 관리, 현장감독 등을 담당하는 수하안내원으로 일한 뒤 경매사 중 결원이 생긴 다음에야 정식 발령을 받았다. 그 성취감과 기쁨은 이루 형언하기 어려울 정도였다.

어시장에서의 경매는 근대기에 한국에 도입된 제도다. 수산업 여명기인 1889년 '조일통어장정'을 빌미로 부산의 일본인들이 현재의 남포동에 상설어시장을 개설했고, 1905년 이후에는 일본어민 이주와 더불어 다양한 어종이 남획되면서 위판이 활성화되었다. 해방 후에는 1963년 북항 제1부두에 부산수산센터가 설립되면서 어시장 제도가 정착되었다.

1967년 남부민해안 매축지에서 첫 삽을 떠 1973년 준공된 부산공동어시장은 폭발적인 한국인의 수산물 섭취량 증가와 함께 규모가 크게 늘어났다. 특히 단백질과 비타민, 칼슘, 아미노산으로 장수와 건강을 보장한다는 이유로 한국인의 생선 섭취량이 세계 1위에 이르면서 부산공동어시장의 중요성도 크게 주목을 받았다. 게다가 한국인의 수산물 수입량이 8위, 생산량이 14위에 이르면서 그 규모는 아시아 최대가 되었다. 이곳에서는 국내 수산물의 30%, 특히 한국의 대표 생선이자 부산시 시어(市魚)인 고등어의 80%가 경매되어 한국 전역과 중국, 일본 등으로 퍼져 나간다.

부산공동어시장을 이끌다

김대회 경매사도 경매사 업무를 온전히 자신의 것으로 만들고자 혼신의 힘을 기울였다. 누구보다 어시장에 빨리 나와 검품을 하고 위판장을 활성화하는 방안 마련에 고심했다. 전날 상대했던 매수인을 찾아가 품질과 가격, 판매 정보를 확인하여 이튿날 경매에 반영했다. 위판하는 고기의 종류를 늘리고자 근무하는 틈틈이 다른 지역 위판장을 방문해 현지 주력 어종의 유통 정보를 파악하곤 선주들에게 부산공동어시장에서의 위판을 권했다.

그렇게 주말도 휴가도 없이 일에 매달린 그는 2020년 위판 어종에 오징어와 삼치를 더해 흑자 달성의 주역이 되었다. 그 공로로 그는 2021년 정년퇴직을 했지만 부산공동어시장 설립 후 최초인 촉탁직 경매실장으로 임명되어 일하게 되었다.

"경력 30년이 되어서야 비로소 안 보이던 것들도 눈에 띄고 남의 말을 알아듣게 되었습니다. 이제야 경매가 무엇인지 알 것도

부산공동어시장에서 3천여 명의 근로자들이 주야로 작업을 하는 모습 ⓒ김정하

같습니다."

　김대회 경매사의 겸손한 말에도 불구하고 박극제 부산공동어
시장 대표이사는 그를 '소통의 달인'이라는 말로 극찬했다. 그가
조합과 선단 관계자, 항운노조원, 중도매인은 물론 주야간 작업
을 맡은 근로자 3천여 명과 흉금을 터놓고 지내기 때문이라 한
다. 그의 말처럼 김대회 경매사가 주야간으로 나누어진 '양륙(揚
陸)'과 '배열', '부녀', '하조(포장)', '상차(上車)' 파트 근로자들의
표정과 움직임을 챙기는 눈길은 자상하고도 세심했다.

　특히 김대회 경매사는 밤 10시부터 새벽 6시 경매 직전까지
꼬박 8시간 동안 바닥에 쪼그려 앉아 생선 분류작업을 하는 '어

시장아지매'들의 복지에 각별히 관심을 가졌다. 전성기 한때는 무려 1,200명에 이르던 아지매들의 수가 어획량 감소와 중노동에 대한 부담으로 500여 명으로 줄어들고 평균연령도 70세로 고령화되었다. 그들의 존재와 기여가 부산공동어시장 전체의 활기 넘치는 운영과 밀접하게 연관돼 있음을 다른 누구보다 잘 아는 김 경매사였다.

그러고 보면 부산수협 등 5개 민간조합이 만든 부산공동어시장은 운영 면에서 그 어느 공공기관보다도 구성원이 다양하다. 자칫 파열음이 발생할 수도 있는 그 조직 간의 협동과 조화가 오늘까지 부산공동어시장을 이끌어온 동력이었다.

박극제 부산공동어시장 대표이사는 그에 대해 이런 설명을 들려주었다.

"그건 위판장에서 일하는 근로자뿐 아니라 냉동창고, 가공공장, 운수업 종사자, 조선소, 선구점 등 3만여 명의 마음이 같기 때문일 겁니다. 다름 아니라 부산공동어시장이 부산 경제의 한 축을 담당하고 떠받친다는 자부심과 소명 의식이라고 생각합니다."

그렇기 때문에 부산시를 비롯한 구청 등 지자체, 부산시민들이 부산공동어시장에 더욱 적극적 지원과 관심을 보내줘야 한다는 게 그의 주장이었다. 특히 그는 국산품으로서의 수산물을 전폭적으로 믿고 소비해줘야 비로소 수산업 진흥이 가능하다고 목소리를 높였다.

복합문화공간 변신으로 재탄생할 부산공동어시장

이제 준공 50년을 앞둔 부산공동어시장은 획기적인 변혁을 맞이할 전망이다. 2014년 확정된 계획에 따라 2016년 예산이 배정된 '현대화 사업'과 관련해 갖가지 불만과 기대, 계획이 쏟아져 나오고 있다.

철제 구조물의 잔해가 떨어지는 노후 시설의 재건축부터 근로자 감소에 대비한 자동선별기 도입, 비위생적 작업 방식 개선 등이 주요 내용이다. 이와 함께 위판장과 별도의 수산물 판매점, 즉석 요리점과 기념품 판매장까지 갖춘 관광 명소를 만들자는 제안이 속출하고 있다.

이한석 한국해양대 교수는 이런 아이디어를 내놓았다.

"남포동에서 쉽게 접근할 수 있는 보행축을 확보하고 내친김에 송정해수욕장까지 갈 수 있는 모노레일을 설치하여 일반인의 접근성을 높여야 합니다. 어시장과 친수공간을 조화시켜서 역사와 문화, 교육, 관광의 목적이 아우러진 복합공간을 만들어야 합니다."

이에 대해 류청로 부산수산정책포럼 대표이사장 역시 모두가 지혜를 모을 것을 역설했다. 그래야 해양도시 부산의 상징성, 역사성, 정체성과 함께 부산공동어시장이 바다의 진면목을 갖춘 어시장으로 재탄생할 수 있다는 것이었다.

하지만 그런 요구를 모두 수용하면서 부산공동어시장을 리모

2026년 부산공동어시장을 복합문화공간으로 재탄생시킬 현대화 사업 조감도
ⓒ부산공동어시장

델링하려면 기왕에 세워놓은 예산으로는 어림도 없다는 게 전문가들의 견해다. 코로나19 사태 이후 배 이상 늘어난 기본 공사비를 감당하려면 적어도 3,000억 원 이상의 사업비가 마련돼야 한다는 것이다.

새벽 경매를 치른 김대회 경매사는 어시장 2층 구내식당에서 사장을 비롯한 임직원들과 아침 식사를 마치고 감천항으로 떠났다. 그곳에서 다시 어종과 선주, 중도매인을 바꿔 한바탕 잔치를 벌일 예정이었다.

그와 헤어져 현장을 떠나는 공동어시장 입구에서 곁을 스쳐

지나가던 누군가가 동료에게 건네는 말이 내 귀를 붙들었다.

"살아가는 데 자신이 없거나 죽고 싶던 사람도 여기 와서 새벽의 경매 현장을 보면 생각이 바뀐다 카더라."

과연 그럴 만했다. 사람의 땀 냄새와 생선 비린내가 뒤섞인 부산공동어시장은 '수산업 일선'만이 아니라 삶의 의지를 부추기는 '힐링의 장'이었다.

도움말씀 주신 분

이한석 한국해양대 교수, 류청로 부산수산정책포럼 대표이사장,
박극제 부산공동어시장 대표이사, 신용균 부산공동어시장 현대화사업추진단 단장

항만 공중 컨테이너 하역의 달인, AI는 못 따라올 그 30년 짬밥

크레인 기사 안종식

항만은 살아 있다. 이역만리 바다를 오가는 선박을 상대로 밤이고 낮이고 살아서 꿈틀댄다. 얼핏 보기에 콘크리트와 철제로만 이루어진 듯싶은 시설과 장비들이 항만근로자들 덕분에 생명을 얻어 쉬지 않고 일에 매달린다.

사람이 기계를 다루는 게 분명함에도 어찌 보면 사람과 기계가 일심동체가 되어 함께 일을 한다고 해도 무방할 듯싶다. 31년을 부산항 신선대부두에서 일하면서 야드트랙터와 트랜스퍼크레인과 6년, 갠트리크레인과 25년을 보낸 안종식 기사의 경우가 그렇다.

알고 보면 안종식 기사는 어려서부터 기계와 가깝고도 친했다. 1962년 경상남도 밀양시 상남면 평촌리 대흥동에서 태어난 그의 부친 안소도는 대규모 한약 재료를 재배하던 부농이자 당대의 얼리어답터였다. 남이 삽과 곡괭이를 손에서 떠나보내지 못하던 시절에도 그의 부친은 이미 콤바인 같은 영농기계를 사

31년간 신선대부두에서 일한 안종식 기사의 작업장에서의 모습 ⓒ김정하

용했다. 그 덕에 안종식 기사도 어린 시절부터 경운기 정도는 장난감 다루듯 조종할 수 있었다.

그런데 안종식 기사가 군 입대를 앞두었을 무렵 부친이 갑자기 세상을 뜨더니 어머니마저 뒤를 따르면서 가세가 하루아침에 기울었다. 제대하고 고향으로 돌아왔지만 난데없는 손가락 부상에 취업 시도는 연거푸 실패로 돌아갔다. 당시 그가 마음을 붙일 곳이라곤 부친이 남긴 콤바인과 트랙터 운전, 각종 운동뿐이었다.

장비 기사로 부산항과 인연을 맺다

1987년 25세의 나이로 부산으로 나온 안종식 기사가 처음 접한 일감은 그즈음 개장한 감천부두에서의 하역 노동이었다. 주로 고철과 원목을 배에서 내리는 일이었는데, 한 달 평균 60만 원의 수당은 결코 적지 않았다.

하지만 온몸을 써야 하는 일이었고, 걸핏하면 철야를 하며 쉬지 않고 36시간 연속 작업을 하는 것은 고역이었다. 둘 혹은 여섯이 짝을 이뤄 원목을 나르는 목도질도 힘에 겨웠지만 특히 고철을 맨손으로 나르는 하역 작업을 하노라면 쇠에 베이고 찔려 몸을 상하기 일쑤였다.

어느 날인가 영농기계 조작에 능숙한 안종식 기사가 동료들에게 낯설고도 놀라운 모습을 선보였다. 하역 작업을 하던 중 배에 부착된 크레인을 발견한 그가 조종석에 올라 몇십 명이 달라붙어 며칠 밤낮을 바쳐야 옮길 고철 더미의 하역을 단 몇 시간 만에 해치웠던 것이다. 놀란 눈으로 안종식 기사를 바라보던 주위에서 우레와 같은 박수갈채와 찬사가 터져 나왔다. 그에게는 기계와 한 몸이 되어 일하는 작업 방식이 전혀 새롭지 않았지만 부두에서조차 아직 기계화가 정착되지 않았을 무렵이니 그럴 만도 했다.

그 특기는 안종식 기사를 컨테이너 전용부두 일자리로 이끌었다. 이미 1978년 부산항 제5부두가 '컨테이너 전용부두'로 지정된 지 9년이 넘어가면서 하역 장비를 다룰 기사가 날로 증원되

부두에 접안되어 있는 선박에 갠트리크레인으로 컨테이너를 싣고 내리는
작업 모습 ⓒ김정하

던 시점이었다. 감천부두에서 4년을 보낸 안종식 기사는 1991
년 부산항운노조원 자격으로 장비 기사로 특채되어 동부산컨테
이너 터미널에 입사했다. 그해 막 개장한 동부산컨테이너 터미
널은 초대형 선박 네 척의 동시 접안시설에 최신 하역장비와 첨
단 전산시설을 갖추고 24시간 연중무휴로 운영되는, 당시로선
국내 컨테이너항의 간판 격인 부두였다. 그곳에서 그는 야드트
랙터와 트랜스퍼크레인을 다루는 기사로 6년의 시간을 보냈다.

  하지만 안종식 기사는 그 6년 동안 오나가나 부두에 버티고
선 갠트리크레인이 짝사랑 상대처럼 눈에 밟혔다. 입사에 앞서
감천부두에서 크레인을 다뤄본 경험에 일주일이나마 갠트리크

갠트리크레인 기사가 컨테이너 운반 작업을 위해 머무는 50미터 높이의
공간 '캐빈' ⓒ김정하

레인을 다루는 연수도 이미 받아둔 터였다. '안벽크레인', '컨테
이너크레인', '퀘이크레인', 'STS크레인'이라고도 불리는 갠트리
크레인은 컨테이너를 싣고 내리는 역할로 보나 대당 5, 60억 원
하는 가격으로 보나 영락없는 '항만의 꽃'이었다. 틈나는 대로
선배들을 졸라 크레인 위에 올라가 조작법을 익히던 안종식 기
사는 그것이야말로 자신의 세심한 성격과 뛰어난 운동신경에
꼭 들어맞는 장비임을 알아차렸다.

마침내 갠트리크레인 기사가 되다

그러다 마침내 그에게 기회가 왔다. 1997년 동부산컨테이너

터미널에 배를 접안시킬 수 있는 선석(船席)이 대폭 확대되었다. 그에 따라 장비가 보충되면서 중장비 자격증을 소지한 기사들 중 갠트리크레인 기사들을 뽑기로 했던 것이다. 두근거리는 마음으로 시험에 응한 안종식 기사는 무수히 연습을 해둔 터라 컨테이너를 옮기는 현장 테스트가 숟가락 놀리듯 익숙했다. 막상 열 명의 지원자를 물리치고 합격자가 되고 보니 "하늘로 날아오르는" 기분이었다.

하지만 '리베로'라 부르는 3개월의 수습 기간을 거쳐 작업을 배당받아 매일 작업을 해보니 그것은 결코 만만한 일이 아니었다. 지상에서 50여 미터 높이의 조종석이 있는 '캐빈'에 앉아 고개를 숙이고 최장 4시간의 작업을 해야 했다. 기사들 대개가 처음에는 장비 오작동이나 추돌로 의자에서 굴러떨어지기 일쑤였고 어지럼증에 시달렸다. 시간이 지나면서 허리와 목 디스크 등의 근골격계 질환을 얻는 이들이 적지 않았으며 야간에도 대낮같이 부두를 밝히고 있는 서치라이트 조명 때문에 시력도 나빠졌다.

작업을 하다 가장 난감한 순간은 컨테이너가 엉뚱한 곳에 떨어져 '찡기는(끼이는)' 경우였다. 아무리 능숙한 기사라도 앞으로 뻗은 60여 미터의 '아웃 리치'와 뒤로 뻗은 '백 리치'가 강한 바람에 흔들리면 크레인 조작이 어려워진다. 눈앞에서 벌어진 일을 뻔히 보면서도 사태를 수습하지 못해 허둥대다 자칫 선박의 입출항 시각이 늦어지면 컨테이너 선사나 터미널 운영사 모두 감당하기 힘든 손해를 떠안아야 했다.

안종식 기사가 그 어려움을 모두 이겨내고 '머리보다 몸으로' 장비의 움직임에 반응하기까지는 꼬박 2년여의 시간이 필요했다. 그동안 안 기사는 작업을 앞둔 몇 시간 전부터 '도를 닦는 수행자처럼 평정심을 유지하고 마음을 비우는' 일에도 익숙해졌다. 어느덧 요리 도구에 익숙한 주부처럼 섬세하게 기계를 다루게 된 그의 일솜씨에 주위의 호평이 자자해졌다. 기왕에도 부산항의 장비 기사들은 세계 최고의 작업 능력을 인정받아 왔거니와 그도 당당히 그 명단에 이름을 올린 것이다. 아버지의 직업을 유심히 지켜보던 둘째 아들 지환이 동명대 항만물류시스템학과를 졸업하더니 뒤를 잇겠다고 나서기도 했다.

그렇게 십여 년의 세월이 지나가는 동안 근무조건이 '2조 2교대'에서 '3조 2교대'로 바뀌어 근무 사이에 다소의 짬이 생겼다. 그 참에 안종식 기사는 그동안 못내 그리워하던 운동을 시작하기로 했다. 평소에 신경을 곤두세우고 온몸을 써가며 장비를 다루는 기사들에게는 운동이야말로 안전과 능률을 뒷받침할 수 있는 취미였다. 먼저 배드민턴 동호회를 조직한 안 기사는 회사로부터 지원을 받아가며 차차 테니스, 산악자전거, 스쿠버다이빙, 등산 등 각종 운동 모임을 만들어 직장대항전에도 참여하고 전국대회에도 출전했다.

항만 자동화와 고용안정 사이의 접점 찾기

그러나 직장이 늘 안온했던 건 아니었다. 2006년 신항부두가 개장하면서 일감이 부족해지자 신선대부두의 장비 기사 948명이 한꺼번에 직장을 떠나야 했다. 7년 후인 2013년에도 신선대부두가 우암부두와 합병하면서 130명이 구조조정 대상자로 지목되었다. 어제까지도 함께 일하던 동료를 하루아침에 떠나보내야 했던 당시의 아픔은 안 기사가 정년을 앞둔 시점까지도 상처로 남아 있을 수밖에 없었다.

아픔은 거기서 그치지 않았다. 이후로는 항만의 이곳저곳에 자동화가 적용되면서 신호수를 비롯하여 함께 일하던 동료들이 하나둘 주위에서 사라져갔다. 그 자리를 채운 건 능률이 뛰어나지만 대화가 불가능한 기계와 CCTV 카메라였다.

더구나 2010년대 후반부터는 중국 칭다오와 상하이, 네덜란드의 로테르담 항만을 모델로 삼아 '자동화와 일자리의 조화'를 추구하는 부산항 전역에 '스마트 항만' 바람이 불었다. 인간이 언제 기계에 밀려날지 모른다는 우려를 품게 하는 그 자동화 바람은 항만근로자들에게는 숫제 태풍급의 변화이다.

1980년대만 해도 종이에 볼펜으로 컨테이너 번호와 장비 위치, 작업 순서를 기록하던 대다수 항만근로자들은 그 변화에 수긍하는 면도 적지 않았다. 하지만 장비를 자신의 몸처럼 여기고 일해온 크레인 기사들은 대체로 자동화에 부정적이었다. 특히 무인 갠트리크레인을 다루는 원격조종에 대해서는 "참으로 신기(神技)에 가깝다!"며 냉소적 반응을 드러내기도 했다.

걸핏하면 바람에 흔들리는 선박의 요동에 맞추어 컨테이너를 꺼내고 쌓는 기사들의 섬세한 감각을 센서나 컴퓨터가 흉내나 내겠냐는 것이었다. 그들은 직각으로 움직여야 하는 무인장비보다 포물선을 그리며 컨테이너를 옮기는 기사들의 작업 속도가 월등히 빠르다는 주장도 펼쳤다. 무엇보다 대화가 불가능한 무인장비의 도입으로 갠트리크레인 기사와 여타 근로자들이 서로 신뢰하는 가운데 이심전심으로 호흡을 맞추던 작업장의 분위기가 사라질 것을 염려했다.

하지만 오래전 안종식 기사가 중장비를 다루는 솜씨로 인정을 받았던 것처럼 오늘의 항만 자동화는 거스르기 어려운 대세임이 분명하다. '중대 안전사고 감소'와 '컨테이너 처리시간 단축'이라는 명분 역시 무조건 반대하기만은 어렵다.

2022년 6월 부산항 신항에는 이미 무인 갠트리크레인을 설치한 2-4선석이 개장했고, 2-5선석의 무인 운송장비(AGV) 도입 계획도 완료되었다. 자동화 사업은 신속, 정확하고도 꾸준히 추진될 전망이다. 문제는 항만근로자에 대한 조치였다. 북항에서 일하는 근로인력을 전원 고용한다는 보도가 연거푸 나옴에도 불구하고 논란은 수그러들지 않았다.

그런 와중에 만난 이윤태 부산항운노동조합 위원장은 단호하게 말했다.

"우리는 기술 진보를 무조건 반대하지 않습니다. 다만 삶의 질을 높여준다는 첨단 시설과 장비가 일자리를 줄이는 건 좌시할 수 없습니다."

그는 AGV 도입에 관한 사전협의가 없었던 데다 인력 재배치 계획도 모호하며, 장기적으로는 단순 하역인력의 실직이 불가피하다고 보고 있었다. 전망이 그런데도 기사들을 어차피 사라질 신호수 등으로 재고용하겠다는 약속은 허구이자 기만이라고 꼬집었다.

이에 대한 해법을 둘러싸고 남기찬 전 부산항만공사 사장은 한국 실정에 맞는 대책을 주문했다. 한국에서 항만 자동화를 추진한 동기는 이를 항만인력 부족이나 과도한 인건비 때문에 시작한 외국의 경우와 전혀 다르다고 했다.

"항만인력 재배치를 위해 정부와 항만공사, 운영사, 항만노조 간의 포괄적이고 종합적인 협의가 필요합니다. 나아가 실직 위기에 처한 근로자의 재취업 기회를 제공하기 위해서는 이를 담보할 기금의 마련이 반드시 필요합니다."

그런 남기찬 전 사장의 주장은 "항만인력 고용의 승계와 재배치, 보상, 지원에 대한 협의가 필수적"이라는 김근섭 한국해양수산개발원 항만연구본부장의 견해와 일치했다. 나아가 김근섭 본부장은 자동화로 인한 산업 전반의 다양한 변화와 신종 직군의 출현에 대비한 혁신적이고 창조적인 직무교육이 필요하다고 역설했다.

전문가들은 "스마트 항만 구축은 문명사적 필연"이라고 입을 모아 말한다. 그와 더불어 한편에서는 그로 인한 편익이 항만근로자들에게도 돌아가야 한다고 목소리를 높인다. 그동안 콘크리트와 강철로 이루어진 장비에 생명력을 불어넣느라 비지땀을 흘린 항만근로자들의 헌신을 돌아보면 마땅히 그래야 할 듯싶다.

기계는 사람이 아니지만 얼마든지 사람을 도울 수 있다. 어쩌면 미래에는 영화 〈바이센테니얼 맨〉에서 인간에게 사랑을 느낀 로봇처럼, 기계와 인간의 동거가 자연스러운 일이 될지도 모른다. 그 어느 경우든 사람이 만든 기계에 사람이 밀려나는 일은 없어야겠고, 더구나 근로자가 생명력을 불어넣어 온 항만에서라면 더욱 그래야 하겠다.

다행히도 고정한 한국항만연수원 부산연수원 교수는 항만 자동화와 관련하여 다분히 희망적인 전망을 제시해 보였다.

"우리 항만연수원에서는 현재 젊은 층 위주로 항만 자동화에 적응하도록 리모트컨트롤 등의 교육을 진행 중입니다. 이를 확대, 발전시키려면 '장비 정비'와 '자동화기기 보수' 등이 필수적입니다. 기계는 결국 인간이 돌봐야 하기에 그것이야말로 장차 고용 창출이 가능한 유망 직군이 되리라 봅니다."

도움말씀 주신 분
남기찬 전 부산항만공사 사장, 이윤태 부산항운노동조합 위원장, 김근섭 KMI 항만연구본부장, 고정한 한국항만연수원 부산연수원 교수, 이진규 부산항운노동조합 지부장

등댓불로 뱃길 밝힌 36년

항로표지원 김종호

바다를 지키는 해양인의 삶은 실로 다양하다. 눈부신 조명을 받기도 하지만 무관심의 그늘에 파묻혀 평생을 보내기도 한다. 후자의 대표적인 예로 흔히 '등대지기'라 불리던 항로표지원의 삶은 실로 고단하고 외로웠다. 친숙한 노래 〈등대지기〉의 가사 "생각하라. 저 등대를 지키는 사람의 거룩하고 아름다운 사랑의 마음을"은 등대를 모르는 사람들의 로망이었을 뿐인지도 모르겠다.

제국의 불빛이었던 한반도 등대

등대는 인류가 엮어온 역사의 길이만큼이나 오랜 연혁을 자랑하는 발명품이다. 인간이 세운 최초의 등대는 기원전 280년 무렵 알렉산드리아의 파로스섬에 세워졌다. 한국에서도 고대부터 배들의 항해를 돕기 위해 횃불과 봉화, 꽹과리 등을 사용했음을 유추할 수 있다.

그러다 대한제국기에 들어서면서 일본인들이 주도하여 근대식 등대를 한반도 각지에 세웠다. '제국의 촉수'라는 비유법에 걸맞게 등대를 지키며 관리와 통신, 기상관측, 군함이나 비행기 감시를 담당한 등대장은 해군 장교 아니면 고등관이었다. 민속학자 주강현은 전국의 등대를 찾아 나선 그의 저서에서 등대가 설치되던 근대기의 정황을 이렇게 갈파했다.

"이로써 한반도는 제국의 등대가 비추는 침탈의 대상이 되었다."

그랬기 때문에 일본과의 태평양전쟁이 벌어지자 미군 폭격기는 한반도의 등대부터 공습하기 시작했고 해방 직후에는 한국인들이 각지의 등대를 파괴하는 데 가세했다. 해방 1년이 지나고야 그 필요성을 새삼 깨닫고 등대를 복구하며 항로표지원을 배치하기 시작했다.

하지만 일제 치하 때와는 판이하게 항로표지원에 대한 대우는 형편없었다. 그들은 전화는 물론 경우에 따라 식수도 구하기 어려운 낙도의 등대에 배치되기도 했다. 1962년 부산 영도등대에서 일하기 시작하여 1998년 울산 간절곶등대에서 임무를 마친 김종호 선생의 36년 근무도 시종 그러했다. 하지만 그런 열악한 여건에서도 누군가 항로표지원이 되어 등대를 지켜준 덕에 한국은 2000년대에 들어와 해양강국이 되었다. 김종호 선생 역시 그런 '무명의 수훈자' 중 한 사람인 것이다.

김종호 선생의 삶이 어린 시절부터 고통스러웠던 것은 아니다. 그는 1938년 오늘날 부산시 강서구의 일부가 된 가덕도 동선리에서 선주이자 수산업자였던 김영주와 정기분의 2남 1녀 중 막내로 태어났다. 자신이 소유한 어선으로 일본에 수산물을 수출하던 부친은 동아시아 각지를 누비던 마당발이었다. 본부인과 사별한 뒤 일본 오사카를 찾았던 부친은 그곳에서 김종호 선생의 모친을 만나 한국으로 데려왔다.

유복한 어린 시절을 보내던 김종호 선생의 집안은 해방이 되던 해 부친이 느닷없이 운명하고 일본과의 뱃길마저 끊기며 단숨에 기울었다. 김종호 선생은 한동안 고향에 머물렀지만 형수와의 불화를 참다못해 모친과 더불어 무작정 부산으로 나왔다. 1950년대 말, 피난살이가 끝나가던 무렵의 부산은 혼란스럽기만 했고, 김종호 선생은 깡패짓을 강요하는 동네 형들의 괴롭힘으로 한시도 편할 틈이 없었다. 고교 야간반을 다니는 둥 마는 둥 하던 김종호 선생은 자원하여 해병대에 입대하고 나서야 그 곤경에서 벗어날 수 있었다.

군에서의 생활도 녹록지는 않았지만 그래도 해병대의 보급정비단에서 근무한 경력에 고교에서 익힌 기술을 발휘할 수 있었다. 그 덕에 1962년 제대와 더불어 김종호 선생은 영도등대의 항로표지원으로 특채되었다. 당시 해무청에 설치되었던 항로표지양성소는 폐쇄됐지만 교통부에 해운국이 설치되고 항로표지법이 공포됨에 따라 도처에 등대가 들어서고 그곳에서 일할 항로표지원을 현지에서 발탁하여 채용하던 시절이었다.

열악한 근무조건 속 항로표지원

막상 김종호 선생이 항로표지원이 되고 보니 근무 여건은 열악한데도 봉급은 박봉이었으며 4명이 3교대로 하는 근무는 힘에 겨웠다. 게다가 동료와의 갈등이나 상사로부터의 부당함도 적지 않았지만 참는 수밖에는 도리가 없었다. 너나없이 배를 곯던 시절인지라 그는 직장을 얻은 것만도 감지덕지할 판이었다.

그러면서도 항로표지원에게는 몸에 밴 직업상의 철칙이 있었다. 김종호 선생이나 동료들 중 누구도 등불 점등을 비롯해 소등, 축전지 충전, 안개 발생 시의 무신호(霧信號) 작동, 기상관측 등 임무에서 한 치의 착오나 실수도 저지르지 않았다. 명절에 조상들을 위한 차례는 거르는 한이 있어도 등탑에 바치는 고사만은 잊지 않았다. 전국 어느 바닷가를 가더라도 등댓불이 제대로 켜져 있는지를 확인하는 버릇도 갖고 있었다.

"항로표지원은 무슨 일이 있어도 참아야 했고, 그러면서도 일에는 빈틈이 없어야 했습니다. 우리가 그렇게 일해야만 선원들이 안심하고 항해를 할 수 있음을 너무도 잘 알기 때문이었습니다."

그렇게 말하는 김종호 선생의 왼쪽 팔뚝에는 문신으로 새겨넣은 '忍耐'라는 글자가 선명하게 남아 있었다. 그런 인고(忍苦)가 길고 지난했던 탓인지, 아니면 팔순을 넘긴 나이 탓인지, 그는 근무의 경력이나 기간을 정확하게 기억하지 못했다.

참는 건 그렇다 쳐도 정작 힘이 드는 건 가정생활이었다. 등대지기라는 이유로 몇 번의 맞선에서 번번이 퇴짜를 맞고 보니 가정을 꾸리기부터 힘들었다. 다행히 가덕도등대에서 근무하던 스물아홉 나이에 김종호 선생의 이웃집에 살던 처녀가 청혼을 받아줬다. 하지만 그녀 역시 근무지가 외딴 섬으로 정해지자 한동안은 마음을 추스르지 못하고 방황하는 모습을 보여 그를 난처하게 만들었다.

실제로 1966년 김종호 선생은 거제도 서이말등대에서 근무를 하던 중에 첫아들 해산을 앞두고 아내를 잃을 뻔했다. 폭풍우가 거센 밤 관사에서 아내의 산통이 시작되자 그는 시오리 길을 내달려 마을로 갔다. 가까스로 마을에서 끌고 온 배를 등대 아래 바닷가에 대놓았지만 산모를 옮겨 태우기가 어려웠다. 자신이 진 지게 위에 아내를 앉게 하고 어렵사리 비탈길을 내려갔지만 파도에 요동치는 배에 오르기까지는 다시 몇 차례나 목숨이 오가는 순간을 넘겨야 했다.

그런데도 항로표지원들의 봉급 액수는 기본급여에 수당과 부식비를 합쳐도 살림을 살기에 언제나 부족했다. 더구나 오지 근무자는 '표지선'이라 부르는 보급선이 결항이라도 하면 쌀이나 연료 같은 생필품마저 부족한 지경에 처하곤 했다. 그래서 개중에는 가족들이 텃밭을 일구고 가축을 사육하거나 근무지 인근의 관광지에서 기념품점, 횟집 등을 운영해 살림살이를 돕는 경우도 있었다.

같은 직장 내에서도 항로표지원들의 호칭이 '등대수'에서 '등대원', 다시 '항로표지원'으로 바뀌어도 존재감은 여전히 미미했다. 어쩌다 보고를 하러 본청에 들어가도 누가 과장인지 계장인지도 몰랐고, 윗사람들 역시 누가 누군지 그들을 알아보지 못했다. 대개 등대는 외진 곳에 있고 그런 곳만 돌며 근무를 하다 보니 직장 내에서 인맥을 쌓기도 어려웠다.

항로표지원 덕에 목숨 지키는 선원들

그래도 김종호 선생을 비롯한 항로표지원들은 개의치 않았다. 그것은 선원들이 자신들에게 건네는 진심 어린 감사와 환대 때문이었다. 어쩌다 시내에 들어가 술집에서 마주친 선장이나 기관장, 선원들은 "댁들 덕분에 목숨을 부지하고 산다"며 거듭 술잔을 건네곤 했다. 그게 결코 과찬이 아니었던 게, 어디가 어딘지 분간하기 어려운 밤바다를 운항하는 선원들에게 '13초에 1섬광', '20초에 1섬광' 식으로 위치를

36년간 항로표지원 생활을 한 김종호 선생이 영도등대를 찾은 모습 ©김정하

일러주는 등대의 불빛은 구명줄이나 다름없었다.

지난 2022년 11월 어느 날의 맑은 오후, 김종호 선생이 등대장으로 퇴직한 지 24년 만에 자신의 첫 부임지였던 부산 영도항로표지관리소를 찾았다. 얼마 전 그가 오래 참석해온 전직 항로표지원들의 모임 '등우회'가 회원 수 감소로 해체된 직후였다. 영도의 옛 직장을 찾아서나마 그 섭섭함을 달래보려는 생각에 김종호 선생은 가파른 비탈길을 마다하지 않고 걸음을 재촉했다.

영도항로표지관리소에서 새카만 후배 격인 송주일 주무관을 만나고야 그는 저간의 근무이력을 확인할 수 있었다. 그러자 저절로 축전지를 고치느라 고생했던 경험이며 수은회전식등명기의 수은을 도난당한 사건 등이 자연스럽게 기억 속에 떠올랐다.

특히 그가 마음 아프게 생각하는 일은 새벽녘에 태종대 '자살바위'에서 마주친 여인의 자살을 끝내 막지 못한 일이라 했다. 그 말을 듣던 송주일 주무관은 자신도 엇비슷한 상황에 처해 재빨리 119에 도움을 요청해 생명을 구했노라 말했고, 그제야 김종호 선생은 다소나마 위안을 받은 표정이 되었다.

이날의 방문으로 김종호 선생은 여러모로 위안을 받고 보람을 느낀 듯싶었다. 특히 그는 항로표지원이 일반직으로 전환된데다 다른 어느 직군 못지않은 급여를 받고 있으며 근무환경이 대폭 자동화된 사실에 무척이나 흡족해했다. 태풍 사라호의 내습 때 파도가 등대를 타고 넘으며 바위를 올려놓았던 오륙도가 이제는 무인화되어 위험에서 벗어난 일을 다행스러워했다. 영도에 부산 내항과 외항, 북항대교, 남항대교의 등표와 부표를 모니터로 보며 관리하는 설비에는 찬탄과 더불어 박수를 보냈다.

등대가 교육과 체험, 전시를 하는 문화공간이 되었다는 송주일 주무관의 말에 김종호 선생은 예전에도 등대가 간혹 주민들 예식장으로 쓰였다고 맞장구를 쳤다. 20여 년 전부터 전국에 세워진 '월드컵등대', '젖병등대' 등 테마 등대가 그 자체로 관광상품이라는 말에는 소년처럼 함박웃음을 지었다.

"이제 등대는 관광객의 볼거리이고 지역주민의 문화공간입니다. 나아가 등대는 미래 세대에게 해양의 중요성을 일깨우는 학습의 장으로 기능할 것입니다."

그러자면 등대 자체의 진화도 필요할 테다. 오랫동안 등대를 연구해온 정태권 한국해양대 명예교수는 항로표지의 발달이 무한하리라 보았다. 그 이유를 정태권 교수는 해양학과 IT 공학, 기상학 등을 집약시킨 항로표지의 발달에서 찾았다.

"항로표지는 앞으로 자율운항 선박 등의 개발로 더욱 중요한 시설이 될 것입니다. 그런 쓰임을 위해서 위성 기능이나 IT 기술을 접목한 항로표지 선진화에 더욱 진력해야 될 때라고 봅니다."

등대문화 자원으로서의 항로표지원

더불어 포항 호미곶 국립등대박물관에서 만난 오병택 관장은 항로표지의 발전 못지않게 항로표지원들의 삶에 주목해야 한다고 말했다. 그들의 헌신적 생애담을 발굴하는 등 등대문화를 정립하여 이를 일반인들에게 널리 알려야 한다는 것이었다.

"항로표지원들의 희생적이고 헌신적인 삶이야말로 항로표지 유물 등과 더불어 해양문화 자원으로 발굴하고 보존해야 할 대상입니다."

과연 2018년 인천 세계등대총회는 '등대문화유산 보존'과 '지속 가능한 등대 관리 비전'을 선언문으로 채택했다. 그 취지를 잘 살린 국립등대박물관은 코로나 이전까지 매년 1백만 명의 내방객을 맞이해왔다. 그러다 대대적인 자료 보완과 시설 공사를 벌여 2022년 7월 1일 '세계항로표지의 날'을 기하여 완전히 새로운 모습을 갖추고 재개관했다. 국립등대박물관에서 연대별, 주제별로 정돈된 '등대 역사'와 '등대 유물' 등의 전시를 접하니

국립등대박물관에 전시된 유물 중 등명기의 렌즈와 항로표지원의 제복 모습
ⓒ김정하

자신의 삶을 바쳐 뱃길을 지켜온 항로표지원들의 삶이 새삼 돋보였다.

해양인을 위한 그 '무명의 헌신'을 떠올리니 노래 〈등대지기〉의 "거룩하고 아름다운 사랑의 마음"이 결코 지나치거나 감상적인 가사로만 여겨지지 않았다.

도움말씀 주신 분

정태권 한국해양대 명예교수, 오병택 국립등대박물관 관장, 송주일 영도항로표지관리소 주무관

항로표지원 김종호

언젠가는 여성 해기사에 대한 편견을 씻어낼 수 있다고 믿어요

국내 최초 여성 선장 전경옥

선장은 항해 중이었다. 2021년 12월 말, 7만 5천 톤급 컨테이너선 자카르타호를 몰고 인도양을 건너는 중이었다. 부산을 떠나 상해, 싱가포르를 거쳐 나바세바(인도), 카라치(파키스탄)를 들렀다 다시 싱가포르 항구를 지나 부산으로 돌아오는 56일간의 빡빡한 일정이었다. 15년 차 해기사 전경옥 선장의 당차고 의연한 항해였다.

HMM 소속인 자카르타호는 20피트 컨테이너 최대 6천8백 개까지 실을 수 있는 대형선박이다. 상상과 짐작만으로도 그 위용은 거창하다. 길이 294미터에 폭 40미터로 축구장 세 배 넓이에, 수직으로 세우면 63빌딩보다 48미터가 더 높다. 선체와 배에 실린 화물의 가격을 모두 합한다면 웬만한 기업체의 총자산을 훌쩍 넘어선다.

컨테이너 선적이 한창인 중국 옌티안항을 배경으로 포즈를 취한 전경옥 선장
ⓒ전경옥

모든 것을 책임지는 선장의 자리

그런 배를 이끌고 전경옥 선장은 항해를 한다. 컨테이너 하나 하나마다 화주의 희망과 기대가 담긴 화물 운송을 흡사 제사를 치르는 제관처럼 진중하게 수행한다.

항해 중 선장의 하루 일과는 기상해서 잠자리에 들 때까지 육상의 여느 회사와 마찬가지로 '나인 투 식스'로 진행된다. 배 안의 어디서 무얼 하든 그의 신경은 오직 선무(船務)에만 쏠려 있다. 선내에는 체력단련실부터 수영장, 바까지 갖추어져 있고 망망대해에는 수시로 대자연의 황홀경이 펼쳐지지만 선장은 마음을 내려놓지도 감상에 빠지지도 않는다. 해거름의 노을이나 밤하늘의 무수한 별자리도 일부러 곁눈으로 흘려보고 지나친다. 선원들이 분담한 갑판과 기관실, 브리지 업무를 총괄하면서 언제 닥칠지 모를 폭풍이나 화재, 충돌사고나 해적의 공격 등에 대비하기 위해서다.

"선장 업무에는 시작과 끝이 따로 없습니다. 운항부터 화물, 승무원 안전, 환경오염 방지까지 그 모든 것에 대해 선장은 무한 책임을 져야 합니다."

제복을 동경하며 선택한 한국해양대

전경옥 선장의 인생 항해는 전북 정읍시 태인면에서 시작됐다. 어머니가 달을 따서 치마에 담는 태몽을 안고 전찬국과 김귀이의 1남 4녀 중 넷째로 태어났다. 어릴 적 사주풀이에 능한 할아버지 친구가 그를 보더니 "바다로 나가면 대성할 팔자"라고 말했다. 내륙지방인 정읍에서 듣기에는 터무니없는 말인지라 "날더러 물고기나 잡으라는 거냐"며 서럽게 울었다. 하지만 배를 타게 된 지금, 그것이야말로 새삼스럽게 떠오르는 기억이다.

한약방을 운영하던 할아버지 덕에 남부럽지 않던 전경옥 선장 집안은 조부의 갑작스런 별세로 급속히 기울었다. 하지만 그에 대한 아버지의 열렬한 응원에는 변함이 없었고, 그에 힘입어 정읍시 정주고등학교에 전액 장학생으로 입학했으므로 공부를 하는 동안 가정형편에 구애를 받지는 않았다.

그런데 머잖아 아버지마저 세상을 떠났다. 살림을 꾸리느라 노역에 나선 어머니가 지쳐 병에 걸리고 나서야 비로소 가난이 뭔지를 알게 됐다. 그런 전경옥 선장을 지탱해준 게 '제복에 대한 동경'이었다. 여덟 살 무렵 TV에서 우연히 본 경찰대 여생도들의 사열 모습을 넋을 잃고 바라보다 마음속 깊이 간직하게 된 꿈이 '제복 입는 직업인'이었다. 태어나서 단 한 번도 '여자라서 안 된다'는 말을 들어본 적 없고 운동이라면 모든 종목에 만능이었던 전경옥 선장이었다. 그가 경찰이나 군인이 되겠다는 꿈을 내비치자 주변 친구들은 "어울린다! 멋있겠다!"를 연발하며 그를 응원했다.

하지만 전경옥 선장은 고교를 졸업하면서 지원한 경찰대와 육사 입시에 모두 실패했고 재수를 하고도 결과는 마찬가지였다. 낙담하던 그의 머리에 원서 마감을 며칠 앞두고야 생각해본 적 없던 해양대가 떠올랐다. 일단은 경찰대나 육사와 마찬가지로 제복을 입고 공부하는 대학이었다. 이후로 우여곡절을 거쳐 해기사가 된 결과가 '더욱 만족스러운 오늘'이다.

해양대 생활, 해기사가 되는 숙성의 시간

2001년, 전경옥 선장은 1991년 첫 여학생 한 명 입학 후 10년이 된 시점에 동기인 신입 여학생 18명과 함께 한국해양대에 입학했다. 그곳은 전경옥 선장에게 '꿈을 이루어가는 공간'이었다. 1학년 입학 직후의 적응교육부터 시작해 해양훈련, 승선 실습, 사관부 활동으로 이어진 4년간의 규율 잡힌 대학 생활을 전경옥 선장은 '통과제의'로 여기고 감내했다. 몸에 해양대생 제복을 맞추는 게 아니라 소속감과 동질감, 자긍심의 표상인 그 옷에 자신의 몸을 맞추려고 애썼다. 신체 단련을 위한 훈련에서는 자진하여 심장이 터져라 내달리며 호쾌하고 강인한 심성과 체력을 다듬었다.

"해기 교육은 생활공동체의 일원이 되어 위험공동체로서 고난과 역경을 극복하는 능력을 키우는 과정입니다. 선박이라는 제한된 공간 안에서 다른 사람 누구도 해내지 못할 일을 해결할 수 있는 능력을 갖추면서 저절로 프라이드가 생겨납니다."

한국해양대 3학년 학생들이 승선하여 원양항해 실습을 하는 실습선 '한나라호' 예병덕 선장의 말이었다. 한편에서 해양대생들의 단체생활을 담당한 승선생활관 이상일 관장은 해기사로서의 자긍심을 키워주기 위해 '자율'과 '인권', '민주'를 기조로 한 생활교육을 실시하고 있다고 밝혔다.

물론 해양대를 졸업한 해기사라 해서 한국사회의 고질적인 '남성 중심' 문화를 피해 갈 수 있는 건 아니었다. 도리어 '여성 해기사는 승선 기간이 짧다'는 선입견이 만든 유리천장이 미리부터 머리 위에서 기다리고 있었다.

한국 국적선 최초의 여성 선장이 되다

대학 졸업과 동시에 배에 오른 전경옥 선장은 그 생각이 터무니없는 편견임을 입증하고 싶었다. 그래서 군대에서 복무하는 대신 승선 근무 예비역 혜택을 받는 남자 동기생들과 똑같이 3년의 근무 기간을 채웠다.

그런데 막상 '개와 늑대의 구분이 어렵다'는 박명시(薄明時)의 새벽 근무까지 너끈히 감당할 줄 아는 1항사가 된 시점에 난데없이 '배를 타야 하는 이유'에 대한 회의가 찾아왔다. 그 회의로 고민하다 마침내 배에서 내린 전경옥 선장은 육상 근무를 하라는 회사 측의 권유마저 뿌리치고 사직서를 내곤 1년여간이나 방황을 거듭했다.

하지만 결국 그는 "기왕에 발을 내디뎠던 곳에서 답을 찾아보자"는 생각에 다시 배로 돌아왔다. 그러곤 9년간 온갖 고난과 역경을 묵묵히 감당해낸 끝에 2019년, 한국의 국적선을 타는 해기사로서는 최초의 여성 선장으로 임명되었다. 서구의 외국 선사로 진출해 여성 선장이 된 후배보다는 1년이 늦었지만 일본과는 엇비슷한 시기였다. 그러고 나니 전경옥 선장은 미래의 한국 해운업계에서 여성의 역할이 무엇인지를 떠올리게 만드는 상징적 인물이 되어버렸다.

열악한 환경 속에서도 계속되는 항해

그러면 과거로부터 오늘날까지의 해기사들은 어떠했나. 이권희 한국해기사협회 회장은 해기사들의 기여에 대해 열변을 토했다.

"오늘날 수출 물량 99.7%의 운송을 담당하는 사람들이 한국의 해기사입니다. 그들이야말로 '한강의 기적'과 'K-신화'의 숨은 조역들인 셈이죠. 1977년 '백억 불 수출'을 달성할 무렵에는 외국 배를 타던 '수출 선원'들이 그 마진액과 똑같은 5억 불의 임금을 벌어들였습니다. 이라크전이 한창일 때도 포탄이 빗발치는 페르시아만에서 항해에 뛰어들었고, 최근 들어와 국제적으로 치솟는 운임에도 불구하고 국내 항구를 기항지로 택해 중소기업의 물류난 해소에 일조한 것도 그 사람들입니다."

해운 분야에서는 상식이지만 처음 듣는 사람에게는 자못 울림이 큰 언명이다. 그의 말처럼 1964년부터 선원의 해외 송출이 시작되었는데, 송출 선원의 활약은 그 전해에 독일로 파견된 광부, 간호사와 함께 외화벌이에 큰 몫을 했다. 그들이 외국 선사에서 일하며 얻은 어로 기술과 항해 기법 등은 훗날 한국을 세계 13위의 수산 대국, 5위의 해운 국가로 만든 절대적 원동력이었다.

하지만 많은 해운 전문가들이 열거하는 저간의 공로에 비추어 볼 때 오늘날 한국 해기사들이 안고 있는 문제는 한두 가지가 아니다. 정체된 임금과 경직된 조직문화에 유럽의 '3개월 승선, 3개월 휴가' 시스템과 판이하게 20년째 유지되어온 '6개월 승선, 2개월 휴가' 근무조건은 해기사들의 사기를 떨어뜨리는 문제의 일부다. 급기야 해기사들 스스로가 승선업무를 '3D 업종'이라고 자조하는 아이러니한 지경에 이르렀다.

그런 현실을 헤쳐가며 전경옥 선장은 오늘도 항해를 계속한다. 메일 ID로 'perfectionist(완벽주의자)'를 사용하는 그에겐 아직 이루고 싶은 꿈이 남아 있다. 그 자신의 처지를 비롯해 여성 해기사 문제는 언제나 '아픈 손가락'이기에 그 문제 해결에 조금

항해 중인 HMM 컨테이너선 모습 ⓒHMM 대외협력실

이나마 기여하고 싶은 게 꿈이다.

조소현 한국해양대 교수에 따르면 1991년 이래 배출된 1,500여 명의 여성 해기사들은 이미 선사(船社)와 해양경찰, 해수부 등 도처에 포진해 있다. 그중 배를 타는 여성 해기사만도 일시적으로 배에서 내린 예비인력을 포함하여 2022년 137여 명에 이르렀다.

그런데도 여성 해기사에 대해서는 승선과 하선 인력의 공식적 통계조차 명확하지 않은 것이 현실이다. 해기 인력 전문가들이 여성 해기사의 교육과 인력 활용, 복지정책이야말로 온 나라가 고민할 문제라고 말하는 것도 과언이 아니다. "여자가 배를 타면 배의 신이 노한다"는 어민들의 속신은 사라졌다지만 첫 항해를 "처녀항해"로 부르는 등의 마초적 언사는 아직 도처에 난무한다.

그래서 전경옥 선장은 배에서 내릴 때마다 김학실 시도상선 팀장과 조소현 한국해양대 교수, 김승연 목포해양대 교수가 주도하는 여성 해기사 모임에 나가 자신의 경험과 희망을 나누며 장래를 의논한다. 다행히도 2023년 5월에는 조소현 교수를 회장으로 (사)한국여성해사인협회가 해양수산부의 설립 허가를 받아 국제해사기구(IMO) 산하 여성해사인협회(WIMA)와 협력하는 국내 비영리법인으로 발족되었다.

그러나 아직 갈 길이 멀다고 생각하는 전경옥 선장은 휴가 중에 선원들과의 상담을 위한 심리학 공부를 한다. 빈민촌 아이들이 음악으로 세상을 바꾼 영화 〈엘 시스테마〉를 거듭해서 보며 세상이 바뀔 것이라는 희망도 다독인다. 그러노라면 언젠가는 여성 해기사의 평균 승선 기간과 체력에 대한 편견을 씻어낼 수 있다고 믿는다.

그래서 전경옥 선장은 오늘날 더욱 돋보이는 존재다. 어쩌면 그는 한라산에 몸을 기대고 바다에 발을 담그던 제주도 신화 속의 선문대 할망 이상의 존재인지도 모른다. 그 할망은 제주 바다를 건너 육지까지 다리를 놓아주려 했으나 자신의 옷을 만들어줄 명주 백 통을 제주인들이 마련하지 못해 조천 앞바다에서 공사를 멈추었다. 그러나 오늘의 전경옥 선장은 초대형 선박에 명주 수십만 통이 넘는 화물을 싣고 오대양을 누비며 육대주를

한국해양대 학생들이 교내에서 행진하는 모습 ⓒ한국해양대

잇고 있다.

　한국인들이 조상들로부터 물려받은 '해양 DNA'를 유감없이 발휘하는 모습이다. 그를 '21세기의 전설'이라 불러도 결코 과분한 수사가 아닐 터이다.

　이제 우리는 그 뒤로 줄줄이 나타날 '전경옥 키즈'들을 기다릴 차례다. 그들은 선배 해기사들이 자랑거리로 삼던 고액연봉과 외국 체험만을 위해서가 아니라 아마도 스스로의 자긍심 확인을 위해 배를 탈 것이다. 그러곤 더 이상 'K-신화'의 숨은 조역으로만 머물지 않고 스스로의 존재가치를 드러내고 인정받는 한국 해운업계, 해양 분야의 주역이 될 것이다. 그리하여 그들은

"MZ세대는 배를 안 탈 것"이라는 기성세대의 걱정과 근심을 한 낱 기우로 돌려놓을 것이다.

전경옥 선장과 인터뷰를 하던 2022년 새해 벽두, 때마침 수출액이 역대 최고를 기록했고, 그만큼 해운회사의 역할도 최고치에 달했다는 소식이 들려왔다.

도움말씀 주신 분

이권희 한국해기사협회 회장, 김유택 한국해양대 해사대학 학장,
예병덕 한국해양대 실습선 '한나라호' 선장, 이상일 한국해양대 승선생활관 관장,
조소현 한국해양대 교수

도선사 15년,
봉사·후배 육성에도 앞장서다

부산항 도선사 한기철

바다에도 길이 있다. 끝내 거품으로 사라지는 항적(航跡)도 엄
연히 항로(航路)를 따라간 자욱이다. 특히 항구를 드나드는 '강
제도선구역'에 진입한 500톤 이상의 외국적선과 국제항로에 취
항한 국적선, 2천 톤 이상의 내항선은 반드시 도선사를 동승시
켜 그로부터 바닷길 안내를 받아야 한다.

해양 개척의 유래로 보아 바닷길 안내자(Marine Pilot)를 줄여
말하는 '파일럿(Pilot)'이라는 도선사의 명칭은 하늘길 조종사
(Pilot)보다 먼저 생겼을 게 당연하다. 1937년 처음 도선 업무를
시작해 지금은 세계 물동량 처리능력이 5, 6위를 오르내리는 국
내 항구에는 260여 명의 도선사가 12개 도선구에서 활동하고
있다. 1948년 설립된 부산항도선사회에는 56명의 도선사가 소
속돼 있다.

바다는 내 운명

그 대표적 인물이 16년간 도선사로 바닷길을 안내해온 한기철 도선사이다. 그가 바다에서 진로를 찾은 건 결코 우연이 아니었다. 한기철 도선사는 인천시 답동에서 회사를 운영하던 한태섭과 임정순의 장남으로 태어났다. 중학교에 다니던 시절 아스팔트로 뒤덮인 팍팍한 잿빛 도시 서울로 이주했지만 그의 뇌리에는 어릴 적 눈에 익은 바다의 기억이 선연했다. 그가 고교 시절 어머니의 지인을 통해 알게 된 도선사를 장래 희망으로 삼은 것도 그 기억 때문이었다.

하지만 한기철 도선사가 꿈을 안고 입학한 한국해양대에서조차 선배를 비롯해 그의 포부를 이해해주는 사람이 드물었다. 당시만 해도 전국의 항구를 드나드는 선박 수량이 적었던 터라 한해 고작 두 사람 정도의 도선사만 채용하던 시절이었으니 그럴 만했다.

'해기사의 꽃'이라 불리는 도선사는 2016년 실시된 직업 만족도 조사에서 판사에 이어 가장 높은 만족도를 보여주며 선망받는 직업으로 꼽혔다. 그도 그럴 만한 게 3억 이상의 연봉을 받고 16일간 근무 후 10일의 휴가를 누리며 여유롭게 취미와 여행을 즐길 수 있다. 평소 일을 하면서 누리는 존경과 우대, 성취감은 무엇과도 바꾸기 어려운 보너스다. 실제로 도선사는 어느 항구에서든 외국 선박을 대하며 그 나라와 도시의 이미지를 결정짓는 존재다. '민간 외교사절'로서의 역할이 막중한 것이다.

하지만 도선사가 되기까지의 과정은 녹록하지 않다. 6천 톤 이상 선박에서 선장으로 3년 이상 승선을 해야 비로소 시험 볼 자격을 얻을 수 있다.

그 과정을 숙명이라 여긴 한기철 도선사는 대학을 졸업하고 해군에서 군 복무를 마친 다음 현대상선에서 4년간 배를 탔다. 그러나 순탄하게 이어지던 한기철 도선사의 승선 생활은 제조 업으로 수출무역을 하던 부친의 요청으로 갑작스럽게 멈추었다. 하선하여 부친의 회사에 입사 후 한동안 수출도 늘어나고 매출도 계속 증가하였으나 예상치 못한 거래처의 대형 어음 부도로 회사가 부도 위기에 빠지는 최악의 상황에 접어들었다. 이후 3년간 동생들과 함께 간이침대에서 쪽잠을 자가며 온갖 고초를 겪은 끝에 회사를 정상화시킨 한기철 도선사는 미련 없이 배로 되돌아왔다. 용케 자신의 장래 희망을 기억하고 있던 해양대 동기생 양희준 선장의 조언에 따라서였다.

때가 오기를 기다리며 한기철 도선사는 묵묵히 10여 년의 시간을 보냈다. 마침내 그가 배에서 내리기로 결심한 2006년에는 한국의 무역업이 활황이었다. 덩달아 해운업계 실적이 좋아지면서 입출항하는 선박 수가 폭증했고 신규로 임용하는 도선사 수도 13명으로 늘어났다.

그러나 선장으로서의 승선 경력을 갖추었다 해도 누구나 도선사가 되는 것은 아니었다. 평균 경쟁률 10대 1에 선박 운용, 항로표지, 법규, 해사 영어를 테스트하는 시험에서 과락 없이 평균 60점을 넘겨야 했다. 워낙 출제범위가 방대하다 보니 네 개의 서술형시험 문제를 풀려면 90분 이내에 A4용지 20매를 빼곡하게 채워야 했다.

2006년 첫해의 응시에서 쓴맛을 본 한기철 도선사는 마음을 다잡았다. 40대 후반의 나이에 재수생이 된 그는 가평에 있는 고시원에 자신을 유폐시키고 시험공부에 열중했다. 기출문제와 씨름을 하며 관련 서적을 파고든 끝에 1년 후에는 드디어 뜻을 이룰 수 있었다.

도선사, 어렵고도 위험한 직업

하지만 도선사가 되고도 당분간은 어렵고 힘든 수습 기간을 거쳐야 했다. 200회 이상 도선을 하는 6개월간의 수습 기간 동안 해로와 항만의 조류, 풍랑, 수심, 선박 통행량 등을 정확히 측정하고 대처하는 법을 배워야 했다.

도선사는 부두 접안 시 거대한 힘으로 밀고 당기는 선박과 예인선 양자의 힘을 매 순간 머릿속에서 정확하게 계산해내야 한다. 특히 파도가 높고 조류가 강한 날에는 더욱 빠르고 주도면밀하게 상황에 대처해야 한다. 그러자면 빠르고 정확한 판단과 능숙한 외국어 구사력은 물론, 강한 책임감과 집중력, 순간 대처 능력에 강인한 체력까지 빈틈없이 갖추고 도선에 임해야 한다.

게다가 도선사는 '도선점'이라 부르는 항구 밖 바다에서 사다리를 타고 빌딩 5층, 10미터 이상의 대형 선박 위를 오르내려야

부산항에서 도선을 위해 배에 오르는 도선사의 모습 ©김정하

한다. 비바람이 몰아치는 어두운 밤이면 비길 데 없이 위험천만
한 일이다. 베테랑이 된 후에도 한기철 도선사는 낡은 사다리의
매듭이 풀어지는 바람에 바다로 추락하여 자칫 생명을 잃을 뻔
했다.

그런데다 부산항을 드나드는 선박의 90%인 컨테이너선이 화
물 적재량의 증가에 따라 덩치를 키우는 바람에 도선 업무도 점
차 어려워지고 있다. 컨테이너선은 풍압면적이 넓어 약한 바람
에도 선체가 좌우로 밀릴 가능성이 크다.

특히 항공모함은 비대칭을 이루는 갑판의 접안현 아래쪽을
보지 못하는 상황에서 임시로 설치된 바지선 옆에 그 거대한 선
체를 붙여야 하는 고난도의 도선을 요한다. 한기철 도선사는 그

2016년 미국 항공모함
로널드 레이건호의 도선 후 선상에서
찍은 기념사진 ⓒ한기철

어렵다는 항공모함 도선 요청을 받고 9만 7천 톤급 니미츠호를 비롯해 로널드 레이건호를 상대로 두 건의 도선을 성공적으로 수행하는 '업적'을 쌓았다.

평소 주위와의 '상생'을 강조해온 한기철 도선사는 부산항 도선사회 회장으로 일하던 시절 이익을 따지지 않고 남을 돕는 일에 앞장섰다. 2019년 태풍이 닥쳐오던 시점에서는 출항을 가능한 늦추려는 선사(船社)와 조기 출항시키려는 항만청 사이의 중재에 나서 선사 측의 막대한 손실을 막아주기도 했다.

2019년 술에 취한 선장이 모는 러시아 선박이 광안대교와 추돌했을 때는 사고수습에 적극적으로 조력한 한편 사고의 원인을 구명한 논문을 집필해 한국항해항만학회에서 발표했다. 그 밖에도 한기철 도선사는 선장 스스로 자력도선(自力導船)을 할 수 있는 방법을 쉽게 풀이한 책자 『항내 조선』을 후배와 공동으로 집필하여 국적선사는 물론 해군과 해양경찰 등에 무료로 배포하기도 했다.

'해양인 응원가'로 불릴 봉사와 후원

2013년 한기철 도선사는 상생을 위한 봉사에 나섰다. 토성동 배드민턴 모임에서 알게 된 '부산연탄은행' 대표 강정칠 목사의 권유를 받고 산동네에 연탄 기부와 배달, 주 4일의 무료급식과 도시락 배달, 청소년 특강 등을 시작한 것이다.

강정칠 목사는 한기철 도선사의 성실함에 감탄했다. 그는 전

무료급식 봉사에 나선 한기철 도선사 ⓒ부산연탄은행

날 철야 근무를 마친 날에도 봉사활동에 빠지는 법이 없었기 때문이다.

"요즘 세상에 웬 연탄이냐고 묻기만 하고 돌아서는 사람이 많은데, 도선사님은 행동으로 답을 보여주신 분입니다. 연탄 한 장이 아쉬운 사람을 진심으로 배려하고 보살피는 마음을 실천으로 보여주셨습니다."

그것은 한기철 도선사 나름대로 '보은'을 행하는 방식이었다. 도선사가 되기 오래전 그에게도 매월 60달러의 수당으로 버티던 3항사 시절이 있었다. 그 무렵 LA선원교회의 황식 목사나 시애틀의 최원종 목사, 싱가포르의 노효종 목사 등은 가난한 모국에서 온 빈털터리 젊은 해기사들을 극진하게 대우했다. 푸짐한 식사를 대접하고 디즈니랜드를 비롯한 유명 관광지를 보여준 그들은 언젠가 여유가 생기면 더 어려운 사람들에게 도움을 베풀어달라고 부탁했다. 그 부탁을 오랫동안 잊지 않고 있던 한기철 도선사였다.

한기철 도선사의 봉사 소식이 알려지자 함께 일하는 동료 해기사들도 팔을 걷어붙이고 나섰다. 부산항의 도선사 12명이 퇴직 시점까지 매월 일정액을 기부하기로 약정했고 마산항과 울산항 도선사들까지 힘을 보태어주었다. 부산항 도선사회에서도 6년 전부터 매년 2만 장의 연탄 기부를 해오고 있다. 도선사 60명이 구입비를 갹출해 부산신항에 입항하는 선원들이 이용할 수 있는 통근차도 마련해주었다.

이어 한기철 도선사는 해양 분야에서 일할 후배를 돕는 일에도 심혈을 기울였다. 자신이 졸업한 서울 대성고 서경숙 교사가 2012년부터 '직업 탐색의 날' 행사를 개최한다는 소식에 만사를 제쳐놓고 달려가 후배들을 만났다. 그들에게 해양 분야를 설명하고 인도한 결과 지금까지 무려 15명에 달하는 후배가 선장, 기관장, 도선사, 해양경찰 등으로 일하게 되었다. 또 한기철 도선사는 2013년부터 부산해사고에서도 이상도 교사와 김창한 교사로부터 매년 10명의 학생을 추천받아 후원하기 시작했다. 학생들에게 장학금을 지원하는 외에도 밴드의 '대화방'으로 상담에 응하는 한편 주기적 만남의 자리를 갖고 격려를 아끼지 않는다.

봉사를 계속하면서 한기철 도선사는 어느덧 '봉사왕'이라는 별명으로 불리게 되었다. 2016년 부산교육감의 감사장을 받았고 2020년 제25회 '바다의 날'에는 대통령 표창장 수상자가 되었다.

18세기 이래 영국의 산업혁명을 그토록 오랫동안 지탱시킨 힘은 단지 기술의 발전과 기계의 발명에서 나온 것만은 아니었다. 맨체스터와 랭커스터 공업지대에 살던 노동자의 자녀들이 부르던 "우리 아빠는 자랑스러운 철강 노동자"라는 동요야말로 어른들에 대한 응원가였다. 우리의 『삼국유사』에서 〈구지가〉나 〈헌화가〉를 부르는 이유 역시 "뭇사람의 입이 쇠도 녹이기 때문"이라 했다. 그 뜻은 아마도 소망과 소원을 담아 부르는 절절한 노래야말로 사람에게 신바람을 불러일으킨다는 것일 테다.

한기철 도선사의 직업에 대한 헌신과 봉사 역시 공명과 여운을 거느린 '해양인 응원가'로 불릴 참이다. 대성고 서경숙 교사는 한기철 도선사의 봉사가 낳을 선순환을 기대했다.

"한기철 도선사님의 후원과 격려는 당대에 그치지 않을 겁니다. 도움을 받은 후배들이 훗날 또 다른 자신의 후배를 돕는 릴레이를 이어가리라 봅니다."

그로부터 누군가는 가난에 맞설 용기를 얻고, 누군가는 선배들 뒤를 이어 해기사나 도선사가 될 결심을 굳힐 것이다. 결국 그 선순환은 한국의 해양 분야를 이끄는 미래의 동력이 될 것이다.

도움말씀 주신 분
채양범 한국해양대 교수, 이권희 한국해기사협회 회장,
강정칠 부산연탄은행 대표, 서경숙 대성고 교사, 김창한 부산해사고 교사

초대형이든 소량이든 정성을 다하는
화물 운송

포워딩 선두주자 양재생

누가 매일 아침 바닷길을 여는가. 새벽 5시 반 부산시 중앙동 옛 반도호텔 자리 사옥에서 국선도와 함께 하루를 시작하는 양재생 은산해운항공 대표다. 그의 지휘에 따라 해로와 육로, 항공로에 화물을 실어 보내는 포워딩(Forwarding)이 작동한다.

오늘날 국내에만도 무려 4천여 개 업체가 성업 중이라고 추산되는 한국 포워딩은 1950년대 말에야 이 땅에 나타난 업종이다. 처음에는 선진국 물류업체의 대리점 업무로 시작한 포워딩 산업은 해운과 육운, 항운의 역량 증강과 함께 그야말로 폭발적으로 성장했다. 특히 1976년 해상운송주선업 면허를 얻은 업체들은 1991년에 제정된 화물유통촉진법을 근거로 복합운송주선업 분야에 대거 진출하면서 물류업계의 판도를 바꾸었다.

결코 우연치 않게 양재생 대표가 해운업에 뛰어든 1975년, 그리고 회사를 세운 1993년 모두 정확히 그 변곡점과 일치한다. 혹자는 그가 시운(時運)을 탔다고도 말하지만 어쩌면 그에게는 시대를 꿰뚫어 본 혜안이 있었던 듯싶다.

고향 떠나 기회의 땅 부산으로

물류업의 혁신을 말하려면 컨테이너 운송을 빼놓을 수 없다. 이는 1950년대 미국에서 철도와 도로의 연락운송을 위해 창안한 것으로, 1960년대 말 미국의 무기와 장비를 베트남의 전쟁터로 운송하기 위해 컨테이너를 규격화하면서 그 효용성이 입증되었다. 이내 세계 각지의 해운항로에서 컨테이너 전용선이 벌크선을 대체했고 1970년 처음으로 미국 시랜드(Sealand)사 컨테

한국 포워딩업계 선두주자인
(주)은산해운항공 양재생 대표의 모습
ⓒ(주)은산해운항공

이너선이 부산항 제4부두에 들어왔다. 이어 한국에도 컨테이너 전용부두가 건설되었고 크레인이 배치되었으며 적치장도 건설됐다. 1974년에는 서울-부산 간 철로에 컨테이너 전용열차가 달리면서 '복합 일관수송 서비스'가 시작되었다.

1993년 은산해운항공을 설립한 양재생 대표가 수출입업계에 이름을 각인시킨 계기 역시 컨테이너를 이용

한 화물 운송이었다. 일반적으로 컨테이너 운송이라 하면 큰 부피의 많은 적재량을 장거리 구간에서 나르는 방식을 말한다. 그런데 중소업체들로선 화물이 워낙 소량이라 컨테이너 하나를 모두 채우지 못하면 이를 운송할 방도가 막연하다. 컨테이너의 부분만을 채우면서도 전체를 사용하는 요금을 내기에는 부담스러운 것이다. 은산해운항공은 소량의 화물까지도 받아서 운송해주는 서비스에 나섰고 당연히 중소 수출입업체들은 이를 열렬하게 환영했다.

양재생 대표의 어린 시절과 성장기는 고난으로 얼룩진 채 흘러갔다. 그는 경남 함양군 수동면에서 가난한 소작농이었던 양상영과 조갑순의 2남 3녀 중 장남으로 태어났다. 불과 열네 살 되던 해 갑작스럽게 부친이 돌아가시자 그는 졸지에 소년가장이 되었다. 어떻게든 가족들 생계는 꾸려가야 했기에 양재생 대표는 어려서부터 지게를 져야 했고 그 탓에 키가 자라지 못해 출석부 번호는 언제나 '1번'이었다.

그나마 천행이었던 게 '생계유지 곤란자'로 학비를 면제받으며 함양종합고등학교에서 상업을 배운 것이었다. 너나없이 가난했던 당시야말로 교육은 그 난관을 극복할 수 있는 유일한 방도로 여겨졌다.

1975년 어렵게 고교를 졸업한 양재생 대표는 가족을 이끌고 부산으로 나와 삶의 출로를 찾기로 했다. 일찍이 근대기에 배를 통해 선진문물인 '박래품'이 들어와 운송업과 무역업을 발전시

켰던 부산이었다. 이 도시에 대한 양재생 대표의 기대는 그를 훗날 포워딩 선두주자가 되는 길로 인도했다.

집안의 8촌 형님이 운영하던 '동서해운(훗날의 동남아해운)'에 말단사원으로 입사한 그는 억척같이 일을 하며 업무를 익혔다. 잠은 하루 네 시간씩만 자며 선박의 입출항부터 선석 배치, 해운 영업을 닥치는 대로 배우고 익혔고, 한 달의 반은 자진해서 야근을 했다. 그러면서도 새벽녘에는 어김없이 어머니가 공터에 차려놓은 국밥집 일을 돕느라 시장을 돌며 찬거리를 사서 날랐다.

그렇게 하루하루를 살아가면서도 양재생 대표는 배우지 못한 아쉬움을 달래기 위해 야간대학에 진학했다. 부산경상대를 거쳐 방송통신대를 졸업하고 나서도 다시 동아대에 진학해 법학사가 되었고 내처 대학원생이 되어 경영학 석사학위에 이어 경영대학원에서 박사학위까지 받았다.

양재생 대표와 같은 고향 출신인 진병수 그로발스타해운 회장은 그를 한국에서도 비교 불가능한 인물이라고 추켜세웠다.

"길게 말할 것도 없습니다. 양재생 대표는 한국에서 가장 부지런한 사람입니다."

과연 양재생 대표는 1970, 80년대 고속성장기에 우연히 나타난 행운아나 졸부가 아니었다. 입버릇처럼 꺼내는 "가난이 도리어 축복이었다"는 그의 말인즉 가난을 축복으로 만들고자 죽을 힘을 다했다는 뜻이었다.

1993년 양재생 대표는 나이 37세에 은행 대출금 3천만 원, 직원 4명으로 은산해운항공을 세웠다. '은을 산처럼 쌓겠다[銀山]'는 이름을 걸고 그가 세운 회사는 오래지 않아 포워딩업계의 전설이 되었다. 은산이 택한 소량화물 운송 서비스가 획기적이었기에 중소규모의 수출입업체로부터 삽시간에 주문이 밀려들면서 신생기업 은산해운항공의 이름은 업계 전체에 알려졌다.

화주가 발전해야 나도 발전한다

한편으로 그는 마치 학교에 수업료 내듯 시시때때로 닥쳐오는 고난도 꼬박꼬박 감당해냈다. 창업 초기 3~4년간은 절박한 운영자금 부족에 시달려야 했다. 실적이 적으니 대출이 어려운데 운임을 먼저 지불하고 사후에 정산을 받는 업계의 관행상 자금이 몇 개월씩이나 묶였기 때문이다. 한동안 양재생 대표의 하루 중 주요 업무는 연줄이 닿는 친인척과 지인들을 찾아가 돈을 빌리는 일이었다.

다행히 은산해운항공의 실적이 쌓이면서 자금 순환에 활로가 트였다. 뿐만 아니라 그에 대한 신뢰와 더불어 주위와의 관계 역시 한층 돈독해졌다.

1997년 초반, 양재생 대표는 여러 지표를 분석한 결과 경기가 악화될 것을 예감했다. 이에 그는 직원들 출근 시간을 1시간 30분 앞당겨 일감을 선점하겠다는 방침을 결정하고 이를 회사 내외에 알렸다. 예상했던 대로 직원들로부터의 거센 반발에 직면했지만 양재생 대표는 꿋꿋하게 버티며 방침을 고수했다.

그해 말인 11월 IMF가 터졌고, 포워딩 업체들 중에서도 이른 시간대에 움직이기 시작한 은산해운항공의 업무 방식이 절대적으로 유리함이 입증되었다. 몰아치는 불황의 여파 속에서도 은산해운항공의 수주량은 도리어 배로 늘었고 연간매출액 역시 91억 원에서 222억 원으로 두 배가 넘게 폭증했다. 이후 당연한 것처럼 젊고 유능한 사원들이 모여들었고 회사는 소통이 원활하고 단결력이 강한 분위기를 유지하며 더욱 승승장구했다.

양재생 대표는 회사 현관 옆에 "된다, 된다, 잘된다, 더 잘된다"는 슬로건을 큼지막하게 써서 내걸었다. 그러곤 포워딩업체로서는 선례가 드문 기반시설을 갖추면서 획기적 업무 방식의 실현에 나섰다. 경남 양산과 웅동, 부산시 녹산과 화전, 그리고 인천시 서구 등지에 컨테이너 터미널을 마련하고 부산시 녹산과 경남 양산에는 수출포장업체까지 설립하여 화물 운송의 수직계열화를 이루어냈다.

평소 양재생 대표가 내건 업무에서의 방침은 '고객 우선'이다. 그는 선적서류의 작성부터 세관 업무, 내륙 운송 등의 업무를 일괄 대행하면서 고객과 약속한 대로 그들의 처지와 입장에서 처리하고자 애쓴다.

"고객 만족을 위해서는 그들의 눈높이와 마음으로 일해야 합니다. 고객의 입장과 화물을 내 것처럼 여기고 운송과정에서의 어떤 난관도 해결합니다. 화주가 발전해야 나도 발전하기 때문입니다."

(주)은산해운항공이 부산신항에 건립, 운영 중인 경인 컨테이너 터미널
ⓒ(주)은산해운항공

　오랫동안 양재생 대표를 지켜봐온 이일재 (주)부산면세점 대표는 인연을 소중히 여기는 그의 태도가 고객과의 관계 유지에 강점으로 작용했다고 말했다.

　"양재생 대표는 고객을 예의 바르고 겸손하게 대하면서도 성실과 정직으로 그들과의 신뢰를 쌓아왔습니다. 그렇기 때문에 한 번 그 분과 일을 해본 고객은 반드시 다시 찾게 되고 오랫동안 관계를 유지하게 됩니다."

　양재생 대표는 '한 번 고객과 한 약속은 어떤 어려움 속에서도 반드시 지킨다'는 원칙을 고수해왔다. 그것은 누구에게나 말하기는 쉬워도 실천하기 어려운 원칙이지만 그는 가능한 모든 방법을 동원해 이를 지켜왔다.

　2004년 은산해운항공은 울산에서 제작된 무게 700톤의 초대형 선박 엔진을 바지선에 실어 부산항까지 옮긴 후 다시 벌크선에 신고 독일까지 운송하는 일을 맡았다. 부산항이 개항한 이래 최대 규모의 장비가 투입된 이 프로젝트에서 한 치의 오차도 단 하루의 납기 지연도 벌어지지 않았다.

2010년 무게 300톤의 대형변압기를 울산에서 미국 뉴올리언스까지 옮기는 일에서도 은산해운항공은 이적(異蹟)을 이루어냈다. 선박에 화물을 싣고 태평양을 건너 미시시피강을 거슬러 올라가서도 운송로가 열리지 않자 남의 나라에 도로까지 닦아가며 끝내 운송 임무를 완수해낸 것이다. 운송에 2년이 걸린 이 프로젝트를 해내는 과정에서 은산은 추가적으로 350만 달러의 비용을 부담해야 했지만 그 대신에 천금을 주어도 구하기 어려운 국제적 명성을 얻어냈다.

포워딩은 다양한 장르의 종합 음악

양재생 대표는 자신이 처리하는 포워딩 업무를 종합 음악에 비유했다.

"은산이 해내는 포워딩 업무는 종합 음악이라 할 수 있습니다. 클래식 음악이든 대중음악이든 고객이 원하면 무엇이나 연주하기 때문입니다. 고객이 보내달라면 바늘 하나부터 중량화물에 이르기까지 무엇이든, 어디까지든 나른다는 것이지요."

그동안의 공로로 양재생 대표는 정부로부터 잇단 표창을 받았다. 석탑산업훈장을 비롯해 산업통상자원부장관 표창, 한국

컨테이너 터미널 내부에서 화물을 정리하는 모습 ⓒ(주)은산해운항공

물류대상 국토해양부장관상, 대한민국 해양대상, 바다의 날 산업포장 등이 그것들이다.

양재생 대표가 산업체 운영자로선 드물게 각종 포상을 받고 칭송을 누리는 데는 그럴 만한 까닭이 있다. 일찌감치 부인과 함께 고액기부자 클럽인 '아너 소사이어티'에 가입한 그는 늘상 "자신보다 어려운 사람을 잘 챙겨라"라고 말하던 모친이 작고하자 장례에서 받은 부의금으로 같은 클럽 기부자 명단에 어머니 이름을 올렸다.

뿐만 아니라 그는 남다른 고향 사랑을 실천해 보이기도 했다. 부산시에 나와 사는 함양인들의 모임 향우회장을 오래 역임하면서 고향 마을을 찾아가 가로등을 세우고 공원을 조성해주었으며 어르신을 위한 잔치를 열고 후학들을 위한 장학금도 조성했다. 고향 인근 나환자촌에 사는 한센병 환자들이 대도시를 오가며 치료받을 수 있도록 봉고차도 마련해주었다.

부산시에서 자신이 공부했던 학교들, 부산경상대와 동아대, 한국해양대를 위해서는 장학금과 발전기금을 기탁했고 부산상공회의소에 세운 아카데미의 운영을 돕기 위한 후원금도 쾌척했다.

물류업의 난관을 헤쳐나갈 선두주자

최근 들어 해운 전문가들은 앞으로의 바닷길 전망이 불확실하다는 진단에 대체로 동의하는 편이다. 코로나19 팬데믹이 끝나가면서 해운업체는 수요가 급증하고 운임이 높아져 성황을 누리는 반면 수출입업체들은 물류비 상승과 이송 지연으로 고전하고 있다. 서로 처지가 다른 양자 간에 이루어져야 할 적정한 조화와 균형을 낙관하기 어렵다는 진단이 우세하다.

그 와중에 세계 최대선사인 덴마크의 머스크, 프랑스 해운기업 CMA CGM이 복합물류업으로의 진출을 준비 중이다. 장차 북극항로가 개척되면 더욱 관심이 뜨거워질 동북아 물류 시장에서 서구의 공룡급 물류업체와 국내기업 간에 협력과 경쟁이 불가피하리라는 전망이다. 자연스럽게 한국 포워딩업의 미래가 우려스럽다는 목소리도 높아지고 있다.

그래서 더욱 은산해운항공의 29년 행로가 주목받고 있다. 신용존 한국해양대 교수는 그처럼 해운업체의 복합물류업 진출이 가시화되는 상황에서도 은산해운항공의 장래에 대해서만은 낙관할 수 있다는 견해를 피력했다.

"우리 몸에서 동맥 못지않게 실핏줄 역시 중요하듯 물류업에서는 대기업만이 유리하다는 보장이 없습니다. 컨테이너 터미널 등 자체 인프라를 갖추고 수익을 다변화해 안정적 서비스를 지향해온 은산해운항공은 고유의 영역을 지킬 역량이 충분하다고 봅니다."

김영덕 부산항만산업총연합회 회장 역시 포워딩업계에 양재생 대표가 버티고 있는 한 그가 열어갈 미래의 바닷길이 여전히 탄탄하리라는 의견을 보탰다.

"양재생 대표는 특화된 영역을 개척하고 고객과의 오랜 신뢰를 구축해왔습니다. 그에게는 어떤 역경도 이겨낼 경쟁력이 있기 때문에 앞으로도 동북아 물류 시장에서 지속적으로 선전하리라 믿습니다."

해운물류업계에서는 가난과 어려움을 극복해온 양재생 대표의 뚝심과 저력에 무한에 가까운 신뢰를 보냈다. 그 믿음과 기대는 필시 거센 태풍과 해일 뒤에 바닷길이 도리어 평탄해지는 이치로부터 오는 것일 테다.

도움말씀 주신 분
신용존 한국해양대 교수, 진병수 그로발스타해운·그로발스타로지스틱스 회장,
김영덕 부산항만산업총연합회 회장, 이일재 (주)부산면세점 대표

300m 독에서 325m 컨선 만든 역발상

한국 조선업 레전드 장창근

바다는 용왕과 포세이돈을 비롯한 신들의 영역이었다. 신화 속에는 피안의 세계에 죽은 사람을 살려내는 '도환생꽃'도 있지만 그걸 구하려면 물(바다, 강)을 건너야 한다. 그처럼 영생을 구하든 신대륙을 발견하든 현세를 초월하려면 바다를 건너야 했고 그러자면 배가 있어야 했다. 선사시대부터 오늘까지 배는 바다를 건너 삶의 영역을 넓히는 데 필수적 수단이었다.

한국 조선업은 바다를 무대로 현대판 신화를 써왔다. 1960년까지 한국은 태평양전쟁 당시 연안에서 침몰한 배를 인양해서 쓰던 나라였다. 1972년만 해도 연간 선박 건조 능력 19만 톤은 세계 점유율 1% 미만이었다. 그러나 2년 후인 1974년에는 최단 공기(工期)에 최소 비용으로 대형 유조선을 만들었고 그로부터 얼마 후인 1970년대 말 한국은 세계 2위의 '조선 대국'이 되었다. 다시 30여 년 후인 2006년에는 세계 조선회사 랭킹 1위부터 7위까지를 한국의 조선업체가 차지했다. 이 정도면 '신화 창조'

경남 거제시 아시아조선소 작업현장에서의 장창근 사장 ⓒ김정하

라는 레토릭이 아까울 것도 없다.

　그런데도 경남 거제시에서 아시아조선소를 운영하는 장창근 사장은 '신화의 주역'이라는 호칭을 극구 사양했다. 그는 "배를 모으는 일이 협력의 결과이기 때문"이라고 말한다. 배를 '만든다'거나 '짓는다', '건조한다'는 사전에나 나오는 말이다. 현장에서 쓰는 '배를 모은다'야말로 조선업을 둘러싼 여러 정황과 근로자를 비롯한 조선인의 피땀 어린 수고와 끈끈한 동료애를 가장 정확하게 표현하는 말이다.

　그런 장창근 사장이지만 그를 주인공으로 2009년 제작된 KBS 다큐멘터리 제목이 〈신화창조의 비밀〉이었다는 사실만은 부인하지 않았다. 영상에 소개된 공법은 실제로 조선업계의 상식을 깬 신화적인 것이었다. 2004년 도크 길이가 300미터에 불과한 한진중공업 영도조선소가 길이 325미터의 8,100TEU급 컨테이너선 마에바(MAEVA)호를 만들어냈다.

이를 위해 한진중공업에서 생산기획과 생산기술을 담당하던 장창근 상무를 비롯해 사원 전체는 연구와 테스트로 무려 6개월이나 불면의 밤을 보내야 했다. 대형 블록을 해상에서 탑재한 후 고무 패킹을 부착하고 수중에서 용접 작업을 하는 동안 도크에 나와 있는 전 사원은 숨을 죽이고 가슴을 졸였다. 스킨스쿠버가 수중에 들어가 용접된 부분을 확인한 결과, 한 치의 오차도 없는 대성공이었다.

그렇게 성공적으로 공정에 적용한 '댐(Dam) 공법'은 앞서 한진중공업에서 창안한 '대형선행탑재공법(GPE)'과 함께 세계 최초로 시도한 조선 방식이었다. 교과서에도 없던 이 공법들은 뒤이어 다른 조선업체들이 선보인 '스키드런칭 시스템'과 '메가블록 공법' 등에도 영감을 주었다.

대우조선공업에서 대한조선공사로 나아가다

장창근 사장은 부산시 동구 수정동에서 건축업을 하던 장잠득과 박귀덕의 5남 중 3남으로 태어났다. 어린 시절부터 부산항을 드나드는 배들을 바라보며 자라난 그는 대학에 입학할 시점이 되자 당연한 것처럼 조선공학과를 택해 부산대학교에 들어갔다. 그러곤 어릴 때 골목대장으로 또래를 끌고 다녔듯 대학시절 내내 학과의 총대를 맡아 일했다. 그처럼 '사람 모으기'를 좋아했기에 장창근 사장은 훗날 '배를 모으는' 조선업에서도 두각을 드러낸 게 아닐까.

장창근 사장이 대학을 졸업한 1980년은 한국 조선업이 제2의 도약을 위해 숨 고르기를 하던 무렵이었다. 그가 첫발을 디딘 직장은 거제도 옥포만 대우조선공업이었다. 주변이 온통 진흙밭인 현장은 한편에서 배를 만들고 다른 편에서는 도크를 만드느라 어수선했지만 조선업에 종사하는 누구나 의욕만은 차고 넘쳤다. 불과 6년여 전 기술도 경험도 없이 유조선을 만들어 세계를 놀라게 하며 '신흥 조선 강국'으로 떠오른 흥분이 아직 남아 있었던 것이다. 누가 봐도 조선업 분야에서는 뭘 해도 성공하겠다 싶은 분위기였다. 장창근 사장은 1937년 조선중공업이 도크를 열어 '대한민국 조선 1번지'라 불렸던 부산시 영도구 대한조선공사로 직장을 옮겨 꿈을 펼치기 시작했다.

조선 4사가 모여 정보를 교류하다

장창근 사장은 신참내기 과장이 된 1987년 드디어 일을 저질렀다. 그를 중심으로 현대중공업의 장정호, 삼성중공업의 김춘길, 대우조선공업의 소준기 등 실무자들이 "한국 조선업을 살려보자"며 의기투합했다. 경험은 적지만 의욕만은 파릇파릇했던 그 초급 간부들은 이름도 거창한 '조선 4사 생산관리위원회'라는 걸 만들어 분기별 모임을 갖기로 했다.

그렇게 만나 머리를 맞댄 장창근 사장은 한국 전체의 조선업 관련 생산성이 불분명하다는 점을 깨달았다. 이에 그와 각 사 대표들은 생산성부터 먼저 파악하기로 하고 이를 산출하는 데 절대적인 환산 총톤수(CGT) 관련 통계부터 내기로 했다. 각자 자신의 회사에서 만드는 선박의 선종(船種)과 시수(時數), 즉 근 로자 1인이 8시간 근무하는 단위 등의 내부자료를 수집했다. 내 처 서로의 회사를 방문해 1박 2일을 함께 보내며 공법과 공정에 대해 허심탄회한 논의를 이어갔다. 서로의 속내를 숨김없이 털 어놓고 결속을 다지기 위해 주말에는 부부 동반으로 야유회를 가기도 했다.

그렇게 모임이 열기를 띠자 조선공업협회가 동참했으며 그로 부터 여러 아이디어가 속출했다. 그러자 생산 외의 분야에서도 '공법위원회', '예산관리위원회' 등을 만들어 운영하기에 이르렀 다. 차차 임원들의 모임이 생겨나더니 오래지 않아 일본 조선공 업협회와의 국제적인 교류도 활발하게 진행되었다. 하지만 불 과 6년여가 지나는 동안 다시 조선업이 활황기를 맞이하고 회사 간의 경쟁이 치열해지자 저마다 내부정보를 감추기 시작했다. 그런 변화에 비하면 장창근 사장 등이 만든 '조선 4사 생산관리 위원회'는 실로 놀라운 만남이자 교류의 시작이었다.

양보할 수 없는 철칙

이후 장창근 사장은 생산본부장에 오르기까지 해상운송용 선박부터 해양자원 개발용 설비, 군사용 전함, 군수물자 조달용 선박 등을 건조하는 드라마를 연출했다. 1995년 동양 최초로 멤브레인형 LNG선을 건조하여 업계를 놀라게 한 건 하나의 예에 불과했다.

어떤 배를 짓든 간에 '공정순서를 준수하자'는 건 장창근 사장의 양보 없는 철칙이었다. 배 한 척을 지을 때마다 100여 개가 넘는 협력업체로부터 8,000개 이상의 조각을 모으고 부품을 납품받아야 하는 복잡다단한 공정을 지휘하면서 그는 단 하루의 지연, 털끝만큼의 착오도 용납하지 않았다. 일찍이 1983년 수천 톤의 다목적화물선을 애써 만들고도 하자가 발견되어 인도가 거부되는 바람에 대한조선공사라는 유서 깊고 거대한 회사가 한순간에 무너지는 걸 지켜보았기 때문이었다.

한편으로 장창근 사장은 현장에서의 '감(感)'을 특히나 중요시했다. 그는 생산 분야의 초급 간부 시절부터 가장 높은 직책인 본부장에 오른 다음에도 '명장(名匠)'의 반열에 오른 직장이나 기장은 "조선산업의 원동력인 분들"이라며 깍듯하게 예우했다. 그들이야말로 작업의 진행뿐만 아니라 공정의 개선과 신기술 개발 등에 필수적으로 필요한 '감'을 지니고 있었고 그게 때로는 회사의 명운을 좌우한다는 점을 장창근 사장은 누구보다 잘 알았다.

필리핀 수비크에 조선소를 짓다

1980년대부터 호황을 누려오던 한국 조선업은 마침내 2000년 수주잔량 세계 1위의 자리에 올랐다. 2000년대에 들어서면서 세계적 추세가 된 선박 대형화에 맞춰 한국조선업계는 해외로 눈을 돌렸다. 한진중공업도 그에 부응하여 2006년 필리핀으로의 진출을 결정했다. 그곳 수비크에 조선소를 짓고 조직과 인력을 꾸리는 사업계획 일체의 기획과 실행은 당시 상무였던 장창근 사장의 필생의 도전이었다.

그 프로젝트는 부지 8만 평에 불과한 영도조선소의 한계를 일거에 뛰어넘기 위한 대역사(大役事)였다. 100만 평이나 되는 부지에 초대형 도크 2개와 골리앗크레인 4기를 설치하고 4킬로미터의 안벽과 길이만도 1킬로미터에 달하는 공장을 지었다. 그중 제6도크는 길이 550미터에 컨테이너선 6척을 동시에 건조할 수 있는 명실상부한 세계 최대의 선박 건조시설이었다. 그와 함께 따로 훈련소 10동을 지어 현지인 기술자 1만 8,000명을 양성하는 한편 외국과 한국으로 선박 건조에 필요한 자재를 조달받을 해상루트도 확보했다. 그야말로 생산과 교육, 물류가 치밀하게 어우러진 첨단의 해외 조선업 전진기지였다.

다시 2008년 장창근 사장은 가족과 떨어진 채 수비크조선소로 파견되어 생산을 총괄하는 일을 맡았다. 그는 조선소 안에 잠자리를 마련하고 숙식을 해결하며 선박 건조에 혼신의 힘을 기울였다. 주야 2교대로 이루어지는 근무를 감독하고 지휘하느

장창근 사장이 33년 4개월간 생산본부장으로 근무한 부산광역시 영도구
전(前)한진중공업 영도조선소 전경 ⓒ김정하

라 밤낮으로 두 시간씩 쪽잠을 자가며 현장을 돌았다. 특히 야
간근무에 익숙치 않은 필리핀 근로자들의 작업을 독려하려면
야간순찰을 게을리할 수 없었다.

　한편으로는 필리핀 근로자를 위해 그들이 좋아하는 농구대회
를 개최하고 각종 포상제도 등을 마련해 의욕을 북돋워주었다.
그렇게 장창근 사장이 열정을 쏟아부어 4년 반을 지휘한 수비
크조선소는 그가 전무 승진과 더불어 본사로 복귀한 2015년에
'세계 10대 조선소'에 오르기도 했다.

　장창근 사장이 수비크조선소를 위해 애를 쓰는 동안에도 세
계 선박업계는 널뛰기를 하듯 부침을 반복했다. 2005년 이후 중
국이 조선업 대규모 투자에 나섰고 2008년에는 세계금융위기로
인해 조선 물동량이 급감하는 데도 신조선 공급은 과잉 현상을

2008년 8월 30일 수비크조선소에서 4,300TEU급 컨테이너선 건조 후의
장창근 생산본부장 ©장창근

보였다. 이어 2014년의 유가 급락과 2016년의 선박 발주 감소
도 업계에 치명타가 되었다. 그런 해운시장 불황과 수주 악화로
수비크조선소에서는 구조조정을 시작했고 그에 따른 우수근로
자 이탈, 품질 저하, 납기 지연 등이 도미노 현상을 일으켰다. 그
로부터 이어진 경영 악화는 결국 한진중공업으로 하여금 수비
크조선소 운영을 단념하도록 내몰았다.

한국 조선업의 과제

조효제 한국해양대학교 교수는 한국 조선업이 거두어온 성과
를 높게 평가하면서도 비판과 제언을 아끼지 않았다.

"한국 조선업은 외국이 상상도 못 했던 기술 개발로 약진에 약진을 거듭해왔습니다. 하지만 한국 조선회사들의 과잉 공급 과 일부 회사의 가격 덤핑은 업계에 치명적이었습니다. 아이러 니하게도 그로 인한 최대의 피해자는 바로 한국의 조선회사 자 신들이기 때문입니다. 이제 그런 구시대적 작태는 마땅히 지양 돼야 합니다."

이제 한국 조선업이 다시 세계적 '조선 강국'으로 우뚝 서려면 좀 더 강고한 바탕이 필요하다는 게 전문가들의 지적이다.

"조선업 종사자의 피와 땀을 가치 있게 만들려면 정부가 과당 경쟁 통제와 선수금환급보증(RG) 지원에 나서야 합니다."

그에 덧붙여 조진만 부산대학교 교수는 한국의 조선업에 대해 이렇게 조언했다.

"한국 조선업은 그동안 LNG선과 컨테이너선 건조 분야에서 기적을 일으켜왔습니다. 그렇다면 장래의 가능성 역시 지금까지 잘해왔던 바로 그 분야에서 찾아야 합니다. 시대를 선도하는 기 술력 개발만이 한국의 장기이자 미래의 해답입니다."

아시아조선소를 인수하다

장창근 사장은 예순을 넘긴 나이에 처음 직장 생활을 시작했 던 거제시로 돌아왔다. 그러곤 2021년 기술평가 우수기업 인증 을 받는 등 강소(强小)기업의 기반을 갖춘 아시아조선소를 인수 했다. 특수선 건조 경험이 풍부한 장창근 사장은 중소형 상선을 포함한 첨단선박과 친환경 선박 건조를 회사가 추구하는 목표로 정했다.

장창근 사장은 다른 무엇보다 '초(超)격차 기술'이야말로 한국 조선업의 미래를 열어가는 비결이라는 신념의 소유자였다. 그것은 미국의 비교신화학자 조지프 캠벨(Joseph Campbell)이 그의 책『천의 얼굴을 가진 영웅』에 쓴 영웅의 부활에 대한 설명이 떠오르게 하는 언급이다. "길은 없다. 너 자신을 통해 나아가라."

그렇게 '한국 조선업의 레전드'는 초심으로 돌아와 '제2의 조선 인생'을 시작했다. 한평생 격랑을 헤치며 선박 생산에 매진해온 장창근 사장의 일대기는 한계와 극복, 다시 좌절과 성공이 짜여지는 반전과 재반전, 재재반전의 연속이었다. 물론 자신이 물러난 이후 벌어진 수비크조선소 폐쇄 사태는 진한 아쉬움으로 남았다. 그렇다 하여 "결과는 아쉽지만 나름대로 최선을 다했다"는 장창근 사장이 온몸을 바쳐 쌓아 올린 노력의 의미까지 퇴색되는 것은 아닐 터이다.

신화와 민담, 전설은 전승으로 이어지면서 되살아나곤 한다. 그처럼 조선업의 전설이 다시 살아나는 날 바다는 품을 열어줄 것이다. 그러면 후세대의 누군가는 장창근 사장이 쌓아 올렸던 성과를 모델로 또 다른 신화를 창조할 것이다.

도움말씀 주신 분
조효제 한국해양대 교수, 조진만 부산대 교수, 김춘길 전 삼성중공업 팀장, 김순태 전 한진중공업 상무

2부
_____

바다를 배우다

장보고 연구 대가, 바다의 개방성에서 한국의 미래를 찾다

해양사학자 강봉룡

바다는 역사나 흔적을 남기지 않는다. 깊게 패었던 항적(航跡)도 파도와 더불어 거품으로 사라진다. 어쩌면 바다가 영광과 오욕, 수탈과 교류의 흔적을 감추고 시치미를 떼는 것처럼 보이기도 한다.

역사 속 바다를 누비던 해양 영웅들의 행적도 마찬가지다. 시간이 지나면서 잊히기 일쑤인 바다에서의 망각과 싸우는 일이 '해양 역사 연구'이다. 강봉룡 목포대 교수가 그 분야를 대표하는 인물이다.

자신도 모르게 이끌린 해양사 연구

1995년 강봉룡 교수는 목포대 사학과에 부임한 직후 인근 지역인 완도를 둘러보다 묘한 기시감에 빠졌다. 그곳은 828년 해상왕 장보고가 청해진을 건설했던 섬이다. 그가 비운에 스러지고 난 후 청해진에 머물던 군사와 주민들은 851년 벽골군(현재의

장보고 대사가 청해진을 설치했던 사적 제308호 완도 유적지 ⓒ완도군

전북 김제시)으로 강제 이주를 당했다. 그로부터 1100년의 세월
이 흐른 뒤 강봉룡 교수가 그 자리를 찾아왔다.

　어쩐지 강봉룡 교수는 자신이 청해진에서 이주를 당했다 다시
돌아온 사민(徙民)의 후예일 것만 같았다. 자신의 가족이 거쳐온
내력을 곰곰이 돌아보니 그것은 아주 터무니없는 감상만은 아
닐 수도 있었다. 강봉룡 교수는 1960년 고교 교사였던 강정호
와 곽옥희의 8남매 중 넷째로 김제시 만경면에서 태어났다. 중
학생 시절에는 부친이 전근한 완도 옆의 해남에서 살다 상급 학
교에 진학을 하면서 전주와 서울로 갔다. 그리곤 완도가 가까운

목포의 대학에 교수직을 구해 다시 전남으로 왔던 것이다.

그리고 보면 서울대 사범대 인문계열에 입학한 강봉룡 교수가 2학년으로 올라가면서 역사교육 전공을 택한 것도 우연이 아닐 듯싶다. 1학년 내내 열심히 시위 현장을 따라다니며 귀에 젖은 '역사가 나를 부른다'란 구호에 이끌려서였지만 그 역시 인연에 이끌린 것인지 모를 일이었다.

서울대 대학원 국사학과에서 한국 고대사 연구로 박사학위를 받고 목포에서 장보고의 유적까지 접하니 이젠 자신이 역사를 부를 차례임을 직감했다. 내처 목포대 도서문화연구소 연구진에 섞여 서남해 해역 일원을 둘러보니 섬은 기왕에 알았던 것처럼 고립된 공간이 결코 아니었다. 섬 곳곳에는 대규모의 고분과 성곽들이 남아 있었으며 그 주변에 흩어진 무수한 토기 조각들이 그곳에 살던 사람들의 기억을 전해주고 있었다.

익히 알려졌듯 해양사 연구는 자료 찾기부터 난관이었다. 해양사의 범위는 넓은 데 비해 문헌은 태부족이었다. 하지만 한국 해양사를 재조명하겠다는 결심은 강한 열망이 되어 강봉룡 교수를 사로잡았다. 그는 기왕의 연구 영역을 급격하게 한국사 전반으로 확대시켰다. 우선 9세기 말엽의 서남해를 무대로 견훤, 왕건과 일전을 불사한 능창의 발자취를 더듬노라니 그에게서 장보고의 그림자가 보였다. 다시 13세기 중엽 그 지역의 고려인들이 몽골 침략군과 해전을 벌인 결과 정국의 흐름을 바꾸어버린 사실(史實)도 밝혀냈다.

그런 역사에 비추어 조선 시대에는 도리어 해양과 해양인이 관심 영역 밖으로 밀려났다. 명나라의 본을 받아 바다 진출을 막은 해금(海禁) 정책은 무모할 정도로 엄격했고, 바닷가에 사는 사람들에게는 가혹하기까지 했다. 당연히 조선은 바다에서 펼쳐진 역사의 상당 부분을 기억도, 기록도 할 수 없었다.

세계를 무대로 연구하는 해양사

드디어 강봉룡 교수는 신발 끈을 고쳐 매고 본격적인 장보고 연구에 나섰다. 때마침 1999년 (재)해상왕장보고기념사업회가 설립되었고 TV 공영방송이 드라마 〈해신〉, 〈불멸의 이순신〉을 방영하면서 해양 영웅에 대한 세간의 관심이 한껏 높아진 참이었다. 역사의 허구화가 대중의 관심을 불러일으키는 데 일정한 기여를 한 것은 맞으나 적지 않은 문제점을 노출시킨 것도 사실이었다. 이를 유심히 지켜보던 강봉룡 교수는 역사학자로서 그 문제점을 보완해야 할 막중한 책임감을 느꼈다.

2004년 강봉룡 교수가 '한국사의 미아 해상왕 장보고의 진실'이란 부제를 달아 펴낸 저서 『장보고』는 세인들의 관심을 불러일으켰다. 어느덧 장보고를 연구하는 강 교수라 하여 '강보고'라 불리기 시작한 그는 이듬해에 다시 『바다에 새겨진 한국사』를 펴냈다. 이 역시 "한국사를 보는 관점을 바꾸었다"는 학계의 호평을 받으며 청소년 권장 도서로 선정되는 영예를 얻었다.

이후 강봉룡 교수의 연구 활동은 종횡무진으로 전개되었다.

그는 부족한 자료를 모아들여 세밀히 고증하는 한편 고고학 자료와 구전설화 등에서 연구의 실마리를 찾기 위해 청해진 유적지와 그 주변의 섬들을 끝도 없이 맴돌았다. 답사를 통해 9세기 무렵 전남 해남군 화원면과 강진군 대구면 등지에서 도자기가 생산되었을 가능성을 찾아내고자 심혈을 기울였다.

나아가 장보고의 흔적이 남아 있는 동아시아 각지를 찾아갔다. 중국 산둥성 석도진항의 적산법화원을 비롯해 일본 후쿠오카현 다자이후(太宰府), 교토부 엔랴쿠지(延曆寺) 등지를 일일이 답사했다.

이어 방문 교수로 호주 그리피스대에 머물던 무렵에는 호주대륙을 발견한 제임스 쿡을 연구하며 해양사 비교 연구의 기반을 다졌다. 강봉룡 교수에게는 '강보고'에 이어 '제임스 캉'이라는 새로운 별명이 생겼다.

그 과정에서 강봉룡 교수는 지극히 단순한 사실로부터 놀라운 깨달음을 얻었다. '세계의 바다는 이어져 있다'는 사실로부터 '바다를 통해 세계의 문명과 문화가 연결돼 있다. 그러므로 해양사는 곧 세계사다'라는 통찰을 얻은 것이다. 그로부터 강봉룡 교수의 해양사 연구는 신라는 물론 동아시아를 벗어나 세계를 무대로 대폭 넓어졌다.

한·중·일 물류시스템을 구축한 장보고

김문경, 김성훈 교수 등 선학의 연구를 이어받아 강봉룡 교수

중국 산둥성 룽청시 석도진에 장보고가 창건한 적산법화원 인근
'장보고전기관' 내의 장보고 동상 ⓒ강봉룡

가 조명한 장보고의 일대기는 실로 장엄했다. 서남해 어느 섬에
서 태어난 장보고는 당(唐)에 건너가 무공을 떨치다 828년 신라
로 돌아와 동아시아 무역 항로 장악에 나섰다. 당시 장보고는
민간인이면서도 병사 1만 명을 거느렸고 신라의 직제에도 없던
'대사'라는 호칭으로 불렸다. 장보고는 청해진을 중심으로 중국,
일본을 잇는 물류시스템을 구축했고 그가 개척한 항로는 비단
동아시아 해역만이 아니라 멀리 서남아시아 각국에 이르는 '남
해로'까지 이어져 있었다. 한 번 왕래하며 물건을 팔고 사면 최
대 여덟 배까지 이익이 남는 데다 그로 인해 나라와 지역의 흥망

성쇠가 엇갈리기도 했으니 해상 교역에 목숨을 걸고 달려들 가치는 충분했다.

장보고를 우러러보고 칭송한 건 신라 내국인들보다 일본과 중국의 명사들이었다. 장보고의 후원 덕에 당에 유학할 수 있었던 일본의 승려 엔닌은 그를 '재신(財神)'이라는 말로 추앙했다. 당나라의 시인 두보는 한층 격을 높여 그를 "인의지심(仁義之心)과 명견(明見)을 가진 인물"이라 찬양했다. 장보고와는 천년의 시간을 두고 살았던 미국 하버드대의 라이샤워 교수도 1955년 그에게 '해상 상업제국의 무역왕'이라는 극상의 호칭을 헌정했다.

개방·폐쇄 키워드로 분석한 한국 해양사

장보고 연구에서 시작해 한국 해양사를 파고든 강봉룡 교수는 '개방'과 '폐쇄'를 키워드로 그 곡절 많은 역사에서 일정한 변화를 읽어냈다. 고대로부터 삼국시대까지를 태동기, 통일신라 시대부터 고려 시대까지를 융성기, 조선 시대를 쇠퇴기, 그리고 해방 이후 오늘날까지를 부흥기로 구분하는 식이었다.

해양을 둘러싼 시대상이 달랐으니 그 시대마다 해양 영웅이 존재하는 의미 또한 다르게 평가됐다. 이를 강봉룡 교수는 다음과 같은 말로 압축하여 분석했다.

"장보고와 이순신은 모두 한국 해양사에 길이 남을 해양 영웅이었다. 하지만 해양 개방 시대를 열어젖힌 장보고는 거침없는 바다로의 진출을 이룩한 데 비해 해양 폐쇄 시대에 살아야 했던 이순신은 바다의 방어에만 충실해야 했다. 이순신이 해양을 지켜 나라를 구한 것은 역사에 길이 남을 위업이지만 조선 시대 해금 정책이 남긴 잔재는 지금까지도 한국의 해양강국으로의 성장에 장애가 되고 있다."

계속해서 확장하는 강봉룡의 해양사 연구

해양사를 통해 바다를 대하는 강봉룡 교수의 애정은 굳세고도 확고했다. 함께 부임했던 교수들이 줄줄이 타지의 대학으로 떠나가는 와중에도 그는 꿋꿋이 목포대에 남아 바다를 지켰다. 강봉룡 교수는 목포대 도서문화연구소와 인문한국사업단을 이끌며 2009년 '전국해양문화학자대회'를 결성한 이래 이 대회를 통해 발표된 논문 수가 지금까지 무려 2천여 편이 넘을 정도로 활발하게 학문적 자극을 주고받는 논의의 장을 펼쳐놓았다.

2013년에는 오래전부터 강봉룡 교수와는 교류를 해왔지만 서로 간에는 안면이 없던 한·중·일·대만의 해양문화학자들을 한 자리에 모아 소개하는 자리가 있었다. 그러다 그의 제안으로 내친김에 연구자 네트워크인 '동아시아 도서해양문화포럼'을 만들기로 뜻을 모았다. 그러자 놀랍게도 중국과 일본 측 학자들이 서로 먼저 자기 나라에서 학술대회를 개최하겠다고 나섰다. 그런 열띤 반응에 힘입어 2022년에는 베트남과 말레이시아 연구자들에게까지 문호를 개방하게 되었다. 강봉룡 교수는 한국의 목포를 지키면서 지역에서도 주제만 특화하면 얼마든지 세계적

2022년 목포해양대 실습선 세계로호를 이용한 독도 답사에서의 강봉룡 교수
ⓒ목포해양대

학문교류의 중심에 설 수 있음을 입증해냈던 것이다.

강봉룡 교수는 바다와 더불어 섬에도 주목했다. 그가 오랜 연구를 통해 고증해보니 서남해에 연이어 늘어선 섬들은 한반도에서 세계로 나아가는 해상교통의 거점이자 징검다리였다. 그가 보기에 해금과 공도(空島) 정책 등으로 섬에서 주민이 살 수 없었던 시대에는 지역과 나라가 하릴없이 쇠퇴했으나 그 반대일 때는 욱일승천의 기세로 흥성했다.

2016년 강봉룡 교수는 지인들과 뜻을 모아 '섬의 날'을 제정하자고 제안했다. 지역사회의 응원을 받으며 국민 공모와 국회에서의 공청회를 거친 2018년, 마침내 세계에서 최초로 '섬의 날'이 제정되는 성과를 거두었다. 이를 "인생에서 가장 기쁜 사건"이라 부르는 강봉룡 교수는 섬의 가치와 미래에 대해 이렇게 말했다.

"섬은 청정함과 문화 다양성을 함께 지닌 보물 창고입니다. 이를 보존, 활용하여 미래의 성장 동력으로 삼으면 청정 산업과 문화콘텐츠 산업을 일구어 생태를 살리고 경제를 부흥시키는 동시에 문화복지를 구현할 수 있습니다."

해양사의 대중화, 현지화, 세계화에 대한 기여를 인정받은 강봉룡 교수는 '목포포럼' 회원으로서의 활동 등 지역사회를 위한 일에도 적극적으로 나섰다. 평소 목포를 구심점으로 한 서남해의 소명과 역할을 자주 강조해온 그의 주장에 장용기 목포 MBC 전 국장은 "서남해는 동북아 중심이 되기에 최적지"라는 말로 호응했다. 그런 맥락에서 강봉룡 교수는 목포를 '섬의 수도'로, 부산을 '해양 수도'로 삼아 지역 간 균형 발전을 이룩하자는 국가적 차원의 정책을 제안하기도 했다.

그러한 그간의 성과로 강봉룡 교수는 2010년 장보고대상 대통령상에 이어 2021년에는 섬 발전에 대한 기여로 대통령 표창을 받았다. 하지만 그가 다른 어떤 명예보다 '완도군 명예군민' 위촉을 자랑스러워하는 것은 장보고 연구에 나설 때의 초심을 지키려는 마음에서다.

그처럼 장보고의 뒤를 이으려는 강봉룡 교수의 뜻에 한원희 목포해양대 총장은 "21세기 한국은 장보고 정신으로 지역적이면서도 세계적인 활동을 펼쳐야 한다"는 말로 화답했다. 황상석 장보고한상 명예의 전당 관장 역시 "해양이 개방된 21세기 글로벌 시대에는 한상(韓商)의 원조 격인 장보고를 사표로 세계 경영에 나서야 한다"고 주장했다.

요즘도 강봉룡 교수는 평생 몸에 익힌 대로 만물이 잠든 새벽 일찍 깨어난다. 그리곤 자신이 연구해온 해양사의 연구 영역을 역사에서 설화와 민속, 문학으로 넓혀가고 있다. 그리스신화를 읽고 유적을 발굴한 슐리만처럼 그는 허구를 포함한 다양한 분야의 자료를 지렛대로 해양사 재구성에 나섰다. 어쩌면 그는 동명왕의 외할아버지인 물의 신 하백의 정체, 김수로왕이 배필로 맞은 인도 아유타국 출신 허황후의 내력, 헌강왕을 도와 국정을 살핀 용왕의 아들 처용의 내력 등 그 모든 역사적 의문을 해명해낼지도 모른다.

그 새벽을 지나 보낸 어느 날 아침 강봉룡 교수가 펼쳐 보일 한국 해양사의 신개지(新開地)가 어디까지 미칠지 미리부터 기대가 크다.

도움말씀 주신 분

한원희 목포해양대 총장, 조세현 부경대 교수, 권덕영 부산외국어대 교수,
장용기 목포MBC 전 국장, 황상석 장보고한상 명예의 전당 관장

해양사학자 강봉룡

이순신 정신,
판결·추모사업으로 실천

이순신 연구가 김종대

　남해안에 전해오는 '설운 장군 전설'은 그 줄거리와 내용이 자
못 흥미롭고도 비장하다. 태어나자마자 섬과 섬 사이를 건너뛰
어 다닐 만큼 힘과 지략이 뛰어난 설운은 장성하여 왜구를 쳐부
수는 장군이 된다. 하지만 오직 백성을 평안케 하는 일에만 골
몰하던 그에게 한양에서 내려온 관리는 조정에 해가 될지 모른
다는 누명을 씌운다. 결국 관군의 계략과 아내의 배신으로 설운
장군은 억울하게 죽음을 맞이하고 남해안은 왜구가 설치는 생
지옥이 된다.

　그 전설에는 이순신 장군의 생애로부터 연유되었음 직한 짙은
그림자가 드리워져 있고 그 그림자에서는 바다에서 살아가는
민초들의 마음이 절절히 느껴진다. 그것은 필시 조선 시대의 낙
지(落地) 해역에서 살던 민초들의 서러움과 고단함에 자신들을
위해 목숨을 바친 영웅에 대한 숭모의 감정, 그리고 바다를 천시
하는 나라에 대한 불만이 함께 버무려진 이야기일 테다.

충무공 이순신 장군을 숭모하는 사업은 조선조 효종 대 이래 다양하고도 꾸준하게 전개돼왔다. 드디어 정조 대에 이르러선 『이충무공전서』를 편찬하여 그 위업을 기렸고 이민족이 지배하던 일제 강점기에는 신채호의 『이순신전』 등이 발간되어 장군을 '민족 영웅'으로 추앙했다. 해방 이후에도 현충사 성역화를 비롯해 총통 등의 임진왜란 유물 찾기가 이어졌고, 최근 경남에서는 100미터 높이의 동상 건립 계획이 수립되기도 했다. 전기나 소설, 영화 시나리오 집필, 발간, 제작된 횟수는 일일이 헤아리기 어려울 정도이다.

전 헌법재판관에서 '이순신 전도사'로

21세기에 접어든 한국에서 '이순신 장군 전도사'로 동분서주하는 인물 중에는 김종대 전 헌법재판관이 맨 앞줄에 서 있다.

그는 2015년 뜻이 통하는 동지들을 모아 서울을 비롯한 부산과 여수에서 이순신의 자(字)를 딴 '여해재단'을 설립했다. 그리곤 그 재단에 '이순신아카데미 지도자과정'과 '이순신학교'를 개설하여 '작은 이순신' 배출에 나섰다. 그로부터 그는 이순신 사업 홍보에 적극적으로 나섰다.

김종대 재판관이 직접 이순신 사업에 나선 동기는 2014년 벌어진 세월호 사건에서 받은 엄청난 충격 때문이다. 그 사건이 일어나기까지 선주는 자신의 이익에만 골몰했으며 어린 생명들이 죽어가는 참사 당일에도 선장과 선원은 자신의 안위를 돌보느

2014년 여해재단을 설립하고 '이순신아카데미 지도자과정'과 '이순신학교'를
개설해 '작은 이순신' 배출에 나선 김종대 전 헌법재판관의 최근 모습
ⓒ〈국제신문〉

라 위험 속으로 뛰어들지 않았다.

　그의 머리에는 대학 시절 읽고 뇌리에 새겨둔 "말로는 의미가
없으며, 중요한 건 창의적 실천"이라는 박종홍 선생의 『새날의
지성』속 한 구절이 떠올랐다. "나라에 인재가 없음을 한탄하지
말고 스스로 인재가 돼라"던 안창호 선생의 가르침도 새삼스레
떠올랐다. 바로 그것이다 싶었다. "내가 죽어 나라와 백성을 구
할 수 있다면 기꺼이 한목숨 바치겠다"는 '이순신 정신'을 되살
리는 일이 절실하다 싶었고 그러자면 대대적 사업을 펼쳐야만
했다.

법학자 출신인 그가 이순신 장군을 떠올린 일은 우연에 가까웠다. 경남 창원에서 김동규와 남상연의 3남 2녀 중 장남으로 태어난 김종대 재판관은 김해와 부산에서 자라 서울대 법대를 졸업했다. 군법무관으로 복무하던 중 서점을 찾아 정훈교육용으로 골라 든 교재가 이은상의 『충무공의 생애와 사상』이었다.

그 책을 읽으면서 김종대 재판관은 예상치 못했던 몰입을 경험했다. 책을 읽고 재차 음미하면서 생각해보니 이순신 장군의 일대기는 더할 나위 없이 극적이고 처절했다. "가슴이 찢어지고 쓸개가 찢어지는 듯한" 심신의 고뇌와 고통에 몸부림치면서도 나라와 백성을 위하는 공의(公義)에는 언제든 목숨을 내놓은 인물이었다.

이후 김종대 재판관의 행로는 언제나 이순신 정신과 함께 하는 것으로 바뀌었다. 법원에서 판사로 근무하는 틈틈이 시간을 쪼개가며 이순신 유적지를 둘러본 다음 지인들에게 방문을 권했다. 임진왜란과 장군의 전투, 일대기에 관련된 자료를 모아 연구하고 집필하느라 『난중일기』를 몇십 번이고 되풀이해 읽고 음미했다. 문장 한 줄을 쓰기 위해 6개월을 두고 고민에 고민을 거듭하기도 했다. 그렇게 그는 부산지방법원 동부지원장으로 재직하던 2002년 『이순신 평전』을 펴냈고, 그 뒤로 이순신의 일대기를 재조명한 서적을 잇달아 썼다. 지난 40년간 그가 감당해낸 언론 인터뷰와 강연 횟수만 200회를 기록했다.

그러는 동안 그에게는 이순신이 저절로 사표(師表)가 되었다.

언제부턴가 김종대 재판관은 난제에 부닥칠 때면 머릿속에 이순신을 만나는 방을 떠올려놓고 그리 들어가 지혜와 가르침을 구하는 습관이 생겼다. 그런 숙고와 성찰의 결과로 수석부장판사 시절에는 부도 위기에 처했던 삼성자동차로 하여금 법정관리를 받도록 조정하여 근로자들의 일터를 지켜주었다. 또 헌법재판관으로 재임하던 시절 그는 한국 정부가 종군위안부 문제를 해결하지 않는 것은 '부작위'에 해당하고 이는 '위헌'이라는 명판결을 남기기도 했다.

바다의 생명력으로 나라를 구한 영웅

김종대 재판관은 '이순신 정신'을 사랑과 정성, 정의, 그리고 자력(自力)이라는 말로 요약하여 정리한 바 있다. 그런 정신이 나라를 죽음에서 구해내는 것이라 한다면, 이를 바다가 만물을 살려내는 해양인문학의 원리라고 해석한 사람은 남송우 부산여해재단 이순신학교 교장이다.

"바다는 그 근원적 힘으로 만물을 죽음에서 구하고 살려내어 생명력을 부여해주는 대자연입니다. 마찬가지로 이순신 장군은 위기에 처한 나라와 백성을 구하고 생명을 견인하는 구원의 화신이었습니다."

과연 바다는 생명을 살리는 생명력과 재생, 부활의 힘을 지니고 있다. 함경도에서 군관으로 공을 세우고 정읍과 태인에서 현감을 역임한 이순신이었지만 그는 다시 바다의 원리를 터득하여 나라와 백성을 구원한 해전의 명장이었다. 그는 전투에 나서기 전에 미리 해역의 물길과 수군의 집결지, 적선 정박지 등을 치밀하게 파악하여 절대 패배하지 않는 해전을 벌인 전략 가였다.

그래서 이순신 장군은 다른 누구보다 바다 사정에 밝은 부하들을 대우하고 존중했다. 그랬기에 물길에 밝은 부하 어영담이 체직(遞職)이 되어 싸울 수 없게 되었을 때는 특별한 상소를 임금에게 올렸다.

"해전은 아무나 하는 게 아닙니다. 어영담이 없이는 해전에서 이길 수 없습니다."

또 이순신 장군은 수군이 모조리 괴멸된 어이없는 상황에서 수군통제사로 재임용되었지만 "바다를 버리고 육지에서 싸우라"는 어명을 받은 정유년에는 부하로서 죽음을 무릅쓰고 임금에게 대드는 항의성 장계를 올렸다. 그것이 그 유명한 '상유십이(尙有十二)' 구절이 들어간 비장하고 처절한 글이다. 그 대목을 김종대 재판관의 의역에 따라 옮긴다면 다음과 같다.

"바다를 버리고는 나라를 구할 길이 없는데 어찌 수군을 폐합니까? 신에겐 아직 열두 척의 배가 남아 있습니다. 죽기로 싸우면 이길 수 있습니다."

한편 이순신은 전쟁의 참화에 시달려 갈라지고 흩어진 지역과 계층의 민심을 하나로 모으는 데도 탁월한 역량을 발휘했다. 전라좌수영에서 미리 왜란을 대비하고도 경상지역으로 원정을 떠나기 전에는 부하들에게 자유토론을 시켜 그들 스스로 "적을 치는데 전라도, 경상도가 어디 있소?"라는 애국적 결단을 내리도록 유도했다. 뿐만 아니라 당시의 조선이 엄격한 계급사회였음에도 불구하고 노비도 전투에서 공을 세우면 반드시 상을 내려 치하했고, 자신의 칼에는 그것을 만든 하층민 대장장이의 이름을 새겨 넣어 차고 다녔다.

그런 이순신 장군의 애민(愛民)사상은 치열한 전투의 와중에도 빛을 발했다. 그는 해전에서 조선 수군에게 패퇴한 왜적이 뭍으로 올라가려는 정황이 포착되면 짐짓 그들이 타고 도망칠 배를 남겨놓고 퇴로를 열어주는 여유를 보였다. 왜적들이 상륙할 경우 벌어질 백성의 피해를 줄이기 위한 처사였다. 그렇게 백성을 보살피고 사랑한 이순신 장군이었기에 그의 마음은 계층과 지위를 가리지 않고 떨쳐나선 의병들과도 공감대를 형성하여 수륙 협공에서도 성공을 거둘 수 있었다.

2022년 7월 개봉한 영화 〈한산: 용의 출현〉에서 이순신 장군의 학익진 전술을 묘사한 장면 ⓒ롯데엔터테인먼트

특히 이순신 장군의 애민 정신에 주목하는 김종대 재판관은 그것이 '국민이 나라의 주인이고 공무원은 봉사자'라고 밝힌 대한민국 헌법 1조, 7조 정신과도 일치한다고 해석했다. 그렇기 때문에 영화 〈명량〉에서

"충(忠)이란 백성을 향하는 것"이라는 이순신 장군의 대사와 명량해협의 와류(渦流)에 휘말린 장군의 대장선을 어민들이 나서서 구하는 장면이 허구임에도 불구하고 전혀 무리가 없는 설정이라 보았다. 2014년 개봉해 천만 관객을 극장으로 모이게 한 〈명량〉은 김종대 재판관이 고증과 자문을 아끼지 않은 영화이기도 했다.

오늘날 이순신 정신이 가지는 의미

시대를 뛰어넘는 의의가 담긴 이순신 장군의 일대기를 되살리는 사업은 대한민국에서 언제나 현재진행형이다. 국회에 제안된 「이순신재단 설치 및 유지에 관한 법률안」에는 국가가 '이순신 정신'의 연구, 교육, 사업을 수행토록 하자는 내용이 담겨 있다. 대구가톨릭대는 서울여해재단의 지원을 받아 대학원 과정에 이순신학과를 설립하여 운영하고 있다.

특히 부산 지역에서는 옥포, 당포, 한산대첩에서 승리한 여세를 몰아 대승을 거둔 부산대첩의 성과와 의의, 부산포가 지니고 있던 지정학적 중요성을 조명하려는 논의가 활발하게 전개되어 왔다. 그리하여 1980년에는 부산대첩 승전일인 10월 5일(음력 9월 1일)을 '부산시민의 날'로 제정하였고 2012년 부산대첩 420주년 되던 해부터는 기념식과 시민체육대회 등의 행사를 다채롭게 펼쳐왔다.

최근에는 부산대첩의 실제 무대였던 북항을 재개발하면서 기념공원을 조성하고 부산대첩 기념관을 짓는 한편 이순신 장군상을 안치하자는 계획을 세우고 다양한 논의를 진행하는 중이다. 2023년 5월에는 우선 그곳 북항 재개발 지역 안에 새로 닦은 2.3킬로미터 길이에 왕복 8차선 도로를 '이순신대로'라고 부르기로 결정했다.

이순신 장군이 부산대첩에서 거둔 승리의 의의에 대해 김강식 한국해양대 교수는 이렇게 평가했다.

"당시 부산포는 왜군의 병참기지이자 전진기지였습니다. 그런 부산포 타격에 성공함으로써 이순신 장군은 제해권을 장악하고 왜군의 수륙병진(水陸竝進) 전략을 무위로 돌려 전쟁의 판도를 바꿀 수 있었습니다."

이순신 장군은 역사 속에만 머물러 있는 박제된 영웅이 아니다. 장군의 삶과 정신은 죽음과 삶이 갈마드는 바다가 그러하듯 언제든 후세인을 통해 부활을 거듭하고 있다.

그러나 같은 내용이 되풀이되다 보니 한국 사회 일각에서는 "또 이순신이냐?"라며 식상해하는 사람들이 없지 않다. 익히 그런 분위기를 간파하고 있는 김종대 재판관은 이렇게 일갈하는 말을 남겼다.

"흥행용 영화나 박제된 동상, 관광 팸플릿에 나오는 내용만으로 이순신에 관한 전부를 알게 됐노라 속단하지 말아야 합니다. 그의 내면을 좀 더 진중하게 들여다보고 그로부터 얻은 깨달음이 있어야 하고 그것을 반드시 자신의 삶에서 실천해야 합니다.

그것이야말로 오늘날 우리 사회 곳곳에 만연해 있는 위험과 분열, 좌절을 방지하고 봉합하고 치유하는 비결입니다. 이순신 정신에는 그 치유와 실천에 필요한 가치와 방법이 모두 담겨 있습니다."

김종대 재판관의 말처럼 '이순신 정신'은 오늘의 사람들에게 과거 그 어느 시대보다 강한 울림을 전해주고 있다. 2022년 부산 영광도서가 실시한 '영광도서 독서감상문' 공모전에서 대상을 받은 작품이 그런 예다. 김종대 재판관의 저서 『이순신, 하나가 되어 죽을힘을 다해 싸웠습니다』를 읽고 독후감을 쓴 하진형 씨의 글은 자못 감동적이다.

"인생 말년에 나는 지인에게 사기를 당해 천 길 낭떠러지로 굴러떨어졌다. 그러나 이순신 장군의 전기를 읽어보니 그분이 겪은 고통은 나의 그것에 비해 천만 배였다. 그럼에도 불구하고 장군은 자신의 처지를 뒤로 돌리고 나라를 구하고자 나섰다. 장군을 만나고 나는 재기할 힘을 얻었다. 새롭게 농사를 시작하고 대학원에 입학하면서 다시 삶을 가꾸기 시작했고 보람을 되찾게 되었다."

이처럼 이순신 장군의 생애는 오늘을 살아가는 우리 곁에서 재현되고 있다. 장군의 숭고한 뜻이 삶의 의지를 되찾아주는 이적으로 재현되는 일이야말로 종교학자 미르체아 엘리아데가 말한 '신성 현현(神聖顯現, Hierophany)' 개념에 걸맞은 예라 해도 좋을 듯싶다. 그렇다면 이제 남해안의 '설운 장군 전설'쯤은 기억에서 지워도 좋을 터이다.

도움말씀 주신 분

김강식 한국해양대 교수, 남송우 부산여해재단 이순신학교 교장

'백경호' 지키며
한국 수산업의 혼을 심은 선장을 길러내다

실습선 선장 이유원

바다에서 어선을 타는 기성세대에게 한번 물어보자. 당신의 그 직업을 자식에게도 물려주겠느냐고. 돌아오는 대답 열의 일고여덟은 부정적이다. 하기야 "당신과 나 사이에 저 바다가 없었다면"이라는 노랫말이나 듣고 자란 세대다. 어선 수는 날로 줄어드는 데다 어업인 수급과 전문인력 양성은 수산업계의 난제 중 난제다.

선장의 품에서 선장으로 입신하기까지

부경대 실습선 '백경호'의 이유원 선장은 달랐다. 금쪽같은 자식 1남 1녀를 모두 자신이 근무하는 대학 수산 관련 학과에 보냈다. 수산업의 미래를 그만큼 확신하기 때문이라 한다.

이유원 선장은 부산수산대·부경대『어업학과 70년사』를 숫제 경전으로 여기는 듯싶었다. 무려 800페이지에 달하는 책을 펼치지도 않은 채 그 안의 기라성 같은 은사들과 선배들 일화를 줄줄이 읊었다. 수산업계의 전설이 된 동원참치의 김재철 회장부터 원양어업과 냉동, 수산 가공을 망라한 윤명길 회장, 명란 수출의 주역 장석중 회장, 그리고 한국 최대의 어구(漁具) 회사를 키워낸 서일태 회장 등의 일화였다.

그들이 이루어낸 신화처럼 1960년대부터 1970년대 초반까지 수산물은 한국 수출품 주요품목의 15%를 차지했고, 영양 결핍에 시달리던 국민들의 주요 단백질원 역시 생선이었다. 김영목 부경대 학생처장은 이 같은 기적의 주인공 대다수가 부산수산대 교수라고 설명했다.

"무지개송어의 입식에 성공한 김인배 교수님은 식량 증산의 수훈자였고 통영 굴의 미국 FDA 공인을 받아낸 장동석 교수님은 수출의 일등 공신이었습니다."

입이 닳도록 스승들의 치적을 열거하는 김영목 학생처장의 말에는 열기가 묻어 있었다.

이유원 선장의 오십 평생은 선장의 품에서 선장으로 입신하는 과정이었다. 그는 경북 의성에서 이헌기와 김월선의 7남 1녀 중 막내로 태어났다. 남편을 일찍 여읜 홀어머니로선 살림을 감당하기가 버거웠지만 서로를 챙기는 형제의 우애만은 어느 집보다도 도타웠다. 이유원 선장 역시 대구 능인고를 졸업하고 통영수산전문대를 나와 현재 해양환경관리공단 선장이 된 다섯째 형 이오재 덕에 일찍부터 바다를 알았다.

그러므로 고교를 졸업한 이유원 선장에게는 '수산 분야에서는

부경대학교 실습선 백경호 선상에서의 이유원 선장 ©김정하

타의 추종을 불허하는' 부산수산대 입학 외에 다른 선택지가 없
었다. 부산수산대 어업학과 스승들은 그에게 평생 간직할 '혼'을
심어주었다. 박중희 교수는 원양어업에 도전할 패기와 자신감을
심어주었고 '갈색 폭격기'로 유명했던 이병기 교수는 규율과 절
도를 가르쳤다. 신형일 교수는 부친처럼 자상하게 대학원 과정
을 지도해주었고 막 유학에서 돌아와 열정적으로 실습을 지도
하던 이대재 교수는 학문적 비전을 안겨줬다. 시인 김기림이 작
사한 교가 〈바다는 넓은 곳 젊은이 나라〉가 울려 퍼지던 그 '선
장의 산실'은 어선 선장과 해양경찰청장에 이어 지난해에는 해
군 장성도 배출했다.

선원을 길러내기 시작하다

자부심을 안고 대학을 졸업한 이유원 선장은 1991년 '뚜깨비 (두꺼비)'란 애칭으로 불리던 4,000톤급 원양어선 '대성호'에 올랐다. 그러곤 일단 출항하면 6개월을 바다에서 보내는 서베링 해, 오호츠크해에서의 어로작업을 3년 동안 여섯 번 체험했다.

이후 배에서 내린 이유원 선장은 모교인 부산수산대 대학원 석사과정을 거쳐 홋카이도대학 대학원에 진학했다. 그곳에서 어군탐지기술 활용에 관한 기술인 '소나(Sonar)에 의한 정량분석' 연구로 박사학위를 받았다. 그것은 중국 송나라 푸젠성(福建省)에서 태어나 조난 위기에 처한 어부들을 구하며 고기 떼를 일러주다 죽어 '바다의 여신'이 된 마쭈(媽祖)의 신통력을 현대판으로 구현한 과학기술이었다.

그런 연구를 했음에도 이유원 선장은 기술에만 의지하는 데는 한계가 있음을 깨달았다. 고기 떼가 몰리는 어장을 찾는 건 결국 인간의 몫이므로 자신은 어군탐지기를 제대로 활용할 줄 아는 능력 있는 선장을 길러내야겠다고 생각했다.

과연 삶에서의 역할 찾기는 지식의 유무와는 별개로 본인에게 주어진 몫이었다. 일본에서 귀국한 후 다년간 모교에서 계약직 교수로 일하던 이유원 교수는 2011년 한국해양수산연수원 교수가 되었다.

익히 알려진 것처럼 한국해양수산연수원은 기왕에 배를 타온 선원의 보수교육만이 아니라 처음으로 배를 타는 일반인들을 위한 '해기사 양성 과정'도 개설한다. 보통은 이곳에서 6개월부터 1년까지의 교육과정을 마치고 필기시험에 합격하면 선원수첩을 발급받아 승선 실습에 나설 수 있다. 한국해양수산연수원에서 이유원 교수는 예비 선원들에게 원양어선과 연안어선 운용을 위한 직무 관련 과목, 소형선을 위해 필요한 직무 관련 과목과 레이더 시뮬레이션 운용법 등을 가르쳤다.

그에게 교육을 받고 어선을 타는 선원들의 어깨에는 무거운 책임이 주어진다. 이유는 고기를 잡는 선단 구성을 보면 알 수 있다. 흔히 '통'이라 부르는 하나의 선단은 물고기를 잡는 본선 한 척, 등선 두 척, 운반선 세 척의 여섯 척으로 구성된다. 그 배의 선원만도 본선 30인, 등선 16인, 운반선 30인 등 70명이 넘고 이들을 지원하는 인력이 20여 명에 달한다. 게다가 뭍에서 선단을 관리하는 회사에 급식과 유류, 경매, 도소매 등의 역할을 나눠 맡은 거래인이 50명 이상이니 모두 합하면 140여 명에 달한다. 그들 각자가 3인의 가족을 거느린다고 보면 한 선단은 얼추 420명 이상의 생계를 감당하는 것이다.

그들에게 정성껏 승선 직무를 가르치는 동안 이유원 교수는 선원교육이야말로 자신에게 주어진 소명임을 재확인했다. 그러다 2017년부터 그는 부경대로 명칭이 바뀐 모교의 실습선 지도 교수로 자리를 옮겨 학생들을 가르치기 시작했다. 그리곤 옛 실습선 '백경호'의 이름을 물려받았지만 1세의 열 배 크기인 4,000

톤급에 최첨단 설비를 갖춘 '백경호 2세'의 선장으로 취임했다.

모교 부경대 실습선 '백경호' 선장

'백경호 2세'의 아버지 격인 '백경호'는 단순한 선박이 아니었
다. 1964년 당시의 국가 전체 예산에 비추어보면 어마어마한 금
액 1억 원을 들여 순수한 국내 기술로 처음 설계, 건조한 실습선
이었다. 그 진수식에 대통령 영부인을 비롯해 문교부 장관까지
참석한 것만 보아도 당시의 수산에 대한 기대를 가늠할 수 있
다. 그 무렵 한국은 1957년 230톤급 지남호가 인도양으로 떠난
이래 '맨땅에 헤딩하듯' 무모한 원양어업에 나서던 참이었다. 한

'백경호 1세'의 이름을 물려받은 4,000톤급 최첨단실습선 '백경호 2세'의
항해 모습 ⓒ부경대학교

번도 본 적 없는 '참치'란 고기를 잡기 위해 망망대해로 떠나면서도 어장에 대한 변변한 정보조차 없던 때였다.

주위의 기대에 부응하고자 실습선 선장 이인호 교수는 1966년 백경호를 이끌고 감연히 북태평양과 사모아 바다로의 어장 개척에 나섰다. 현지에 대한 기초적인 정보도 없고 변변한 장비도 갖추지 못한 채 89일간 풍랑과 추위, 고장과 싸워가며 시험조사를 수행한 백경호 승선원들은 대성공을 거두었다. 그 소식이 중앙정부에까지 알려지자 백경호가 귀항하는 날에는 국무총리부터 각 부 장관들이 부두에 나와 환영식을 베풀어주었다.

그런 무모하면서도 용감무쌍한 어장 개척에 힘입어 1960년대 이래 한국은 남태평양 사모아를 비롯한 베링해, 라스팔마스까지 어장을 확대하면서 일약 세계 수준의 원양어업 국가로 올라섰다. 물론 그 도전의 와중에 원양에서 목숨을 잃은 선원들도 적지 않았지만 그 덕에 국민 누구나 참치 통조림을 먹을 수 있게 되었다.

2020년 '백경호 2세'의 선장으로 취임함으로써 비로소 이유원 교수는 다섯째 형님으로부터 은사들, 학생들과 아들딸을 잇는 운명의 연결고리가 되었다. 니체의 말처럼 '네 운명을 사랑하라! 아모르 파티(Amor Fati)!'였던 셈이다.

2022년 새해 첫머리인 1월 4일, 백경호는 해양생산시스템관리학부 1, 2학년생 98명을 태우고 연근해에서의 실습 항차(航次)에 나섰다. 이후 실습은 24일간 울릉도와 독도, 영일만을 거쳐 거제도와 제주도 인근에서 진행되었다.

백경호에 올라 실습 교육을 받는 학생들의 소속은 해양생산시스템관리학부를 비롯하여 수해양산업교육과, 기계시스템공학과 등 다양하다. 그들은 평소 제복을 입고 단체생활을 하거나 집체교육을 받지는 않는다. 여느 학생들처럼 개별적인 학교생활을 하다가 학기 중에 '정박 실습' 275일, 방학 중 '선교 당직 직무' 90일을 합쳐 총 365일의 해기교육과정을 이수한다.

선장과 지도교수가 자세한 설명과 섬세한 눈길로 이끄는 승선 실습 중 필수교육은 선위 측정과 항해 장비 운용, 어로 실습과 어획물 조사 등이다. 얼핏 보기에는 단순한 로프 취급법이나 그물을 고치는 보망(補網), 짜는 편망(編網) 등의 어구 정비법도 훗날 해기사로 승선해 선상 근무를 하며 직무를 수행하는 데는 큰 도움이 된다.

실습선이 들르는 항구마다 이유원 선장이 마련하는 이벤트는 학생들에게 폭발적 호응을 얻었다. 배가 항구에 닿으면 선장의 요청으로 어업관리단, 해양경찰 등 각계의 부경대 선배들이 실습선을 찾아왔다. 학생들은 선배들이 풀어놓는 간식거리도 좋아했지만 그보다는 선배의 입을 통해 듣는 '진로 탐색 특강'에 더욱 열광했다. 직접 만나보지는 못해도 선배들이 선장을 비롯하여 해양경찰청장, 해군 장성 등으로 사회에서 활약한다는 소식 역시 학생들에게 뿌듯한 자부심을 안겨주었다.

이유원 선장은 승선 실습에 임하는 학생들 태도가 놀랍도록

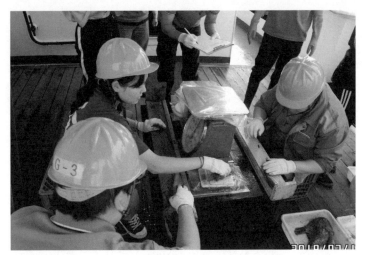

백경호 선내에서 스스로 잡은 어획물을 조사하고 있는 학생들 모습
ⓒ이유원

백경호 선상에서 어로 실습을 하는 모습 ⓒ이유원

열성적이라고 말했다.

"수산업으로 진출하려면 먼저 바다와 배를 알아야 한다는 걸 학생들이 잘 이해합니다. 그래서 승선 실습에 매우 적극적이고 이를 통해 자신의 적성을 발견합니다. 자신에게 맞는 어장(漁場)과 블루오션을 찾아내고 어떤 난관이 있어도 그 목표를 달성해 갑니다."

류경진 실습선 지도교수 역시 마음으로 부여하는 학점을 '전원 A+'라고 말했다.

"평소 집단생활에 익숙하지 않은 학생들인데도 실습에 나서면 친구와 바다, 배, 수산업에 대한 호기심과 지적 욕구가 대단합니다. 교수가 지적할 틈도 없이 자발적으로 과제를 해결하고 규율을 지키는 모습이 실로 대견합니다."

MZ세대에게 수산업의 미래를 교육하다

시대는 달라졌어도 여전히 수산업이 '식량안보' 차원에서 한국의 미래를 좌우할 분야라는 의견에는 누구나 동의한다. 류청로 부산수산정책포럼 대표이사장의 어조는 진지하고도 절박했다.

"외국 수산물의 수입 공세에 맞서 국내수산업을 지켜야 합니다. 위생과 안전으로 국산 수산물에 대한 국민적 신뢰를 유지해야 수산업의 미래를 장담할 수 있습니다."

북해산 고등어를 비롯해 날로 증가하는 외국 수산물로 인해 국고가 유출된다는 우려가 높아지고 있다. 수산업 전문가들은 그 밖에도 수산자원의 보존, 양식어업 육성, 유통구조 개선, 자연재해 방지 등 숱하게 산적한 난제들을 짚고 있다.

특히 전체 승선원의 25%를 밑돌 정도로 인력난을 겪고 있는 어업인의 수급과 전문인력 양성이야말로 가장 심각한 문제로 꼽힌다. 30여 년 전 배를 타던 어부들이 6, 70대에 이른 오늘날에도 여전히 어선을 지키고 있지만 젊은 승선 지원자는 갈수록 줄어든다. 그 빈자리를 언어도 제대로 통하지 않는 동남아 출신 선원이 채우기 시작한 지 오래다. 미국 군사전략가 알프레드 머핸이 말한 것처럼 바다를 가깝게 여기고 해양활동을 중시하는 '국민적 해양의식'이 그 어느 때보다 절실한 시점이다. 더불어 선원의 주거 및 복지, 안전을 위한 정부의 획기적인 대책이 절대적으로 필요하다는 업계의 목소리도 높아지고 있다.

그런 터에 그 어느 세대보다 인권과 복지, 안전에 대한 요구가 강한 MZ세대에게 장기적 어선 승선을 권하기는 어려워 보인다. 1960년대에 은사와 선배들이 해냈던 북양 개척보다 힘들 것이라는 말까지 나올 정도다.

그러나 수산업 교육 일선에서 '선장의 산실'을 지키는 이유원 선장의 생각은 달랐다. 그는 승선 실습을 통해 더 고차원적이고 종합적인 자질을 갖춘 인재를 길러내야 한다고 역설했다.

"오늘날의 수산업은 결코 고기 잡는 일에만 한정되는 업종이 아닙니다. 국제협력과 수산자원, 시장경쟁 등 각 분야를 어업 기술과 융합시켜야 비로소 수산업의 큰 그림이 그려집니다. 그러므로 지난날처럼 배에 태워 고기를 잡는 기술만을 가르칠 일도 아니고, 한국이 그 기술만으로 수산업을 영위하는 것도 무리라고 봅니다. 큰 그림으로서의 수산업을 기획하고 그 안의 다양한 분야에서 일할 인재들을 길러내야 합니다."

2022년 새해의 첫 출항일인 1월 4일 오후, 실습선에 오르는 학생들 얼굴에는 기대와 설렘이 가득했다. 그들이 지닌 휴대폰 여러 대에서 젊은이들 사이에서 유행하는 BTS 멤버 진의 노래 〈슈퍼참치〉가 흘러나왔다. "동해 바다 서해 바다, 내 물고기는 어딨을까? 참치면 어떠하리, 광어면 어떠하리."

도움말씀 주신 분
류청로 부산수산정책포럼 대표이사장, 김영목 부경대 학생처장,
류경진 부경대 실습선 '백경호' 지도교수, 김형석 부경대 교수

적조에 맞서
어민의 눈물을 닦아준 한평생

적조 연구 과학자 김학균

바다도 때로 병에 걸린다. 그중 적조(赤潮)는 '바다가 앓는 중병'이다. 그래서 이를 고치는 '바다 의사'의 진단과 처방, 치유가 절실하다. 적조에 대해 자타가 공인하는 전문가 김학균 박사의 진단은 명쾌했다.

"적조를 비롯한 바다의 병은 육지로부터의 오염이 원인이다. 특히 식용유와 세제 등 생활오염원과 산업폐수, 축산폐수 배출, 해안 공사나 매립, 선박 폐기물 등이 주범이다. 그로 인한 오염물질 유입을 줄이고 오염해역을 관리해야 한다. 그래야만 사람도 건강할 수 있다."

듣고 보면 그의 처방은 바다가 아니라 인간에 대한 것이었다. 특히 적조가 발생하면 바다의 오염으로 인간의 건강이 위협받을 뿐만 아니라 양식장에서 기르던 고기가 몰살하면서 어민들에게 어마어마한 재산상의 손해가 발생한다.

적조란 바닷물의 부(富)영양화로 인해 플랑크톤이 비정상적으로 대량 번식해 바다가 붉게 보이는 현상을 말한다. 그 플랑크톤이 다량의 산소를 소비하면서 다른 생물의 호흡장애를 유발하며, 점액질 플랑크톤은 고기의 아가미에 붙어 폐사시키기도 한다. 적조가 발생하면 편모조류인 코클로디니움과 짐노디니움은 독성으로 어패류를 집단 폐사시키며 일부 적조생물은 마비와 기억상실, 설사를 일으키는 독소를 내뿜기도 한다.

한국의 고유어로 '구줏물'이라 불린 적조는 그 연원이 매우 깊다. 구약의 「출애굽기」에서 "모세의 지팡이가 바다를 붉게 물들였다"는 대목이 이 현상을 뜻하는 것이라 보인다. 『삼국사기』에서의 "동해 물이 붉게 변하고 고기와 거북이 죽었다"는 기록에 이어 『고려사』, 『조선왕조실록』 등에도 그와 유사한 내용이 전해지고 있다. 현대에 들어와 한국에서 발생한 적조 현상으로는 급속한 산업화가 진행되던 1978년 진해만에서 나타난 것을 최초로 꼽는다.

전투를 방불케 하는 적조 조사와 관측

적조 발생의 징후가 나타나면 국립수산진흥원(현재의 국립수산과학원)에 비상경보가 발령된다. 연구진 전체가 휴일을 반납하고 비상 근무에 돌입해 전국에서 들어오는 정보를 검토하면서 현장 예찰(豫察)과 예측을 병행한다. 적조 발생이 확인되면 즉시 주의보, 경보를 발령하고 어민들에게 양식장과 어장에서의 철수를 권유한다.

김학균 박사가 평생 봉직한 국립수산과학원 적조상황실을 방문해
설명하는 모습 ⓒ김정하

　국립수산진흥원의 연구원들이 현장에서 조사와 관측을 벌이
는 활동은 목숨을 건 전투를 방불케 했다. 공중 관측을 위해서
는 헬기 탑승이 불가피한데 1996년에는 김학균 박사가 탑승한
헬기의 엔진에 화재가 나는 바람에 비상착륙 끝에 간신히 목숨
을 구한 적도 있었다.

　관측선을 타고 먼바다에 나가야 했던 국립수산과학원 임월애
박사가 치른 고생도 그에 못지않았다.

　"배타적 경제수역 바깥 망망대해까지 나가 시료를 채취하다
풍랑을 만나 중국해를 표류한 적도 있었습니다. 휴일도 밤낮도
없으니 아이들에겐 매정한 엄마였지요. 하지만 오로지 어민들을

살린다는 일념으로 버텼습니다."

하지만 김학균 박사는 그런 고생쯤 대수롭지 않게 여길 수 있었다. 이미 그는 대학 시절부터 군생활을 하는 동안 수없는 고생에 단련된 터였기 때문이다.

적조에 맞서 어민을 구하다

김학균 박사는 1949년 전남 광산군(현 광주광역시 광산구)에서 김희주와 정윤순의 3남 1녀 중 장남으로 태어났다. 초등학교 시절 학교에서 가장 먼 곳에 산다는 이유만으로 '촌놈'이란 놀림에 시달려야 했다. 하지만 장남을 제대로 공부시키겠다는 부모님의 욕구는 컸고 어린 김학균 박사도 그에 부응하고자 애를 썼다. 그가 일찌감치 의사나 외교관이 되려는 꿈을 품었던 것도 그 때문이었다.

그런데 수학여행지 여수에서 처음 바닷물을 맛본 다음 김학균 박사의 생각이 바뀌었다. 한순간에 뇌리를 파고든 감각이 내내 떠나지 않아 중학교를 졸업한 후에는 군산에 있는 수산고등학교로 진학했다. 그렇게 한 걸음 바다와 가까워지고 보니 "바다에 미래가 있다"는 주위에서의 격려가 마치 신의 계시처럼 들렸다. 뜻한 바 있어 김학균 박사는 1968년 부산수산대 증식학과(현 부경대학교 수산생명과학부)에 입학했다.

대학 재학 중 김학균 박사가 맞닥뜨린 가장 큰 문제는 당장 앞을 가로막는 가난이었다. 입학하면서부터 대학 시절 내내 그는 자신만이 아니라 동생들 학비와 생활비까지 마련하느라 봉투 접기부터 신문 배달까지 안 해본 아르바이트가 없었다. 몇 날 며칠을 라면만 끓여 먹다가 피부에 알레르기성 염증이 생겨 고생한 적도 있었다.

그러나 김학균 박사는 이를 악물었다. 감연히 운명에 맞서기로 마음을 다져 먹은 그는 대학 2학년을 마치고 자진 입대한 뒤 다시 월남 파병을 자원했다. 월남에 파병이 되면 국내 근무와는 비교하기 어려울 정도로 높은 근무수당을 받을 수 있기 때문이었다. 그렇게 베트남의 정글에서 하루에도 몇 번씩의 죽을 고비를 넘나들며 치열한 전투를 경험한 그는 다행히 무탈한 몸으로 귀국길에 오를 수 있었다.

김학균 박사는 대학 졸업 후인 1976년 국립수산진흥원에서 공무원 생활을 시작했다. 그는 하루 세 시간씩만 자며 공부에 열을 올린 끝에 기술고등고시에 합격하면서 불과 몇 명만을 선발하는 수산사무관(당시 명칭은 '수산 기좌')이 되었다.

3년 후인 1979년 김학균 박사는 프랑스 정부의 초청으로 현지에서 기술연수를 받을 기회를 얻었다. 그러나 모처럼 좋은 기회를 얻고도 항공료까지 지급받지는 못했다. 여러 곳을 수소문한 끝에 외국으로 가는 입양아의 돌보미 역할을 하겠다는 조건으로 어렵사리 편도 비행기 티켓을 구할 수 있었다. 그렇게 애를 써 찾아간 프랑스 낭트에서 2년간 연수를 받으면서 연구에 몰두했고, 렌느대학 대학원에서 석사학위까지 받았다.

다시 한국으로 돌아와 수산진흥원에 복직한 김학균 박사는 수산 환경 연구진으로 합류해달라는 청을 받고 해양자원부 환경과에서 수산연구관으로 근무를 시작했다. 그로부터 김학균 박사의 삶에는 연구를 통한 수산 정책 수립이라는 과제가 주어졌고 그는 이에 응하기로 마음을 다잡았다. 그는 1988년 부산 수산대 대학원 자원생물학과에 입학해 집중적으로 연구를 한 끝에 한국 최초의 적조 관련 논문으로 박사학위를 받았다. 이후 본격적으로 적조 연구에 매달린 그는 이후 평생에 걸쳐 10권의 전문 서적과 60편의 논문을 써내고 5건의 특허를 출원했다.

김학균 박사가 연구에 나서던 즈음만 해도 적조가 발생하면 양식장 운영자인 어민들로선 속수무책이었다. 기왕에도 햇빛에 그을린 얼굴이 더욱 짙은 흙빛이 된 채 초점 잃은 눈으로 먼 하늘만 쳐다볼 뿐이었다. 이를 어촌 현장에서 목도한 김학균 박사는 적조에 맞서는 싸움에 나서 어민을 구하기로 마음을 굳혔다. 정신분석학자 칼 G. 융의 말대로 시련을 감내하고 이겨내며 얻은 능력으로 공동체의 운명을 감당하는 일에 나서기로 했던 것이다.

황토 박사가 되다

1995년 대규모 적조가 내습하여 어민들의 피해가 속출하면서 김학균 박사가 감당해야 할 위기가 닥쳐왔다. 경상남도는 그간 김학균 박사가 내놓은 연구 결과를 토대로 거제도 동안(東岸)에

적조가 발생한 남해안 양식장 근처에서 국립수산과학원의 기술지침에 따라
황토를 살포하는 모습 ⓒ국립수산과학원

서 황토 살포에 나섰다. 황토는 일단 구하기도 쉽고 다른 화학
제품에 비해 바닷물에 끼치는 영향이 적은데도 적조를 퇴치하는
효과는 확연했다. 그 효과가 입증되자 다른 지자체에서도 적조
가 엄습할 때면 수산진흥원이 마련한 엄격한 기술 지침에 따라
황토 살포를 시행하기 시작했다.

그러자 한편에서는 그 방법에 대해 "황토 살포가 바다의 저서
생물에 악영향을 준다"는 이유를 들어 비판을 제기했다. 그럴 때
마다 김 박사는 학회와 언론에 나가 치열한 논쟁을 벌이며 반박
논리를 제기했다. 처음에는 "자연재해에 대한 무모한 도전"이라

냉소하던 외국에서도 차차 이를 따라 하기 시작했다. 그러자 어느덧 국제적인 해양환경 분야 연구진들 사이에서 김학균 박사를 부르는 별명은 '황토 박사(Dr. Clay)'가 되었다.

나아가 김 박사는 더 어려운 판단에도 나서야 했다. 1995년 여수에서 적조가 발생해 764억 원의 피해액이 발생하자 어민들은 1개월 전 유조선 좌초 시 바다에 뿌려진 기름과 유(油)처리제를 원인으로 지목했다. 자료를 분석한 김학균 박사는 적조와 무관하다는 견해를 발표했다. 이로 인해 어민들로부터 심한 원성에 시달렸지만 그는 과학에 근거한 자신의 주장을 굽히지 않았다.

적조 관리 시스템 구축과 부족한 현장 인력

다행히 여수 적조 발생을 계기로 정부는 적조 퇴치에 거액의 예산을 지원하는 방침을 정하는 한편 해양수산부를 신설해 이를 관리하도록 했다. 나아가 수산진흥원에 별도의 적조연구부 조직을 신설하여 해양오염과 유해적조를 관리할 수 있는 국가적 시스템을 구축했다.

이로부터 수산진흥원은 실시간으로 무인관측이 가능한 위성감시와 항공감시 시스템으로 한반도 주변 넓은 해역을 관측하는 모니터링과 시뮬레이션 체제를 갖추었다. 더불어 첨단 기자재를 활용한 적조 화상 고속통신망을 구비함으로써 적조 관리의 효율성을 한층 높일 수 있게 되었다. 특히 적조 연구팀은 황토와 음극수(陰極水)를 섞어서 뿌리는 고효율 살포기를 마련하고 가두리양식장용 자동 경보 시스템과 비상가동 시스템 등을 속속 개발하여 현장 관리에 나서기 시작했다. 그로부터 나아가 임월애 국립수산과학원 박사는 최근 인공지능과 사물인터넷, 빅데이터를 접목하여 더욱 진일보한 대응 방법을 마련하여 활용하고 있다고 귀띔했다.

그럼에도 불구하고 다수의 해양환경 전문가들은 최근 시행 중인 비상가동 시스템에 우려스러운 점이 적지 않다고 입을 모아 말한다.

"적조의 발생 빈도가 다소 뜸해졌다지만 적조 전문 연구자가 축소되어 소수에 불과합니다. 게다가 어촌에서 현장 지도를 담당할 인력이 전무하다는 점이 못내 걱정스럽습니다. 이러다간 애써 지켜온 바다를 성한 모습으로 후손들에게 물려주지 못할까 싶어 걱정입니다."

2005년 김학균 박사는 남해수산연구소장을 끝으로 31년간 눈부신 활동을 전개해온 공직생활을 마감했다. 하지만 그 시기를 전후하여 그는 APEC 해양환경적조계획조정위원, 교토대 객원교수, 부경대 초빙교수 등을 두루 역임하면서 자신의 지식과 경험을 후학들에게 전해주느라 바삐 움직였다.

특히 2012년에는 경상남도가 '인간과 적조'를 주제로 개최한 제15차 국제적조회의의 준비를 맡아 세계 각국 전문가를 초청하여 많은 논문 발표를 유도하는 성과를 거두었다. 그 회의에서 김학균 박사의 지휘로 전문가들 앞에서 시연된 황토 살포는 참석자로부터 박수갈채를 받기도 했다.

그런 공로와 연구업적으로 김 박사는 2019년의 국제적조학회에서 '국제 해양적조 공로과학자(Trail-Blazer of HAB)'로 선정되었다. '바다 의사'이자 국제적 학자로 활동했으니 김학균 박사는 의사와 외교관이 되고 싶었던 어린 시절의 꿈을 모두 이룬 셈이다.

뿐만 아니라 김학균 박사는 2008년 『모던 포엠』지를 통해 등단해 두 권의 시집을 펴내면서 시인으로도 이름을 알렸다. 얼핏보기에 과학자가 시인이 된다는 건 앞뒤가 맞지 않는 월경(越境)처럼 보인다. 하지만 한평생 죽음과 삶이 갈마드는 바다를 상대로 '바다의 병 적조'를 고쳐온 김학균 박사였다. 어느덧 자리를 문학으로 옮겨 독자의 고통을 달래고 치유하는 것 또한 왕년의 '바다 의사'다운 변신이다.

도움말씀 주신 분

김지회 국립수산과학원 연구기획부장, 임월애 국립수산과학원 해양수산연구관,
고성철 한국해양대 명예교수, 이창규 수산학박사

안전사고 막고 경관 살리는
일석다조 방파제

신공법 방파제 개발자 김상기

날이 갈수록 바다가 거칠고 사나워진다. 지구온난화로 인한 초강력 태풍의 위력 앞에 해안선에 늘어놓은 인공구조물조차 무력해지기 일쑤다. 전국 해안선에서 흔히 보이는 테트라포드라도 예외는 아니다. 2020년 울릉도에서는 태풍 마이삭이 무게 50톤의 테트라포드를 들어 올려 해안순환로의 터널 안으로 밀어넣었다. 심술궂은 대자연의 견제와 바다에 다가서려는 인간의 열망 사이에 슬기로운 중재가 필요해 보인다.

항만건설 분야에 몸담은 지 30년을 넘긴 김상기 (주)유주 대표가 그 역할을 자임하고 나섰다. 그가 보기에 테트라포드는 평소에도 바닷가의 미관을 해치고 쓰레기가 쌓이게 할 뿐 아니라 빈발하는 추락사고의 주범이다. 그 테트라포드 대신 파도를 막으면서도 경관을 살릴 신공법의 방파제로 '일석다조(一石多鳥)'의 효과를 거두겠다는 게 그의 전략이다. 실제로 이미 김상기 대표가 개발해 해안가 각지에서 우수성을 입증해낸 특허 기술이 무려 70여 가지에 달한다.

구멍 뚫어 파도 줄이는 방파제

그중 대표적인 예가 방파제에 파도가 돌아 나갈 구멍을 뚫어 뒤이어 달려온 파도와 맞부딪쳐 힘을 대폭 줄이는 '회파(回波)블록 공법'이다. 2014년 이 기술은 부산시 기장군 칠암항 물양장의 보강공사에서 그 진가를 드러냈다.

그곳 칠암항에서는 파도를 막는 시설이 유실되었으나, 바다를 향해 창을 낸 횟집의 주인들은 진작부터 전망을 가리던 애물단지 테트라포드의 설치를 극구 반대하고 있었다. 그로 인해 방파제 공사가 자꾸만 지체되자 바다에서 넘어온 쓰레기가 해안도로로 끝없이 밀려들었고 관광객들의 민원에 군청 청소 담당 공무원만 곤욕을 치르는 판이었다.

이에 김상기 대표는 그곳 1.5킬로미터 구간에 회파블록을 설치하자고 제안했고, 기장군이 이를 받아들이면서 월파(越波)의 양이 줄어드는 효과가 확연히 드러났다. 산책과 주차를 할 수 있는 수변공간이 마련되고 바다의 경관이 되살아나자 관광객이 늘어나면서 횟집촌 매출이 대폭 늘어난 건 당연한 결과였다.

칠암항에서의 회파블록 설치 효과가 알려지면서 부산시를 비롯한 전국의 해안가에서 같은 시설을 설치해달라는 요청이 (주)유주로 밀려들어 왔다. 이에 (주)유주는 부산시 죽도 물양장을 비롯한 대항항, 광안리해수욕장, 암남공원 등에 이어 전라북도

김상기 대표가 회파블록으로 만든 방파제가 파도를 막아내는 원리를
설명하는 모습 ⓒ김정하

2014년부터 3년간 부산 기장군 칠암항에 회파블록, 무들고리 공법으로
건설된 방파제 ⓒ유주

와 전라남도, 제주도 등지의 40여 개 지역에서 연이어 방파제 공사를 진행했다.

안전한 테트라포드를 고민하다

김상기는 1966년 부산시 연산동에서 엔지니어였던 김석수와 이인숙의 1녀 3남 중 차남으로 태어났다. 초등학교 시절부터 선생님이 미대 진학을 권할 정도로 손재간이 뛰어났던 그는 홀로 내면에 침잠하여 상상을 즐기는 버릇이 있었다. 상상의 세계 속에 몇백 채의 집을 지어놓고 그 안에 마련된 진열장을 채우며 세간살이와 입주민의 표정까지 세세하게 떠올리기도 했다. 그 상상의 습관은 자연스럽게 발명을 해보려는 욕구로 이어져 집에 있는 라디오와 오디오 등 모든 기계를 뜯어보아 고장을 내놓곤 했다. 그가 발명에 관심을 갖게 된 건 아인슈타인과 벨의 위인전을 끝없이 탐독한 탓도 있지만 일본에서 수입한 기계를 국산화하는 데 전문가였던 부친의 영향도 컸다.

그런 부친이 초등학교 5학년 무렵 안전사고로 세상을 떠난 것은 김상기 대표에게 커다란 상실이었다. 하지만 알뜰한 모친의 살림살이 덕분에 학업을 계속하는 데는 지장이 없었다.

김상기 대표는 취업에 유리하다는 점을 염두에 두고 동아대 자원공학과를 택해 입학했지만 그의 관심은 여전히 발명에 있었다. 실제로 대학 2학년 무렵에는 공사장 아르바이트로 번 돈으로 회전 방향에 따라 자동으로 자동차 헤드라이트 초점이 변하는 기술을 특허 출원했지만 실용화에는 성공하지 못했다.

대학 졸업 후 일시적으로 건설회사에서 직장 생활을 시작했던 김상기 대표는 항만건설회사로 자리를 옮겨 고리원자력발전소 인근의 방파제 공사현장 소장을 맡았다. 막상 일을 맡고 보니 바다를 상대로 인공구조물을 설치하는 작업은 너무도 신바람 나는 일이었다.

다만 방파제의 대표적 설비인 테트라포드는 이때부터 그에게 걱정과 고민을 안겨주었다. 낚시를 좋아하던 어린 아들을 데리고 바닷가에 나갈 때마다 그 위에서 미끄러질까 노심초사하던 것도 그 걱정, 고민의 계기가 됐다.

기술 개발로 거친 파도에 도전장을 내다

이후 2005년 마창대교와 거가대교를 건설하는 공사 현장에서 김상기 대표가 느낀 또 다른 감정은 애국적 비애였다. 선진기술을 지니고 자문 역으로 공사에 참여하는 외국인 기술자들은 호조건에서 일하며 높은 연봉을 받고 있었다. 그에 비해 위험하고 힘든 업무는 온통 기술이 없는 한국인 기술자들의 몫이었다. 그게 모두 원천기술이 부족한 나라의 근로자이기에 받는 설움이란 생각이 들자 그는 후배 근로자들을 대하기가 뼈가 저릴 정도로 미안했다. 저절로 김상기 대표의 뇌리에는 '기술 개발과 특허만이 살길'이라는 자각이 새겨졌다.

드디어 2003년 김상기 대표는 39세의 나이에 동생인 김맹기

상무와 함께 (주)유주를 설립하고 방파제 기술 개발에 뛰어들었다. 그가 회사 설립에 나선 건 자신의 아이디어 창출 능력에 대한 믿음과 자신감에서였다. 곰곰이 되돌아보니 자신이 어린 시절 상상을 즐기던 습관은 아이디어의 창안이었고 대학과 회사원 시절 그 아이디어를 도면이나 3D프린터로 가시화하는 것은 발명을 현실화하는 과정이었다.

그는 자신이 직접 방파제 제작 기술을 개발해 특허로 등록한 다음 전국 해안가의 경관을 바꾸는 동시에 바다로부터 밀려오는 거친 파도에 도전장을 내고 싶었다. 그는 파도의 움직임으로 인해 수시로 모습이 바뀌는 바다를 '끓는 바다', '부풀어 오른 바다', '넘치는 바다', '뒤집힌 바다'로 각기 다르게 보았기에 그에 적합한 방파제가 무엇일지를 떠올리는 풍부한 상상력을 갖고 있었다.

일단 일에 몰두하면 김상기 대표는 식음을 전폐하고 그것에만 매달리는 스타일이었다. 어느 날인가는 현장에 나갔다가 '무(無)들고리 공법'을 떠올리곤 모든 일정을 취소한 채 회사로 직행했다. 그는 머리에서 쏟아져 나오는 신공법을 도면으로 옮기고 특허 명세서를 만드느라 밤을 하얗게 새웠다. 날이 밝는 즉시 변리사를 찾아가 특허 출원을 마치고 난 순간, 김상기 대표는 삶의 절정에 도달한 듯한 희열을 느꼈다.

그처럼 기술 개발에 전력투구하는 터라 김상기 대표는 일련의 성공을 거쳐 (주)유주의 인력을 대폭 보강하면서도 전체 직원의

90%를 연구진으로 채울 정도로 아이디어 창출에 전력을 기울였다.

특허와 신기술로 월파 피해를 막다

김상기 대표가 (주)유주의 주요 기술로 꼽는 '타이셀 공법'은 수중에서 블록을 결속시킴으로써 안정성을 추구하는 동시에 공사비를 절감하고 시공의 용이성을 높인 기술이었다. 2018년 이 공법을 '해양 신기술'로 인증받은 (주)유주는 미국과 러시아 등 60여 개국에서 원천기술로 특허를 출원한 다음에도 연구를 거듭해 그와 관련된 여섯 가지의 버전을 속속 개발해냈다.

이와 함께 '천공타이셀 공법' 역시 김상기 대표가 자랑으로 여기는 특허 기술이다. 이는 현장에서 지반과 기둥을 일체화시키는 타설로 블록의 일체화를 꾀하는 안벽 공법이다. 그는 이 기술을 제주도 구좌읍 연안에 설치한 해상 풍력발전기의 하부 기초 건설에 적용하여 관련 기관과 업체로부터 찬사를 들었다.

그중에서도 이미 부산시 칠암항에서 효과를 입증해 보인 '회파블록 공법'은 김상기 대표에게 바다와의 대결에서 자신감을 갖게 해준 (주)유주의 주력 기술이다.

"'회파블록 공법'은 회파관(回波管)을 타고 올라간 모래가 원위치로 되돌아가므로 해안침식 문제도 해결할 수 있는 기술입니다. 이 기술을 적용하여 만든 방파제는 기존의 것에 비해 월파의 양을 10분의 1 이하로 줄일 수 있습니다."

2016년부터 2년에 걸쳐 부산 기장군 월내항에 타이셀, 회파블록,
무들고리 공법으로 건설된 방파제가 파도를 막아내는 모습 ⓒ(주)유주

   파도의 양을 그 정도로 줄일 경우 어떤 효과가 나타나는지는
부산시 칠암항에서 이미 입증해내어 횟집 주인들과 관광객들로
부터도 연달아 찬사를 받은 터였다. 방파제 기술 개발이 미관
과 안전, 경제와 더불어 생존을 좌우한다는 신념은 갈수록 굳
어졌다.
   내처 김상기 대표는 부산시 가덕도 대항항에서 그 여러 가지
공법들을 한꺼번에 적용했고 과연 그 효과는 다른 지역에 비해
몇 배로 늘어났다. 그곳 대항항은 2016년 태풍 차바로 심각한
피해를 본 지역임에도 방파제를 복구할 예산액이 절반만 책정된
터였다. 이에 (주)유주가 나서서 부족한 예산만을 활용해 100미
터의 방파제 건설에 '타이셀 공법' 등 갖가지 공법을 두루 적용

한 시공을 완료했다. 그 결과는 기존에 설치되었던 방파제보다도 더욱 만족스러웠다. (주)유주의 신공법 방파제에 대한 김영석 대항어촌계장의 평가 역시 그러했다.

"금번 2022년 여름에 힌남노 태풍이 내습했을 때 주민들은 새로 만든 방파제의 덕을 보았다며 이구동성으로 찬탄했습니다. 주민들 입장에서는 그보다 다행스러운 일이 달리 없습니다."

오랜 세월 끝에 기술을 인정받다

그런데 회사 설립 후 방파제 시공으로 열띤 반응을 이끌어내기까지 19년간 김상기 대표가 맞서 싸운 난관과 장애는 한두 가지가 아니었다. 독창적 기술 개발의 자체적 어려움만이 아니라 토목업계와 항만건설업계, 공직사회의 보수적 풍토와 '설계기준' 유무 시비로 방파제 신공법을 인정받는 데 10년이 걸렸다. "70년 넘게 써온 테트라포드가 있는데 구태여 신공법 방파제가 필요하겠느냐"는 주장으로 무장한 기존 업체의 견제는 강고한 벽이었다.

이런 현실을 지켜보는 주위 사람들은 안타까움을 드러낸다. 김상기 대표가 추구해온 신공법 방파제가 '항만도시 부산에 가장 적합한 기술'이라 여기기 때문이라 한다.

"이러다간 부산을 먹여 살릴 수도 있을 미래의 먹거리가 기득권의 횡포로 사장되는 것 아닌가 모르겠습니다."

하지만 근래 들어 김상기 대표의 집념 어린 노력의 결과가 인정을 받으면서 (주)유주의 방파제 시공 현실화 가능성에 하나둘 청신호가 켜지고 있다. 2016년 (주)유주의 기술이 국토교통과학기술진흥원을 비롯한 해양수산과학기술진흥원 등의 연구과제로 잇따라 선정되면서 기술 상용화의 길이 열렸다. 2022년 5월부터는 쿠웨이트 항만청 프로젝트를 시작으로 미국 해상풍력사업, 말레이시아와 필리핀 등의 항만건설 프로젝트에 참여 여부를 놓고 협의가 진행 중이다.

때맞춰 2021년 (주)유주는 해양수산부로부터 해양과학기술대상을 받았고 2022년에도 부산광역시로부터 부산과학기술상 대상을 받으면서 그동안 애써온 성과가 비로소 스포트라이트를 받기 시작했다. 늦게야 인정을 받게 되었지만 김상기 대표는 꽤 오랜 세월 남의 인정이나 눈에 보이는 이익에 초연한 채 바다와 인간의 중재에만 골몰해왔다.

그러는 동안 그의 꿈과 포부는 도리어 더욱 크고 원대해졌다. 그것은 인류애 넘치는 벅찬 소망이었다.

"제가 사업을 펼치고 싶은 대상지는 비단 부산과 한국에 한정된 게 아닙니다. 언젠가 여건이 제대로 갖추어지면 해수면 상승으로 시시각각 나라가 바다로부터 수몰 위기에 처한 몰디브를 찾아가 그들의 국토를 지켜주고 싶습니다."

도움말씀 주신 분

김도삼 한국해양대 교수, 정진교 부산과학기술대 교수, 박현수 부산도시공사 부장,
김영석 대항어촌계 계장, 박태욱 성림횟집 대표

3부

바다와 놀다

송정 파도 공부해 '서핑 성지' 일군
한국 서핑의 대모

송정서핑학교 대표 서미희

'서핑의 성지'. 부산시 해운대구 송정 앞바다의 별칭이다. 26년 간 이곳을 지켜온 서미희 송정서핑학교 대표는 '한국 서핑의 선구자', '서핑의 대모' 외에 '성지 창조자'로도 불린다.

"송정해수욕장이 본래 서핑의 성지는 아니었습니다. 한국에서 처음 서핑을 시작한 서 대표가 평범했던 바다를 그렇게 만든 것입니다."

지난 40여 년간 해양스포츠용품을 보급하며 서미희 대표를 옆에서 지켜봐온 정완섭 에어웨이브 대표의 소개이자 주장이다. 그 말처럼 서미희 대표는 국내 서핑 개척 1세대이고, 결코 순탄치 않았던 그의 지난 이력은 바로 한국 서핑의 창세기였던 셈이다.

윈드서핑선수 출신 1호 여성서퍼

어려서부터 서미희 대표는 노는 데라면 선수였다. 김해시 대

2010년 인도네시아 롬복에서 서핑을 하는 서미희 대표 ⓒ서미희

동면에서 서문도와 정학남의 1남 3녀 중 둘째 딸로 태어난 그는
부친을 유독 따랐다. 부친은 다수의 일꾼을 거느린 부농이었지
만 농사는 뒷전에 제쳐놓은 채 사냥 다니길 더 즐겼다. '밀림의
왕자 타잔'을 동경하던 서미희 대표는 초등학교 시절 산속에서
길을 잃어가면서도 노루 쫓기를 포기하지 않을 정도로 체력과
담력이 좋았다.

중학생이 되기까지 놀이라면 모두를 섭렵한 서미희 대표는 차
차 또래들이 하는 놀이가 시시해졌다. 본격적으로 운동을 해보
기로 하고 구포여중에서 펜싱선수 생활을 시작해 이사벨여고에
진학한 뒤에도 계속했다. 전망이 보이지 않아 중도에 포기할 수
밖에 없었지만 서미희 대표는 고교를 졸업한 후에도 스키와 테

니스, 수영 등 온갖 운동을 꾸준히 계속했다. 간호사로 일하면서 버는 돈은 모두 운동을 배우고 즐기는 데 털어 넣었다.

서미희 대표는 1988년 서울올림픽이 열리던 해 처음 윈드서핑에 매료되어 배우기 시작한 지 6년 만에 국내 여성부에서 10회나 1위를 차지했다. 88올림픽 윈드서핑 국가대표였던 남편을 만나 광안리에서 올린 결혼식도 윈드서핑 경주 방식으로 거행하여 세간의 이목을 끌었다.

1996년에는 광안리에서 문을 연 윈드서핑 강습소를 송정으로 옮겨 수강생을 길러냈다. 자신이 즐기는 운동을 하며 제자를 길러내는 일이 그에게는 천직처럼 여겨졌다. '놀이'를 의미하는 영어단어 'Play'에 '만들다'는 뜻도 있으니 그것은 놀이인 동시에 사업이었고, 달리 말하자면 바다를 재창조하는 일이기도 했다.

서핑과의 만남은 마치 운명처럼 서미희 대표에게 다가왔다. 윈드서핑스쿨을 송정으로 옮기고 나서 보니 그곳의 지형적 특성으로 인해 수시로 운동을 방해하는 바람과 파도가 골칫거리였다.

1997년 10월의 어느 날도 이미 높아진 파도를 피해 바다에서 서둘러 빠져나오는 참이었다. 뜻밖에도 그런 상황에 도리어 길쭉한 보드를 옆에 끼고 바다로 들어가는 외국인이 있었다. 자신을 한국계 호주인이라 소개한 그가 서미희 대표에게 의아하다는 듯이 말을 건넸다.

"파도가 오면 그걸 타러 가야지, 그 좋은 걸 왜 피하기만 합니까?"

머리를 망치로 맞은 듯 호된 충격을 받은 서미희 대표는 그를 따라 곧바로 바다로 뛰어들었다. 일단 깨달으면 몸으로 확인해야 직성이 풀리는 건 서미희 대표의 성격 탓이었다.

과연 몰려오는 파도는 그를 밀어내기는커녕 도리어 함께 밀려가고 밀려오며 어우러지기를 반복했다. 멋진 파도를 타고 나니 넋 빠진 사람처럼 웃음이 나왔고 한밤중까지도 온몸에 흐르는 전율을 느꼈다. 파도가 자신이 되고 자신이 파도가 되는 물심일여(物心一如), 무아지경(無我之境)을 경험했다. '한국 1호 여성서퍼'의 탄생이었다.

독학으로 파도 읽는 법을 터득하다

그 직후부터 작심하고 서핑에 달려든 서미희 대표는 윈드서핑을 접고 서핑 보급에 나섰다. 우선 그는 쉼 없는 훈련으로 좋은 파도를 택해 포인트를 읽고 타는 데 누구보다 빨리 익숙해졌다. 나아가 서미희 대표는 파도의 특성을 파악하고자 지형과 파장, 바람이 파도를 만드는 원리에 대한 공부를 시작했다. 그는 특히 송정 앞바다에 계절을 가리지 않고 파도가 밀려오는 이유를 알아내고 싶었다. 그래서 해수의 유향(流向)과 파도의 파향(波向)을 분석하기 위해 해양학, 지질학, 기상학, 물리학을 독학으로 파고들었다.

하지만 아직 국내에서 서핑은 생소한 스포츠였고 보드를 구하기조차 어려웠다. 레슨 종목을 바꾸자 배우겠다는 수강생이 없었고 자연히 살림이 어려워져 남편과의 갈등이 커지면서 부부 싸움이 잦아졌다. 그런 데다 '수상레저'라는 개념조차 미비한 터라 관련 법규는 까다롭고 규제는 많았다.

사정이 그 모양인데도 턱없이 많은 보드를 사다가 쟁여놓고 서핑 보급을 고집하는 서미희 대표를 측근들조차 몽상가라고 불렀다. 그래도 그는 굽히지 않고 뚝심 있게 서핑 외길을 밀고 나갔다.

2008년 서미희 대표는 급기야 일을 저질렀다. 그의 나이 43세가 되던 해였고, 주변에서는 "이제는 그만 일선에서 물러나시라"고 권유하던 시점이었다. 그해 7월 제주 중문에서 열린 '국제서핑대회'에서 서미희 대표는 당당히 여성부 1위를 차지했다. 내처 그해 9월 말에는 일본 후쿠오카현 가라쓰에서 열린 '서퍼 걸 서핑 콘테스트'에 참가했다. 무려 2천 명에 이르는 참가자가 4개 조로 나뉘어 해가 떠서 질 때까지 며칠을 두고 겨룬 대회에서 서미희 대표는 당당히 우승 트로피를 들어 올렸다.

송정서핑학교 시스템을 전국에 보급하다

그 두 건의 우승으로 서미희 대표는 자신의 내부에서부터 용솟음치는 엄청난 에너지를 확인했고 그 에너지는 무엇이든 할 수 있다는 자신감으로 바뀌었다. 일본에서 귀국하자마자 그는

송정해수욕장에서 서핑 보드를 들고 포즈를 취한 서미희 대표 ©서미희

송정 바닷가에 건물을 짓고 '송정서핑학교'라는 간판을 내붙였다.

이듬해인 2009년 이후, 서미희 대표는 줄기차게 쏟아져 들어오는 각종 언론 인터뷰를 통해 서핑과 자신의 존재를 국내외에 알렸다. 특히 〈세상사는 이야기〉라는 모 방송의 다큐멘터리가 방영된 직후엔 송정 바닷가로 찾아오는 강습생이 인파를 이루었다. 그 가운데는 여봐란듯이 어깨를 활짝 편 70대 여성도 섞여 있었다.

그렇게 해양레저 종목에 끼어든 서핑의 인기는 가히 폭발적이었다. 서핑을 즐기는 동호인 수는 해마다 두 배씩 늘어나 12년 만에 100만에 달했다. 서핑 보급 초창기 서미희 대표로부터 서핑을 배웠던 제자들이 송정과 강원도 양양 제주도 중문 등지에서 잇달아 서핑스쿨을 열었다. 전국에 서핑스쿨이 생기면서 송정서핑학교가 개발한 교재를 비롯해 비용 산정, 수업 방식 등 운영시스템도 함께 퍼져나갔다. 드디어 호주의 유명 해양스포츠 장비회사인 '퀵 실버'가 자발적으로 송정서핑학교 지원자가 되겠노라 자처하며 서미희 대표를 찾아오기에 이르렀다.

"2010년대 초반은 대중들이 야외에서 즐길 수 있는 스포츠 종목을 갈구하던 때였습니다. 때마침 서핑이 소개되면서 각광을 받게 되자 서미희 대표는 상징적 존재로 떠올랐습니다."

부경대 해양스포츠학과를 나와 2002년부터 송정서핑학교 강사로 상당 기간 서미희 대표를 도와 서핑 보급에 나섰던 민경식 서프짐 대표의 회고다. 그가 독립적으로 서핑스쿨을 창업하여 운영하기 시작한 2010년대 후반부터 대학의 스포츠학과에도 서핑 강좌가 개설되었으며 스포츠·레저 전문가들 역시 앞다투어 서핑을 분석하고 관련 서적을 저술했다.

"서핑은 사람에게 해방감과 자유로움을 안겨줍니다. 그 감정은 사람을 새롭게 충전시키고 때로는 완전히 리셋시키기도 합니다. 맨몸으로 파도와 맞서다 보면 자존감을 만끽하기 때문입니다."

서미희 대표의 서핑 예찬에는 그럴 만한 근거가 있다. 그가 정기적으로 초청하여 체험 기회를 주는 보육원생들의 표정이 특히 그러했기 때문이다. 서핑으로 바다와 한바탕 어울리다 나오는 그들의 얼굴에는 평소의 그늘 대신 함박웃음만이 넘쳐흘렀다.

해신의 반열에 이름을 올리다

"초등학교 시절부터 저는 보물찾기에는 일등이었습니다. 남이 못 찾는 보물도 내 눈에는 보였거든요."

서미희 대표가 서핑을 통해 찾아낸 보물이란 다름 아닌 사람이었다. 그는 그간 서핑 국가대표 선수 일곱 명을 길러냈고, 배 속에서부터 서핑을 배웠던 딸 이나라와 아들 이도운에게도 걷기와 함께 파도타기를 가르쳤다. 발리를 비롯해 뉴질랜드와 호주, 미국에서 전지훈련을 받은 딸은 2017년부터 국가대표이자 시흥체육회 소속 선수가 되었고 같은 해에 누나와 함께 나란히 국가대표가 된 아들 역시 지금도 같은 길을 걷고 있다.

자타가 공인하는 '한국 서핑의 대모'가 된 서미희 대표는 부산 서핑협회 부회장과 한국서핑교육진흥원 회장을 맡아 유망 서퍼 발굴과 후원에 박차를 가했다. 장기적으로는 인도네시아 발리에 직접 훈련센터를 지어 그곳에서 한국 서핑을 이끌어나갈 엘리트 서퍼를 육성하겠다는 구상도 갖고 있다.

서핑 외에도 서미희 대표가 손을 뻗친 일은 실로 다양했다. 그는 미명과 함께 시작하는 백사장 정화 활동 '비치 클리닝'을 30년간 계속해 이웃들에게 잔잔한 감동을 안겨주었다. 그에 더해 서미희 대표가 오랫동안 연구해온 해양 구조 방법은 실제로 익사 위기에 처한 100여 명의 목숨을 구하는 순간마다 빛을 발했

서미희 대표가 2017년 창단한 '서프 레스큐' 구조대의 모습 ⓒ서미희

다. 이에 그는 2017년에 창설하여 운영해오던 '송정해운대 수상
레저 레스큐팀' 활동을 사계절 내내 이어갈 방도를 찾기 시작했
다. 서미희 대표의 활동을 꾸준히 지켜보던 해양경찰도 마침내
서핑을 활용한 구조 방법에 관심을 갖고 상호협조에 나서기로
했다.

　더불어 서미희 대표는 지난 30여 년간 새마을문고와 초등학
교, 교회, 동사무소를 통한 후원과 기부에도 열심이었다. 그는
당연한 듯 구민기획단과 주민자치기획단에 들어가 주민들과
머리를 맞대고 송정을 더 나은 명소로 만들기 위한 도시재생
사업 방도를 고민했다. 2022년에는 우선 해운대구와 손을 잡
고 서핑의 대중화를 통해 관광 진흥을 유도하려는 계획부터 추

진했다.

　서미희 대표를 지켜보노라면 그리스 해양 신화가 저절로 떠오른다. 그리스 해신들의 이름은 그리스인의 해양 지식의 축약이다. '카리오레'는 파도의 흐름, '가라크사우레'는 돌풍, '토에'는 빠른 물살이라는 뜻이며 바다의 신 '오케아노스'의 딸들은 물과 바람, 파도의 조절을 맡고 있다. 그 위에 뱃사람을 구원해주는 50명의 여신 '네레이데스'를 추가해도 좋을 것이다.

　이미 서핑을 통해 물결 꼭대기인 '립'과 무너지는 파도 '피크', 파도의 경사면 '페이스', 파도 터널 '배럴' 등을 익히고 다스려온 서미희 대표도 그 경지에 다가섰다. 온몸으로 느끼는 파도를 어르고 달래가며 어울리는 서핑보다 더 가깝게 바다에 다가서는 활동은 없다. 게다가 그는 인공위성으로부터 받은 좌표를 분석하고 국립해양조사원의 관측기를 모니터링하여 열흘 후에 송정 앞바다에 밀려올 파도를 미리 가늠하는 능력을 갖추고 있다.

　그래서 '서미희'란 이름을 이제 해신의 반열에 놓아도 무방할 듯싶다. 무엇보다 그는 26년 전에는 이름조차 생소했던 서핑을 한국에 알려 애호가를 100만 명까지 늘어나게 했으며, 방송 일기예보에 '서핑 지수'를 끼워 넣게 만든 주역이다.

　그쯤 되면 서미희 대표는 평소 자신이 지녀왔던 꿈을 이미 반은 이루어놓은 셈이다. 그 꿈이란 다름 아닌 "죽어 송정 바다의 수호신으로 태어나고 싶다"는 것이었다. 서미희 대표가 만들어낸 '서핑의 성지' 송정, 그 바다는 일찍이 존재하지 않았던 자연이다. 그래서 바다에는 주인이 달리 없다. 그 바다는 언제나 꿈 꾸는 자의 것이다.

도움말씀 주신 분

박성환 대동병원 이사장, 강신범 한국해양대 교수, 정완섭 에어웨이브 대표,
민경식 서프짐 대표, 김정숙 송정교회 권사

해양생물에 매료되어
34년간 바다에 뛰어들다

수중사진가 박수현

태초의 신비를 간직한 완벽한 암흑이었다. 수심 30미터를 내려간 해저에서 다시 몸을 비집고 들어간 동굴 속은 워낙 스쿠버 다이버들의 사고가 잦아 '죽음의 동굴'이라 불리는 곳이었다. 남태평양 팔라우 제도의 '블루홀'에서 박수현 사진가는 100미터 남짓한 동굴을 만났다. 가도 가도 끝이 나지 않을 것 같은 막막함이 차차 공포로 바뀌었다.

"마침내 출구에서 비쳐 오는 어슴푸레한 푸른빛을 보았습니다. 그 순간에는 다시 태어난 느낌을 받았습니다."

남극의 바다에서도 박수현 사진가는 아찔한 경험을 했다. 유독 바람이 강하게 부는 날, 혼자서 바다로 뛰어들어 관찰을 마치고 수면 위로 나오려다 보니 입수했던 자리가 얼음으로 뒤덮여 있었다. 자신이 수중에 머무는 동안 바람의 방향이 바뀌면서 유빙과 유빙을 엉겨 붙게 만들었던 것이다. 급한 대로 등에 메었던 공기통을 벗어 몇 번을 쳐올려봤지만 얼음은 깨지지 않았다.

겁이 덜컥 났다. 정신을 가다듬고 침착하게 나침판을 보며 외해로 나가 갈라진 얼음의 틈을 비집고야 수면 위로 나올 수 있었다.

34년간 2,300회 뛰어든 바다

바다는 그처럼 두려우면서도 매혹적인 대상이었다. 박수현 사진가는 그 두려움과 싸우며 오로지 수중사진만을 위해 34년간 2,300회나 바다로 뛰어들었다. 과연 그 두려움 너머의 '해저 화원과 동물원'에는 그 어느 육지의 식물이나 동물보다 아름다운 해양생물들이 그를 기다리고 있었다. 인류가 바다에서 진화해 나왔다는 주장이 맞는다면 그들은 인간의 먼 친척뻘인 셈이었다.

박수현 사진가는 흡사 육지의 오지에서 원주민을 만났을 때처럼 반가운 마음으로 그들의 모습을 촬영하며 대화를 나누면서 점점 더 해양생물에 매료되어갔

사이판에서 만난 현지 수중사진가
시드니 다카하시가 촬영한
박수현 수중사진가의 수중활동 모습
ⓒ박수현

다. 해양생물의 종별, 서식 유형별 다양성을 발견하면서 박수현 사진가가 기자로서 '특종'을 거둔 사례도 적지 않았다. 부산 앞바다의 해양환경 변화를 취재하던 중에는 아열대성 해양생물인 무쓰뿌리돌산호와 해송(海松), 청줄돔 등을 발견했으며 전문가들이 미처 발견하지 못했던 산호 군락지를 찾아내는 성과도 올렸다.

같은 부산 앞바다도 해안에서 바라보는 것과 더 깊은 수중에서 보는 경관은 전혀 달랐다. 박수현 사진가는 깊숙한 바다로 들어가 정어리 떼의 현란한 군무(群舞)를 포착했다. 전문가들조차 독거하는 줄로만 알고 있던 베도라치의 동거 모습을 목도했고, 만다린피시의 짝짓기와 흰동가리가 산란하는 모습을 지켜보았다. 위기에 처할 때면 독을 내뿜는 군소의 재기발랄함과 모습을 감추겠다며 조개껍데기를 이고 다니는 성게의 재치에 놀라기도 했다. 일부러 조류가 세찬 날을 골라 화사하게 폴립이 열리는 산호나 배설물을 방출하는 멍게의 지혜에는 감탄을 금할 수 없었다.

박수현 사진가는 박상정과 이여기의 2남 1녀 중 장남으로 서울에서 태어났지만 어린 시절은 대구에서 보냈다. 그에게는 다른 무엇보다 초등학교 시절 동해안에 가서 처음 본 바다의 인상이 너무도 강렬했다. 그 매력에 이끌려 한국해양대 해양공학과로 진학한 그는 바다로 둘러싸인, 섬 전체가 캠퍼스인 대학에서 바다와 더불어 살았다. 그곳에서 은사들로부터 잠수 공학을 체계적으로 배운 후 대학원에 진학하여 수중 잠수과학 기술도 연구했다.

박수현 사진가에게는 일찍부터 바다의 부름에 응할 체력이 있었다. 어린 시절부터 모든 운동을 즐겼고 대학 축제의 단축마라톤대회에서 1등을 도맡았다. 대학 2학년 시절인 1988년 그는 학우들과 스킨스쿠버팀 '아쿠아맨'을 만들었다. 처음 들어가서 두 눈으로 본 바닷속은 그야말로 경이로운 별세계였다. 그 인상과 느낌을 남에게도 전해주기 위해 학보사 사진기자가 되어 수중촬영의 세계에 발을 들여놓았다.

대학 졸업 후 진로를 놓고 고민하던 박수현 사진가는 자신이 만들어낸 단어인 '수중사진 저널리즘'을 장래의 목표로 정했다. 아직 국내에선 앞서가는 전문가를 찾기 힘들던 때였다.

다행히도 그가 지닌 꿈의 가치를 알아본 국제신문이 그를 신입 기자로 받아들였다. 그리고 당시로선 거액이었던 1,500만 원을 들여 스쿠버 장비 일체와 수중촬영 기자재를 그에게 안겨주었다.

기획기사·단행본·사진전으로 공유

프로 사진가가 되어 본격적으로 나선 박수현 사진가에게 수중촬영은 언제나 시간을 다투고 사전 준비에 매달려야 하는 벅찬 과정의 연속이었다. 사진기자로서 취재해야 하는 근무 시간을 피해 새벽 아니면 야간, 휴일에 촬영을 진행해야 했다. 그러자니 그는 언제나 시간에 쫓겼다. 비교적 가까운 동남아를 다녀오려고 해도 근무를 마친 금요일 밤에 출발해 출근 이전인 월요일 오전 6시까지는 돌아와야 했다. 잠수병을 예방하기 위해 물에서 나온 지 12시간이 지나야 비행기를 탈 수 있으므로 시간은 더욱 빠듯했다.

촬영을 위해서는 잠수장비나 촬영 기자재 준비뿐만이 아니라 피사체의 특성을 비롯한 해류와 조류, 투명도, 해저지형도 미리 파악해야 했다. 박수현 사진가는 사전 준비를 잘하기로 정평이 나 있는 수중촬영 전문가였다. 그러나 아무리 꼼꼼히 체크를 해도 현장에서의 물때나 날씨, 수중생물 산란기, 회유기 중 어느 한 가지만 문제가 돼도 촬영은 여지없이 실패로 돌아가곤 했다. 재촬영이 가능하다면 다행이지만 원했던 사진을 얻지 못하면 현장의 조건이 달라질 때까지 무조건 기다리거나 몇 번이고 다시 찾아가야 했다. 박수현 사진가는 그런 변화무쌍한 조건에 자신을 맞추며 차차 실패를 줄이는 방법을 터득해갔다. 부산 앞바다에 아열대성 동물인 해마가 나타났다는 소식에 일주일이나 물속에서 잠복한 끝에 촬영에 성공했다.

촬영을 마치면 박수현 사진가는 반드시 국립과학관장을 역임한 신라대학교 고현숙 교수를 찾아갔다. 그로부터 자신이 만난 해양생물에 대해 세세한 자문을 구하고 다시 이를 기록으로 정리했다. 그렇게 박수현 사진가는 20여 개 국가의 바닷속을 촬영하고 4회에 걸쳐 남극과 북극을 탐사한 결과를 사진과 글로 담

박수현 수중사진가 본인이 엄선한 자신의 작품 ⓒ박수현

아냈다.

이어 박수현 사진가는 해양 이슈를 발굴하고 수중사진을 보급하기 위해 전방위적 활동을 펼쳤다.

〈국제신문〉에는 2003년 '바다의 신비 Fish Eye'라는 제목으로 글과 사진 50편을 연재했고, 2009년에는 '지금 부산 바다 속에서는' 등을 연재했으며 2022년 현재에도 '박수현의 오션월드'를 기고하고 있다. 그 과정에서 그는 사진가로서는 드물게 유려한 필치를 구사하는 문장가로서의 평판도 얻었다.

박수현 수중사진가가 남극 킹조지섬 해역 탐사를 마치고 출수할 때
도둑갈매기(스큐아) 한 마리가 하늘을 선회하는 모습 ⓒ박수현

수중촬영으로 5년가량의 경험을 쌓은 후에는 부산잠수센터에
서 6개월에 걸쳐 야간촬영 작업을 통해 얻은 데이터를 바탕으로
『꿈꾸는 바다』라는 촬영 교본도 만들었다. 이어『북극곰과 남극
펭귄의 지구사랑』등 무려 14권에 달하는 단행본을 펴냈으며 개
인전 12번과 단체전 10번의 사진전을 통해 일련의 다큐멘터리
사진들을 선보였다. 사진전 작품 중 바다거북과 맞서는 정어리
떼의 모습을 담은 초대형 사진은 보는 이의 탄성을 이끌어내기
에 충분했다.

박수현 사진가는 단지 피사체를 전달하는 것만이 아니라 나
름의 메시지를 전하기 위해 애썼다. 2009년 연재한 '지금 부산

바다 속에서는' 시리즈 중 '회귀 연어의 슬픈 운명'에서는 지자체의 연어방류사업을 비판했다. 그런 메시지 전달이야말로 스킨스쿠버들이 즐겨 인용하는 영화 〈그랑 블루〉의 명대사처럼 "내가 바닷속에서 뭍으로 나와야 할 이유"였다.

그런 박수현 사진가의 노력과 시도는 언론계로부터 화답을 얻어내면서, 각종 상을 받기에 이르렀다. 2012년 수중사진을 곁들인 기획 기사 '살아 숨쉬는 부산 바다'로 일경언론상과 한국신문상을 받았고, 2014년 '해양생태계보호구역을 찾아서'로는 한국지역신문기자협회가 수여하는 한국지역신문대상을, '극지개발의 꿈'으로는 일경언론상을 수상했다. 드디어 2020년 그는 해양수산부에서 수여하는 장보고대상 수상자가 되었다.

평소 위험한 작업에 나서는 스쿠버다이버들은 '짝(버디, buddy)'을 소중하게 생각한다. 박수현 사진가는 짝이 되어 함께 바닷속으로 들어갈 전문 스킨스쿠버 양성에도 힘을 기울여왔다. 그는 여러 계기와 경로를 활용해 지금까지 550명에 달하는 다이버와 15명의 스쿠버다이빙 강사를 배출해냈다. 특히 2000년에는 부산지역에서 활동하는 수중사진가 15명과 함께 '샐빛수중사진동호회'를 만들어 촬영과 투어 등 단체활동에 나서고 있다.

'샐빛수중사진동호회' 황만현 전 회장은 스쿠버들에게 수중사진의 제작이 어떤 의미를 지니는지에 대해 이렇게 설명했다.

"수중사진을 찍기 시작하면서 바닷속으로 들어가 스쿠버다이빙을 하는 의미와 가치가 확실해졌습니다."

송정해수욕장 수중 정화작업을 마친 샐빛수중사진동호회 회원들
ⓒ박수현

   통영에서 리조트를 운영 중인 김성심 강사도 박수현 사진가에게 수중사진을 배운 뒤 스쿠버다이빙을 지도하면서 수중사진 전도사가 되었다.

   특히 황철환 영산대 교수는 "수중사진이야말로 해양수도 부산의 대학에 꼭 필요한 교육"이라 보고 방송사진예술학과에 '수중촬영' 과목을 개설했다. 그러곤 박수현 사진가를 강사로 초빙하여 학생 지도를 맡겼다. 이 과목을 이수한 졸업생 다수는 언론사에 진출하여 '수중사진 저널리스트'로 활약하고 있다.

(사)극지해양미래포럼 설립 주도

박수현 사진가의 활동은 30년간 국제신문에 재직하며 기획실
장과 총무국장을 거쳐 마이스사업국장을 맡은 후로 더욱 다양
해졌다. 2015년에는 마이스사업의 일환으로 국제신문이 창립한
(사)극지해양미래포럼을 통해 연간 2만여 명의 중고생에게 극
지·해양 특강을 실시하고 더불어 극지사진 공모전과 전시회,
극지체험 전시회 등도 개최했다. 다시 2019년 청소년 남극 체험
에 이어 2022년 8월에는 고교생을 선발하여 북극 체험에 나서
게 했다.

그런 다양한 활동의 의미에 박수현 사진가는 이런 설명을 덧
붙였다.

"한국과 온 세계의 바다에 희망이 있다는 시각이 필요합니다.
그런 사고를 갖고 국민의 해양 애호와 환경보호, 정부의 선진화
된 해양 정책 등을 맞물려 운영해야 한다고 봅니다."

박수현 사진가의 주장이나 활동에 호응할 해양 전문가와 마
니아 수도 이제는 적지 않다. 그러다 보니 그들의 기대가 커지고
요구사항도 많아졌다. 그중에는 전국에 내놓을 만한 '수중 스튜
디오'를 부산지역에 건립해 달라는 요구와 해양 관련 대학이나
공공기관이 앞장서서 스쿠버다이빙과 수중사진 보급에 나서기
를 바라는 기대도 포함돼 있다. 스쿠버다이빙을 통한 수중사진
촬영을 확산시키려면 지나치게 규제가 많은 현재의 법과 제도
를 개선해야 한다는 비판의 목소리 또한 높다.

앞으로 박수현 사진가는 극지·해양 콘텐츠 제작과 아울러 현재 유튜브로 진행 중인 '극지 톡톡'을 더욱 확대한 해양 관련 포털을 구축하려 한다. 그가 벌이는 모든 일들은 한결같이 인류를 자신들의 원초적 고향인 바다에 더욱 가까워지게 만들고자 애쓰는 몸짓으로 보인다.

도움말씀 주신 분

황만현 샐빛수중사진동호회 전 회장, 황철환 영산대 교수,
김성심 사량도다이빙센터 대표, 김성복 극지해양미래포럼 강사

'범선 붐'의 돛을 펴다

국내 유일 범선 선장 정채호

국내 유일의 범선 '코리아나호'

"춥다, 덥다, 불평을 해선 안 됩니다. 왜 배의 속도가 느리냐고 묻지도 말아야 합니다. 오로지 대자연에 자신을 맡기고 겸허하게 처신해주길 바랍니다."

여수에서 만난 국내 유일의 범선 코리아나호의 정채호 선장이 배에 오른 모든 승객에게 건네는 요구다. 일단 승객이 되면 그게 누구든 나이나 지위 고하를 불문한다.

선실에 붙어 있는 승선수칙 역시 다양하고 까다롭다.

'운항에 협조할 것', '각자의 침구는 스스로 정리할 것', '운항 중에는 음주를 삼갈 것'

정채호 선장은 승객들이 그렇게 처신해야 도리어 바다에서 자유를 얻을 수 있다고 말한다.

실제로 범선 항해는 선장 혼자 할 수 없는 일이다. 마스트에 돛을 달고 끌어내리는 일만 해도 승선원 수십 명이 매달려야 가

돛을 모두 펼치고 항해 중인 코리아나호 ⓒ정채호

능하다. 이를 위해 코리아나호는 일반인이 이용하기 쉽게 선실을 개조해 매번 자원봉사자 40여 명을 번갈아 태우고 매년 60일씩의 운항을 계속해왔다.

코리아나호는 1983년 네덜란드에서 건조된 기관과 돛을 갖춘 크루즈 범선(Tall Ship)이다. 선내에는 72명의 숙박이 가능한 침실과 식당과 도서실, 바, 살롱, 아카데미 룸 등을 두루 갖추고 있다. 길이 41미터에 총톤수는 135톤이며 마스트의 높이는 30미터로, 장착된 돛 11개를 모두 펼치면 931제곱미터, 즉 3백 평짜리 논 한 마지기의 넓이가 된다.

이 배는 평소 9 내지 10노트의 속력으로 달리다가도 맨 앞의 제노아 돛 하나만 펼쳐도 2노트나 빨라진다. 배 밑바닥에는 킬(Keel)이라 부르는 납 280톤이 들어 있어 어떤 상황에서도 균형을 유지하며 달릴 수 있다.

한국에 요트 붐을 불러일으키다

정채호 선장과 요트와의 인연은 미국 유학 시기에 맺어졌다. 아직 힘이 넘치던 시절 뉴저지주의 요트 계류장에 나가 나이 든 요트맨들의 계류작업을 도와주면서 현지인들과의 친분을 쌓았다.

그에게 결정적 계기를 안겨준 건 귀국 후 여수대 강사로 일하던 1982년 여수시와 일본 가라쓰시 간의 한일 요트 교류사업이었다. 전국에서 선발된 중고생 15명을 인솔해 대회에 참가한 그는 처음 요트를 타보았다는 몇몇 학생에게서 선수로 대성할 자질을 발견했다.

한국으로 돌아오면서 정채호 선장은 국내에 '요트 붐'을 불러일으켜보겠노라 마음먹었다. 그 즉시 사재를 털어 우선 50척의 딩기요트를 구입하고 훈련생을 모집하여 전지 훈련에 나섰다. 그 결과 이듬해에는 전남도지사와 여수시장이 지켜보는 전남도민체육대회에서 근사한 시범경기를 펼쳐 보일 수 있었다.

1986년, 아시안게임이 목전에 다가온 시점에도 한국은 여전히 '요트 불모지'였다. 대회 1년을 앞두고 김우중 대우그룹 회장이

38년간 국내 유일의 범선 코리아나호를 지켜온 정채호 선장 ⓒ정채호

대한요트협회를 맡으며 후원을 시작했다. 이에 정채호 선장도 부랴부랴 지역에서 전남요트협회를 만들어 선수단을 길러내기 시작했다. 그 노력이 헛되지 않았던지 아시안게임에서 박길철이 금메달을 따 나라와 협회에 보답을 했다. 박길철은 1982년 여수 만성리 해수욕장에서 만난 여수공고 후배로, 정채호 선장에게서 요트를 배워보라는 권유를 받고 여수수산대에 입학해 요트를 배운 유망주였다.

이후 정채호 선장이 이끄는 전남요트협회는 37년간 전국체전 종합우승 17회와 준우승 4회, 대통령기 전국시도대항 요트대회 종합우승 16회와 준우승 5회 등의 성적을 거뒀다. 그러는 동안

아시안게임을 비롯해 각종 대회 메달리스트와 국가대표 코치 등을 줄줄이 배출하여 전국 각지의 시도로 내보내 지도자 생활을 하게 했다.

정채호 선장은 스스로도 이해하기 힘든 요트에 대한 애착을 배와의 특별한 인연 때문이 아닌가 여겼다. 집안 내력으로 보면 그는 임진왜란 때 이순신 장군과 함께 싸운 정철 장군의 후손이니 어쩌면 자신이 그의 환생일지 모른다는 생각도 했다.

정채호 선장은 전남 여수시 여서동에서 해조류 가공회사 삼해해조를 운영하는 정한석과 강봉인 사이에서 태어났다. 집안이 풍족했기에 그는 어린 시절부터 여러 운동을 즐기며 기량을 발휘했다. 하지만 가업을 이으라는 부친의 뜻에 따라 전문경영인의 자질을 갖추기 위해 여수수산고등전문학교(현 전남대학교 여수캠퍼스)를 거쳐 고려대 경영학과를 졸업했다. 이후 그는 고려대 경영대학원을 거쳐 미국 뉴저지대학 유학으로 전문경영인으로서 필요한 지식을 갖췄다. 1980년 정채호 선장은 (주)삼해를 세워 1천만 달러에 달하는 무역실적을 올렸고 별도로 고려상호신용금고를 설립해 대표이사로 일하기도 했다.

정채호 선장은 차차 경영뿐만 아니라 지역을 위한 행정에도 발 벗고 나섰다. 1995년에는 여천시 초대 민선시장으로 당선되어 2012년 여수세계박람회를 유치하는 업적을 남겼다. 이후 퇴임을 하고도 그는 여수시정 자문위원 등을 역임하며 지역 발전에 힘을 보탰다.

아울러 정채호 선장은 정철 장군의 후손답게 임진왜란 당시 충무공이 "약무호남 시무국가(若無湖南 是無國家, 만약 호남이 없었으면 나라도 없다)"라고 말한 것처럼 전라좌수영의 기여와 희생에 각별한 관심을 기울였다. 그래서 전라좌수영성역화추진위원장과 한국거북선연구소장을 맡아 '호좌수영지' 번역 사업을 주도하고 전라좌수영 복원에 심혈을 기울였다.

2년마다 여수국제범선축제 개최

그러나 역시 정채호 선장이 가장 애정을 쏟은 대상은 요트였다. 1994년 그는 부산에서 구입한 크루즈 요트에 '코리아나호'라는 이름을 붙여 진수시켰다. 그로부터 본격적으로 요트를 보급시키기 위해 코리아요트스쿨 교장을 비롯해 한국'노'진흥연구소장, 국제원양요트학교장, 대한요트협회 원양세일링위원장, (사)한국범선협회 이사장과 회장을 두루 맡아 헌신적으로 단체를 이끌었다.

특히 2002년부터는 2년마다 한 번씩 여수국제범선축제를 개최하고 추진위원장을 맡아 일했다. 그는 이 대회에 러시아 대형 범선인 팔라다호와 나제즈다호를 비롯해 일본 아미호, 인도네시아 비마수지호 그리고 뉴질랜드 등의 중소형 범선 참가를 주선했다. 대회와 함께 열리는 행사에서는 범장(帆裝) 전시, 야간 점등, 선원들이 마스트 위에서 펼치는 '돛대 세리머니'가 장관을 이뤘다. 매회 여수시를 비롯한 전국 각지에서 20만 명에서 30만여 명의 관광객이 몰려드는 것도 당연했다.

　하지만 정채호 선장은 '요트계의 대부', '알바트로스'라 불리는 사람답게 한낱 볼거리에만 집착하지 않고 고난을 무릅써가며 몸소 거친 항해에 뛰어들었다. 항해 중 돛이 찢어지고 스크루가 고장 나는 일이 다반사였지만 도리어 그는 역경을 즐기는 강인하고 넉넉하고 믿음직한 성품을 유감없이 드러냈다. 천변만화의 모습을 보여주며 유동하는 바다가 이끌고 유혹하는 대로 항해의 고난과 시련, 그로부터의 자유로움과 낭만에 몸과 마음을 맡겼다.

　정채호 선장에게는 동아시아 지중해가 앞마당이나 다름없었다. 여수로부터 중국 웨이하이와 칭다오, 러시아 블라디보스토크, 일본 도쿄, 오키나와, 가고시마, 쓰시마 구간을 오가며 나름대로 국위 선양했다. 특히 일본 나가사키에서 개최되는 국제범선축제에는 2002년부터 매년 초대를 받아 연속 19회 참가를 기록했다.

원양을 향해 힘차게 항해 중인
코리아나호 ⓒ안동립

2012년에는 일본 가고시마에서 여수로 회항하던 중 역풍을 만났다. 3일 밤낮을 두고 기관을 동원해가며 사투를 벌였지만 배는 앞으로 나가지를 못했다. 당시 그와 동승했던 〈오마이뉴스〉 오문수 기자가 남긴 회고는 자못 감동적이다.

"태풍이 덮쳐온 새벽 3시, 다른 선원들은 지쳐 잠이 든 시각에도 정채호 선장은 온몸을 두들기는 비바람을 맞으며 꿋꿋이 키를 잡고 있었다."

코리아나호가 운항에 나서면 전국에서 달려오는 멤버들의 면면이 굉장히 화려하다. 본래는 등산가였으나 항해사와 기관사가 된 전두성과 손칠규에 이어 이사부기념사업회 회원들, 해군특수전전단전우회 회원들, 중학생과 초·중등 교원들이 주요 참가자들이다. 소속이나 출신은 다양하지만 한국에서는 경험하기 어려운 범선 항해를 통해 미지의 세계를 탐험한다는 마음에는 차이가 없다.

그들과 함께 코리아나호는 '이사부 항로탐사'와 '왕인박사 일본 뱃길 탐험', '이순신장군 초도순시길 역사체험', '삼별초 뱃길탐험' 등의 행사를 전개해왔다. 특별히 운항 중에는 궁인창 생활문화아카데미 대표의 '동아시아 해상교류사' 강의를 비롯해 안동립 독도연구가이자 동아지도 대표의 '독도지명과 해식동굴해설' 강의, 이효웅 이사부기념사업회 해양탐험가의 '선인(先人)들의 독도 인식' 강의 등이 선상에서 전개되었다.

한국인의 해양 DNA를 되살리기 위한 노력

그러면서도 코리아나호는 평소 '최선을 다하는 훈련'을 강조하며 빈틈없이 손발을 맞추는 항해를 준비해왔다. 그 결과 2018년 '동방경제포럼' 부대행사로 거행된 '극동세계범선대회'에서 당당히 우승을 차지했다. 러시아와 일본, 인도네시아에서 참가한 범선 8척과 겨루며 여수부터 블라디보스토크까지 1,000킬로미터 구간을 오로지 바람의 힘으로만 달리는 레이스였던 터라 그 대회에서의 우승은 압도적 기량을 증명한 쾌거였다.

오늘날 한국은 세계 조선 1위에 해운 6위의 국가이다. 요트만도 3,000척에 파워보트 1만 척을 보유했으니 해양 레저를 누리는 국가로 다른 나라에 크게 뒤지지 않는다. 하지만 해양 전문가들은 아직 해양수산 관련 기관에서 범선 한 척 갖추지 못한 현실이 아쉽다고 말한다.

"해기사 양성기관에서 범선으로 운항 훈련을 시킨다면 훈련생들이 파도와 바람, 해류를 제대로 숙지할 수 있습니다. 그렇게 한국인의 해양 DNA를 되살려야 해양 개척이라는 미래를 열어갈 수 있습니다."

정채호 선장과 오랜 인연을 나누어온 허일 한국해양대 명예교수가 목청 높여 내놓는 주장이다. 실제로 이미 기원전 2000년경 이집트 무덤에 모습을 드러낸 범선은 오랜 세월 대륙을 오가는 항해에 쓰였고 오늘날에도 러시아나 미국, 일본 등 해양교육기관과 해안경비대 등에서 바다의 생태적 특성을 가르치는 훈련함으로 운항하고 있다.

하지만 범선은 가격이 만만치 않아 개인이 구입하기 어렵다. 게다가 아직 한국에는 규제가 많고 관련 법이 갖춰지지 않은 탓에 선박검사부터가 까다롭다. 보수와 수리 등 유지하는 데 들어가는 비용도 적지 않다. 그 모든 어려움을 감내해가며 28년간이나 코리아나호를 소유하고 운영해온 정채호 선장의 끈기와 열정이 새삼 돋보인다.

2022년 전후로 코로나 팬데믹에 어수선한 국제관계가 겹쳐 코리아나호는 원양 항해에 나서지 못했다. 행사가 줄줄이 취소되면서 정박지인 여수에서 가까운 연안을 맴도는 운항이 고작이었다. 40여 년 동아시아 바다를 앞마당처럼 누벼온 정채호 선장으로서는 참으로 답답한 시간들이었다.

하지만 그는 2023년 여수개항 100주년을 기념하는 범선축제를 계기로 동아시아 주요 구간에서의 범선 레이스를 구상하고 있다. 이어 2024년에는 네덜란드인 하멜 일행이 1653년 이동해온 암스테르담에서 서귀포까지의 항로를 되짚어보겠다는 항해 계획도 세워놓았다.

코리아나호를 지켜온 정채호 선장과 그의 동료들은 머잖은 장래에 한국에서도 해양탐험가들을 중심으로 '범선 항해 붐'이 일어날 것을 확신한다. 그런 날이 오면 정채호 선장은 돛을 활짝 편 코리아나호의 앞머리에 올라 있을 것이다. 그리곤 자신을 새삼스럽게 바라보는 뭇사람들의 응원에 화답하며 이렇게 외칠 것이다.

"바다와 더불어 자유를!"

도움말씀 주신 분

허일 한국해양대 명예교수, 박진수 한국해양대 명예교수, 최영석 부선장, 전두성 항해사,
조원옥 항해사, 손칠규 기관사, 궁인창 생활문화아카데미 대표, 안동립 동아지도 대표,
이효웅 이사부기념사업회 해양탐험가, 오문수 〈오마이뉴스〉 기자

선박공학자가 지켜온
바다의 노래

해양가요 연구자 박명규

바다가 먼저일까, 노래가 먼저일까. 바다가 있어 노래가 생겼지만 노래 없이는 바다도 없다. 노래를 불러야 바다는 비로소 '큰 물웅덩이'가 아닌 '삶의 현장'이 되어 사람의 곁으로 다가온다. 먼 옛날 고려인들은 "살어리 살어리랏다. 바다에 살어리랏다"라고 〈청산별곡〉을 읊조리고야 바다가 마음에 담겼을 테다. 마찬가지로 현대인들도 "당신과 나 사이에 저 바다가 없었다면"을 목메어 부르면서 바다를 원망의 대상으로 삼았다.

해양가요를 들으며 자란 소년, 선박을 설계하다

"해양가요는 바다에 관한 백과사전이자 삶의 거울입니다. 그 곡조와 가사에 바다와 관련된 역사와 서정, 삶의 희로애락, 그 모든 게 담겨 있습니다."

박명규 한국해양대 명예교수의 말은 단순한 정의가 아니라 웅숭 깊은 해석이다. 그는 지난 40년간 해양가요를 담은 SP, LP 레

해양가요 음반 5천 장을 모아 보관하고 연구해온 박명규 교수 ⓒ김정하

코드판 5천 장을 수집했으며 해양가요에 관해 꾸준히 연구하고 글을 발표해왔다. 1939년 남인수가 부른 노래 〈울며 헤진 부산항〉을 분석해 식민지 실상을 파악했고 1960년대 항구의 이별 노래에서는 중동 근로자의 파견과 월남 파병을 둘러싼 시대상을 읽어냈다.

　박명규 교수는 부산시 동구 좌천동에서 박병옥과 조인순의 4남 1녀 중 장남으로 태어났다. 남달리 유행을 즐기던 부친의 댄디스트 기질 덕에 어린 시절부터 대중가요가 집안에 맴도는 분위기에서 자라났다. 특히 그의 부친은 LP와 SP로 제작된 해양가요가 담긴 레코드판을 손에 닿는 대로 수집하고 감상하는 취미를 갖고 있었다.

1966년 고교를 졸업한 박명규 교수는 담임선생의 권유에 따라 인하대 선박공학과에 진학했다. 미리 조선 붐이 불 것이라 내다본 선생의 안목이 적중한 덕분에 관련 회사 취업은 졸업도 하기 전부터 떼어놓은 당상이었다. 1970년 대학 졸업과 함께 대한조선공사에 입사해 3년을 근무한 박명규 교수는 일본의 선박회사로 직장을 옮겼다. 그곳에서 스웨덴에 있는 찰머스대 연구소로 파견되어 당시로선 최첨단 기술이었던 컴퓨터 설계시스템 CAD/CAM을 배웠다.

1982년 한국으로 돌아온 박명규 교수는 한국해양대 조선해양개발공학부 교수로 부임하여 정년을 맞을 때까지 봉직했다. 교수로 근무하는 한평생 그는 학생들에게 선박설계를 가르치는 한편 무려 50권의 저서를 출간해 학자로서의 명성도 얻었다. 연구와 교육만이 아니라 선박 생산 업무에도 나서 무개형(無蓋型) 컨테이너 선박을 비롯해 한국해양대 실습선, 쇄빙연구선 아리온호 등 19척을 직접 설계하기도 했다. 그는 2010년 해양조사선 '바다로 2호' 설계로 국토해양부장관 표창장을 받는 등 한국을 세계 조선업의 최정상에 올려놓는 데 기여한 조선 전문가였다.

본격적인 해양가요 분석에 나서다

그러나 대학 강단에 서 있는 동안에도 박명규 교수의 머리에서는 한순간도 해양가요가 떠나지 않았다. 풍부하고 다채로운 해양 체험과 함께 한때 전성기를 구가하던 해양가요의 인기가 시드는 게 안타까웠다. 부친이 모아놓은 레코드판 2,000장을 내다 버리기도 아까웠고, 해양가요를 제쳐놓고 조선공학에만 매달리는 생활이 시들하기만 했다.

박명규 교수와 함께 해양가요에 관심을 가진 인사가 김순갑 한국해양대 전 총장이다. 그가 분석한 논문에 따르면 한국에서 근대기 이래 발표된 대중가요 3,800곡 중 해양가요는 9%에 해당하는 330곡으로, 결코 적은 양이 아니다. 특히 윤일로의 〈항구의 사랑〉 등 당대의 히트곡이 된 해양가요는 '한국 레코드산업 발상지'를 자처해온 부산에서 제작되었다. 항구도시 부산 이미지에 맞게 검은 선글라스에 파이프를 물고 항구를 드나드는 마도로스를 그린 백야성의 〈마도로스 부기〉 등은 해양가요를 대표하는 노래로 여겨졌다.

드디어 주위의 관심과 응원 속에 박명규 교수는 공학자의 안목을 살려 해양가요의 본격적 연구와 분석에 나섰다. 그는 해양가요 가사를 꼼꼼히 분석해 '레시프로 엔진'이나 '터어빈 엔진'으로 움직이는 '철선', '화륜선', '기범선'은 '증기동력'이나 '발동기'로 움직이는 '똑닥선'과 엄연히 구분된다는 사실을 밝혀냈다. 또 〈아주까리 선창〉의 제목이 선박 연료로 사용되던 '아주까리 기름'을 얻어다 선술집의 등잔을 밝히면서 붙여졌다는 사실도 고증해냈다. 그 밖에도 노래 가사에서 '항구'와 '포구'의 차이, '뱃머리', '데크', '마스트', '닻' 등의 용어가 제대로 사용되었는지도 세세하게 고찰했다.

희귀 음반 발굴을 시작하다

내처 박명규 교수는 해양가요 음반을 찾기 위해 국내외를 가리지 않고 발길을 옮겼다. 서울 황학동을 비롯한 전국의 중고장터를 뒤지며 잘 알려지지 않은 노래가 담긴 희귀 음반을 찾아다녔다. 그 결과 손에 넣은 게 최정명의 〈항구의 사나이〉부터 문주란의 〈크리스틴 킬러〉, 최진희의 〈소원〉, 린다 김의 〈깊은 정〉 등의 곡이 수록된 LP 레코드판이었다. 미국 출장길에는 시카고에서 우연히 들른 미국인의 집에서 이미자의 〈섬색씨〉가 담긴 음

박명규 교수가 보관 중인 레코드 중 '부산항'과 '마도로스' 관련 희귀 앨범 커버
ⓒ김정하

반도 발견했다. 이를 들고 국내에 들어와 문의를 한 끝에 노래 부른 가수 자신도 기억하지 못하는 희귀 음반임이 밝혀졌다.

이어 그는 반야월과 오기택, 하춘화, 조미미 등 유명 가수와 작곡가, 작사가, 음반회사 등을 찾아가 해양가요의 취입과 레코드판 소장 여부를 탐문하고 노래비의 소재를 찾아다녔다. 전국에 흩어진 노래비를 찾아다니다 〈찔레꽃〉을 부른 가수 백난아의 고향 제주도 한림읍에선 그가 나온 초등학교를 방문하기도 했다.

"일반인이 가수를 만나기는 어려웠습니다. 하는 수 없이 친척인 연극배우 손숙 씨에게 연락해 가수이자 작사가인 반야월 선생에게 다리를 놓아달라고 부탁했습니다. 막상 그를 만나니 처음에는 왜 이런 일을 하느냐고 의아해했지만 제 연구에 대한 얘기를 듣더니 자신들이 해야 할 일에 대신 나서줘 고맙다고 인사를 하더군요."

해난사고·이민 관련 해양가요를 연구하다

하지만 박명규 교수의 본업은 해양가요 연구가 아니라 선박 설계였다. 낮에는 수업과 논문 작성, 세미나 등에 쫓기느라 시간을 낼 수 없던 그는 자정 무렵에야 전축에 레코드판을 얹어놓고 해양가요에 관한 글을 쓸 수 있었다. 그렇게 시간을 잊은 채 글쓰기에 몰두하다 보면 어느덧 동쪽 하늘이 훤히 밝아오곤 했다.

그는 특히 해난사고와 이민을 다룬 해양가요의 가사 연구에 힘을 쏟았다. 장년층이라면 기억에 생생할 한일호부터 남영호, 서해페리호 등의 연이은 해난사고 직후에는 으레 해양가요가 발표되었다. 그렇게 나온 노래들이 〈비운의 한일호〉를 비롯해 〈밤항구 연락선〉, 〈님 실은 페리호〉 등이었다. 특히 1967년 75명의 목숨을 앗아간 한일호 사고 직후 발표된 노래 〈비운의 한일호〉의 가사에는 당시의 사회적 반응이 절절히 담겨 있었다. "차거운 북동풍이 몰아치는 밤/목 메인 고함소리 울지도 못하고"란 가사는 사고로 희생된 껌팔이 소년과 보따리장수의 비통함을 달래주며 온 국민의 눈물샘을 자극했다.

또 1950년대와 1960년대 발표된 남일해의 〈향수의 브라질〉, 남상규의 〈브라질 이민선〉 등도 당시 바닷길을 통해 하와이와 멕시코, 브라질로 떠난 이민자들을 위로하는 노래였다.

연구를 거듭하면서 박명규 교수는 시대를 증언하고 대중을 위로하는 해양가요의 역할과 의미를 점점 더 확신하게 됐다. 2001년 그는 저간의 연구 결과를 집약한 「해양 마케팅의 마도로스 대중가요에 대한 역사적 고찰」이란 논문을 발표했다. 이 논문은 해양학 전공자들만이 아니라 문화와 예술 분야에 널리 소개되어 읽혔는데, 이를 읽어본 당시 문화체육부장관은 "세종문화상을 받아야 할 연구"라는 극찬을 아끼지 않았다.

〈굳세어라 금순아〉의 실존인물을 찾아내다

유독 2001년을 박 교수가 오래 기억하게 된 건 영도다리를 살

박명규 교수가 위치를 잡고 디자인도 조언한 영도대교 옆
〈굳세어라 금순아〉의 가수 현인의 동상과 노래비 ©김정하

리고자 현인의 〈굳세어라 금순아〉를 새롭게 조명했던 일 때문이
다. 그해 인근에 L백화점이 들어서면서 영도대교를 보존하느냐
마느냐를 놓고 갑론을박이 벌어졌다. 그러자 안상영 당시 부산
시장이 박명규 교수에게 영도대교의 지속적 사용 가능 여부와
문화적 가치를 연구해달라는 부탁을 했다.

　이에 박명규 교수는 영도다리를 배경으로 1952년 현인이 불
러 대히트를 기록한 〈굳세어라 금순아〉에 주목했다. 그는 1년에
걸쳐 부산의 전화번호부와 호적, 선박 명부를 모조리 뒤져 "금
순이"가 영도 남항동에 실존했던 '조금순'이며 배 이름 중에 '금
순호'가 있다는 사실도 밝혀냈다. 이에 그는 '금순'이 실제 존재

이고 그 이름을 담은 노래가 〈굳세어라 금순아〉이므로, 그 노래의 배경인 '영도다리'는 당연히 보존되어야 한다고 주장했다.

"해양가요의 27%는 부산항을 배경으로 삼고 있으며, 그 중심은 영도대교입니다. 그런데도 그 다리가 사라지면 현대사의 랜드마크가 사라진다고 본 것입니다."

더 나아가 박명규 교수는 영도대교의 건축공학적 수명에 대한 '향후 100년 이상 사용 가능'이라는 진단 결과와 함께 「부산항 관련 해양 대중가요의 역사적 고취 – 영도대교를 중심으로」란 논문을 써서 보존을 주장했다. 그렇게 그는 영도대교를 지키는 데 일조했다. 또한 다리 옆에 현인 동상과 노래비를 세우라고 권유하고 그 위치와 노래비의 디자인까지도 세세하게 조언했다.

해양가요의 도시, 부산의 미래를 꿈꾸다

한국의 해양가요 상당수가 일본가요를 모방했으리라는 건 합리적 의심에 해당한다. 일제강점기 동안 일본에서 음악을 공부하고 돌아온 작곡가나 가수가 적지 않았고 한국에서 레코드판을 제작하던 일본 음반회사도 일본풍의 대중가요 이식에 앞장섰다. 해방 후에도 한동안 부산 남포동 인근에는 밴드의 연주에 맞춰 일본 대중가요를 부르는 세칭 '클럽'이 300개소를 웃돌았다.

하지만 박명규 교수의 생각은 조금 달랐다. 비록 곡조나 창법은 일본풍이더라도 한국 해양가요는 시대의 아픔을 달래고 질곡을 헤쳐나가도록 힘을 주었다. 따라서 한국 해양가요에 언급

된 항구나 이별, 사랑은 그 나름의 의미와 가치를 갖고 있다고 여겼다. 이른바 타인의 문화를 받아들여 이질성을 극복하면서 내 것으로 만드는 주체적 혼종의 형성이 가능하다고 생각했다.

게다가 박명규 교수는 공학자이면서도 해양가요 비평에서 유려한 문체를 구사하는 문장가였다. 그가 썼던 비평의 한 구절 "사랑에 병들어 술을 마시고 가슴에 타는 불길 잡지 못해 기어이 울어버린 여인"은 누가 봐도 한 편의 노랫말이었다. 실제로 그는 극지를 탐험할 해빙선 아라온호를 설계하면서 인순이가 부른 〈극지의 노래〉 가사를 직접 썼다. 뿐만 아니라 석현의 노래 〈추억의 부산항〉, 백야성의 〈아! 대한민국 항해사〉 등의 노랫말을 작사하기도 했다.

박명규 교수의 해양가요 연구성과가 널리 알려지자 〈부산의 노래, 바다의 노래〉를 비롯한 〈아침마당〉, 〈6시 내고향〉 등의 방송프로그램에 출연해달라는 요청이 쇄도했다. 그는 7, 8년이 넘는 시간을 바쳐 해양가요를 알려야겠다는 일종의 사명감에서 일일이 인터뷰와 출연 요청에 응했다. 하지만 그 횟수가 감당하기 힘들 정도에 이르러 결국 그는 집 전화를 제외한 모든 통신수단을 없애야 했다. 지금도 그가 초등학생도 사용하는 휴대폰을 사용하지 않는 까닭이다.

노래가 바다에 의미와 가치를 부여하듯 해양가요는 해양인 육성에도 일조한다. 그 사례에 대해 〈국제신문〉에 '이동순의 부산 가요 이야기'를 연재하던 이동순 시인은 이런 이야기를 들려주었다.

"'마도로스 가수'라 불리던 백야성의 〈잘 있거라 부산항〉에 심취해 실제로 마도로스의 길을 걷게 된 사람도 있습니다."

조선공학 교육과 연구에 평생을 바쳐왔고, 40년간 해양가요 연구에 매달려온 박명규 교수는 그와는 다른 현재의 실상을 안타까워했다.

"요즘에는 해양가요를 만들지도 부르지도 않으니 바다가 점점 멀어지고 배를 타려는 사람도 줄어드는 것이라 여겨집니다. 지금이라도 해양가요가 항포구에 울려 퍼지면 바다에 대한 관심도 커지고 해양인도 늘어나지 않을까요?"

부산은 해양의 도시이고 해양가요의 도시다. 박명규 교수는 앞으로 부산에서 해양가요가 더욱 자주 불리고 연구자도 더 많이 나타나기를 바란다. 그와 동시에 부산 바닷가 이곳저곳에 해양가요를 기리는 노래비를 세우자고 주장한다.

그런 노래와 연구자, 노래비 덕에 부산항에선 해양인이 늘어나고 해양산업이 활기를 띠는 선순환이 일어나리라 여기기 때문이다. 그것은 오랜 시간 해양가요를 연구해온 박명규 교수만이 아니라 해양인 누구나의 꿈일 테다.

도움말씀 주신 분
김순갑 한국해양대 전 총장(4대), 이동순 시인·가요평론가

대를 이어 바다 섬긴 무속업,
무형문화재로 빛나다

남해안별신굿 예능 보유자 정영만

바다를 섬겨왔다. 어선에 풍어기를 세우고 '감실'에 배서낭을 모셨다. 어민 각자 '개를 미기는(갯벌을 먹이는)' 용왕굿 말고도 어촌 전체가 합심해 2, 3년에 한 번 '별신굿(배선굿, 배신굿, 벨손)'을 치렀다. 바다의 은덕에 감사하는 마음을 담아 정성을 기울여 굿을 개최했다.

별신굿은 예로부터 별스러운 잔치였다. 바다에서의 안전과 풍어를 기원하고 수중고혼이 된 망자를 위로하는 노래와 춤에 어촌 주민 누구나 절로 신(神)이 나서 들썩였다. 그 굿을 주재하던 무당은 문화계의 리더였으며 시쳇말로 '셀럽'이었다.

그러나 오늘의 현실은 사뭇 다르다.

"요즘에는 굿을 신앙 의례보다 전통 기예 정도로 여깁니다. 그것도 과히 나쁘지는 않지만 현장에서 마을 사람이 함께 기원을 통해 어우러지는 굿의 횟수가 줄어 아쉬운 건 사실입니다."

경남 통영시 통영예능전수관에서 만난 남해안별신굿 예능 보유자 정영만 선생의 토로에는 진한 아쉬움이 묻어 있었다.

그의 말처럼 남해안 일원에서 별신굿이 뜸해진 지도 제법 오래되었다. 2000년대에 들어와선 거제시와 통영시를 통틀어 죽림마을과 죽도마을 두 군데서 행해진 게 고작이다. 2022년 추석 다음 날 거제시 양화마을에서 펼쳐진 별신굿은 1989년 이후 무려 33년 만에 거행된 굿판이었다. 양화마을에서 마지막 굿을 하기 2년 전인 1987년 남해안별신굿을 물려받아 11대 '대사산이(굿 총괄자)'가 된 정영만 선생의 심경이 착잡할 만도 했다.

어민들이 바다를 섬기는 신앙은 어제오늘의 풍습이 아니다. 남해안을 비롯한 전국 어촌 곳곳에 여전히 해낭당을 비롯해 임경업 장군, 최영 장군을 모시는 사당이 비바람에 낡아가는 채로나마 남아 있다. 그와는 달리 유독 굿에 대한 외면과 무관심의 정도는 심하다.

무업을 이어온 가계

정영만 선생은 경남 통영시 산양면에서 정덕재와 박옥기의 7남매 중 장남으로 태어났다. 증조부와 증조모를 비롯해 외가 쪽 역시 웃어른 상당수가 대를 이어 무업(巫業)에 종사해온 터였다. 그런 양가의 후손이니 세습 무당이 되는 건 그의 정해진 운명이라 여겼다. 정영만 선생은 불과 세 살 무렵부터 조부모를 따라 예인, 악사, 무속인의 조합 격인 '신청(神廳)'을 드나들며 집안 어른들로부터 굿의 사설과 춤, 연주를 배웠다.

신청에서의 학습은 어렵고 힘들었지만 정영만 선생은 나이에 걸맞지 않은 기량을 드러내며 차차 '소년악사'로 이름을 알렸다. 여섯 살에는 지화(紙花) 만드는 법을 배웠고 일곱 살이 되던 해에는 '거상악(연회 음악)'의 피리 연주를 배워 충무공 향사(享祀)에 참여했다. 그렇게 도처에 펼쳐진 굿판에 일일이 불려 다니다 보니 정영만 선생은 학교 수업일수 채우기도 어려웠

35년 전 남해안별신굿을 물려받은 11대 '대사산이', 남해안별신굿 예능 보유자 정영만 선생 ⓒ남해안별신굿보존회

다. 대신 누구나 배를 곯던 그 시절에도 그의 집안 형편은 여유롭고 풍족했다.

풍어와 안녕 빌며 삶과 죽음을 아우르다

본래 남해안별신굿을 전승해온 세습무들은 무조(巫祖) 바리공주의 업을 잇는다는 자부심이 대단했다. 이훈상 동아대 교수의 연구에 따르면 그들은 정악연구회를 이끌며 충렬사의 충무공 향사에서 연주되는 제례 음악과 더불어 오늘날의 한산대첩축제

예능 보유자 정영만 선생이 이끄는 남해안별신굿보존회가 남해안에서
굿을 하는 모습 ⓒ남해안별신굿보존회

에 사용되는 음악과 무용 등을 지켜왔다. 그들은 굿을 위해 들
른 마을에서 동태부(洞胎父)를 비롯해 당산 할매·할배와 제석,
골멕이 신령 등 그곳 주민들이 섬기는 신을 두루 섬겼다. 특히
대개의 어촌에서 '어로의 신'으로 모시는 최영이나 서릉, 적덕·
적귀 등에게 깍듯이 '장군'이라는 존칭을 붙여 부르며 어민들의
풍어와 무사태평을 빌어주었다.

특히 이훈상 동아대 교수는 마을의 중요한 기록문서를 담은
'지동궤'를 굿판에 옮겨놓고 굿을 하는 '지동굿'에 주목했다. 그
굿이 마을 정체성을 확인하고 마을 사람의 단합을 유도하는 기
능을 지니고 있다고 보기 때문이었다.

엄밀히 따지면 별신굿은 마을 전체를 위해 올리는 굿이다. 하지만 남해안별신굿의 제차를 보면 마을 사람 개개인의 기원을 품어주는 포용의 정신을 담고 있음이 확인된다. '오귀새남굿'으로는 망자 개개인의 죽음을 달래주고 천도를 빌어주는가 하면 '도신굿'으로 개인 가정의 조상들을 위해준다. 뿐만 아니라 '거리굿'으로는 잡귀와 잡신들까지도 넉넉하게 풀어먹이곤 한다.

남해안별신굿을 비롯한 '남해안 굿'을 장기간 연구해온 김형근 전북대 교수의 설명도 이를 뒷받침했다.

"별신굿은 '큰 굿'이고 그 원리는 집단과 개인, 삶과 죽음을 아우르는 것입니다. 이는 개별적인 가정의 망자와 조상들을 위한 굿에서도 병용됩니다. 그게 다름 아닌 남해안별신굿의 미덕입니다."

새마을운동 '미신 타파'로 맞은 된서리

하지만 1970년대에 들어와 정부가 새마을운동을 벌이며 내건 '미신 타파' 슬로건은 무업에 된서리나 다름없었다. 그 위에 기독교도들의 비난까지 가세하면서 무속인들은 아무 때나 집 안으로 날아드는 돌덩이에 지붕이 뚫리고, 세간이 부서지는 위협과 수모를 참고 견뎌야만 했다.

어린 나이에도 한사코 무당의 길은 포기하지 않겠노라 다짐한 정영만 선생이었지만 그에게도 시련은 가혹했다. 갈수록 또래 친구들의 놀림과 핍박이 심해졌고 평소 굿을 싫어하던 부친이 아들을 잡도리하려 들었다. 어느 날인가는 혼자 춤사위를 연습하던 정영만 선생의 다리에 부친이 내던진 도끼가 날아들어 깊은 상처를 남겼다.

마침내 정영만 선생은 집을 나서야 했고 무업을 손에서 놓았다. 낮에는 생계를 잇기 위해 택시 조수와 기사, 선반공, 선원으로 일했다. 밤이면 요리점에 나가 손님상 앞에서 피리를 불었다. 그처럼 신산스러운 세월을 16년 넘게 보내는 동안 악사였던 큰외삼촌 박복개 등 집안 어른들이 줄줄이 타계했고 정영만 선생도 나이 서른을 앞두고 처자식까지 딸린 몸이 되었다.

국가 지정 중요무형문화재로

1986년 무렵 그런 정영만 선생을 고모할머니이자 '대모(큰무당)'인 정모연 선생이 끈질기게 설득하고 나섰다. 사설, 소리, 춤 모두 탁월했던 정모연 선생은 이를테면 남해안별신굿의 자원을 지키는 창고지기 같은 존재였다.

"우리 굿하자. 남해안별신굿이 나라가 지정한 문화재가 되면 돈도 주고 명예도 회복시켜준단다. 지금 네가 이어받지 않으면 이제 남해안별신굿은 사라지고 만다."

그 말에 정영만 선생은 밤잠을 이루지 못하며 고뇌하고 번민했다. 세인들로부터 받은 푸대접은 말도 못하게 서러웠지만 애써 외운 사설과 귓전에 남아 있는 무가의 가락, 몸에 밴 춤 등이 너무도 아까웠다. 왕관이나 다름없다고 믿으며 300년 넘도록 모셔온 '큰머리(화관)'를 비롯한 부채 등 무구(巫具)가 소멸되리라는 사실도 마음을 아프게 했다.

정영만 선생 ⓒ남해안별신굿보존회

드디어 정영만 선생은 어렵사리 결정을 내렸고 그 덕에 다시 재연된 남해안별신굿은 1987년 국가 지정 중요무형문화재 제82-라호로 지정받기에 이르렀다. 그를 움직인 것은 마음을 파고든 정모연 선생의 한마디였다. "네 마음에 맺힌 한이 있거든 피리 소리에 담아 풀어내거라."

과연 정영만 선생은 굿판에서 한을 삭여낸 연주와 장단, 정제된 사설, 부드럽고 섬세한 춤을 선보이기로 유명했다. 감정을 억누르고 한을 승화시켜 뭇사람의 삶과 영혼을 달래는 연주와 사설, 춤을 구사하고자 애썼다. 그렇게 바다에 의지해 살아가는 어민들의 애환을 달래고 안녕을 기원하노라니 남해안별신굿의 소임과 권능도 되살아나는 듯 보였다.

액운을 극복하고 굿판을 전승하다

하지만 남해안별신굿의 수난은 끝이 아니었다. 별신굿이 문화재로 지정받은 이듬해인 1988년에는 정모연 선생이 "절대로 굿을 내려놓지 말라"는 말을 남기고 세상을 떴다. 엎친 데 덮친 격으로 2년 후에는 예능 보유자인 고주옥 선생마저 타계하며 남해안별신굿 굿판에서 모습을 감췄다.

그러자 남해안별신굿의 대가 끊어졌다는 소문이 문화계에 돌았고 문화재청은 문화재 지정을 해제할지 유지할지 심사를 하기로 했다. 1987년에 이어 1996년 다시 심사자들 앞에 선 정영만 선생은 자신이 길러낸 제자들과 함께 혼신의 힘을 다해 남해안별신굿이 여전히 살아 있음을 입증해냈다. 그 덕에 도리어 정영만 선생은 정식으로 남해안별신굿 예능 보유자로 지정되었다. 이에 그는 '신청'을 다시 설립하고 남해안별신굿 외에도 영남대풍류, 통영삼현육각 등을 복원하여 보급하는 등 왕성한 활동을 전개했다.

그러나 호사다마였다. 예능 보유자로 지정받은 3년 후 이번엔 정영만 선생에게 액운이 닥쳤다. 난데없이 중증근무력증 판정을 받은 지 며칠 만에 그는 수족을 놀리기 어려운 식물인간 상태로 중환자실에 실려갔다. 내로라하는 명의마저 치료를 포기한 상황에서 퇴원을 결정한 그는 마지막 처방 삼아 바닷가에서 올리는 '병(病)굿'을 올렸는데, 그 자리에서 기적이 일어났다. 전혀 팔다리를 쓸 수 없던 그가 자리에서 일어나 춤을 추기 시작했던 것이다.

지금도 정영만 선생은 그 일을 "조상님이 돌보셨다"고 믿고 있다. 바다를 향해 기원한 그 병굿을 통해 죽음과 삶이 갈마드는 바다의 재생력이 그에게 미쳤던 것일까. 정영만 선생은 옛이야기 속 영웅처럼 죽음을 이기고 살아나 뭇사람을 위한 존재가 되라는 점지를 받은 몸이 되었다.

과연 다시 일어선 정영만 선생은 이전보다 더 먼 곳까지 더욱 바쁘게 움직였다. 남해안별신굿보존회를 이끌고 프랑스와 일본으로 원정 공연을 나서는가 하면, 핀란드 등지에서의 '북유럽 아시아 페스티벌'과 인도네시아에서의 '굿 보러 가자' 공연을 펼쳤다. 경남민속예술제에서 통영삼현육각으로 최우수상을 받았으며, 한국의 대표적 가인(歌人)들이 초청된 '명인명무전' 무대에서 춤을 추고 노래를 불렀다.

뿐만 아니라 정영만 선생은 이훈상 교수가 이끄는 동아대 학술조사팀과 함께 경남지역 '지동궤'의 발굴과 조사에 참여했으며, 경상대 무용학과와 단국대 음악대학원 등 대학 강단에서의 특강에도 나섰다. 그러자 대학이나 대학원 진학을 앞둔 젊은이 수십 명이 그에게 남해안별신굿의 춤과 소리를 배워 국악, 무용 전공자가 되었다.

그런 공로로 정영만 선생은 2007년 통영향토문화상을, 2021년에는 통영문화상을 수상했다. 통영시에 조성된 이순신공원에 남해안별신굿보존회 회원들이 평소 기예를 갈고 닦을 수 있도록 보금자리도 마련했다.

그럼에도 여전히 아쉬운 건 어민들의 삶을 보듬어주고 망자의 영혼을 위로하며 바다신을 섬기는 어촌 현장에서의 별신굿 개최다. 굿을 치러야 전수자나 전수생들의 기량을 가다듬으면서 생활비를 쥐어 주고, 한편으로 보존회의 살림도 꾸려갈 수 있다.

이를 타결하기 위해 정영만 선생은 묘안을 마련했다. 남해안별신굿보존회는 문화재청에서 지원을 받아 굿을 하는 대신 어촌에서는 형편 닿는 대로 굿상을 차리는 협업 방식으로 별신굿을 열자는 것이었다. 이를 실제로 행해보니 별신굿을 하지 않는 동안 이런저런 이유로 거리감을 안고 살던 어촌 주민들끼리 새삼스레 마음을 열고 소통과 단합을 이룩하는 계기가 마련되었다.

그 밖에도 정은주 통영삼현육각보존회 대표는 남해안별신굿을 지역의 문화로 소개하여 전승의 실마리를 찾기 위해 애썼다. 2020년 아동극 〈바리가 들려주는 별신굿 이야기〉와 2022년 〈통제영 생생문화재-GOOD이로구나〉를 공연한 것이 그런 시도였다.

그와 더불어 정은주 대표는 예전 '길 안(아는) 어른'이라 불리던, 세습무가 하던 '영등'의 역할을 되살릴 계획도 갖고 있다. 즉 어촌 사람들에게 천문을 일러주거나 가내 대소사를 상담해주며 때로 아이를 받아주는 산파 역할까지 하던 전통을 새롭게 되살려 계승해보려는 것이다.

배 타려는 사람이 줄면서 어촌이 날로 황폐해져간다. 필시 풍어와 안전을 기도하며 죽음마저 이겨낼 기원과 배려를 함께 나누던 굿판이 뜸해진 탓이 크다. 마을 사람들이 둘러앉아 함께 별신굿을 치르며 바다를 섬기는 마음으로 지혜를 나누고 인정을 주고받던 전통이 새삼 아쉬운 오늘이다.

도움말씀 주신 분

이훈상 동아대 명예교수, 김형근 전북대 무형유산정보연구소 연구교수,
전영근 화가·전혁림미술관 관장, 정은주 통영삼현육각보존회 대표

남해안별신굿 예능 보유자 정영만

4부

바다를 꿈꾸다

문화·레저 접목으로 어촌 살리기에 나선 38년 어항 전문가

어촌 전문가 류청로

어촌은 고기 잡는 마을만을 뜻하지 않는다. 놀이처럼 고기잡이를 즐기는 '0.5차 산업', 혹은 수산이라는 1차 산업과 어로 기술이 응용되는 2차 산업, 나아가 관광·레크리에이션이라는 3차 산업이 복합적으로 어우러진 '6차 산업'의 현장이다. 어민의 삶의 터전이자, 도시인의 힐링과 안식의 처소이며, 복합적인 해양문화의 산실로도 손색이 없다.

어촌 소멸 막는 어촌뉴딜 300 사업

그런데 2021년 한국해양수산개발원(KMI)은 그런 어촌이 2045년이 되면 무려 87% 넘게 사라질지 모른다는 연구보고서를 내놓았다. 하기야 2023년 현재에도 이미 전국 어촌의 반 이상이 소멸 위기에 처한 터이다. 어부들의 수 역시 20년 전의 25만 명에서 10만 명 아래로 떨어진 상황이다.

다급해진 정부는 2019년부터 5년간 3조 원을 투입해 전국 어

'어촌뉴딜 300 사업'이 진행 중인 부산광역시 해운대구 청사포 어항을
배경으로 서 있는 류청로 부산수산정책포럼 대표이사장 ©김정하

촌과 어항 300곳에서 어촌 살리기 사업을 진행해왔다. 해상교통
시설을 현대화하고 해양관광을 활성화하며 어촌지역 공동체의
역량을 강화하는 사업 등이 그 주요 내용이다.

　하지만 그렇게 하면 어촌이 살아날까? 어민들을 비롯하여 어
촌 전문가, 언론 등은 그처럼 가시적 성과에 집착하는 어촌정책
에는 한계가 있다는 비판을 꾸준히 제기해왔다. 그렇다면 어떻
게 해야 좋을까.

　류청로 부산수산정책포럼 대표이사장은 2022년 봄과 여름을
누구보다 바쁘게 보냈다. 인천, 경남, 충남의 중점관리지역 14개

소, 어촌시범지역 28개소 어항(漁港)의 기본설계 검토와 심의를 위해서 동분서주했다.

항만과 어항 전문가로 38년간 각종 어촌정책을 제안하고 심의해온 류청로 이사장의 '어촌 살리기 해법'은 상당히 포괄적이었다. 그 말인즉 어촌은 모름지기 '복합공간'이 되어야 한다는 것이었다.

"방파제와 어항, 공동위판장만으로 어촌이 좋아지지는 않습니다. 건축과 조경, 문화, 예술, 관광의 조화가 필요합니다."

어촌이 복합공간으로 거듭나기 위해서

과연 지난날 '거주공간'이나 '생산공간'으로만 머물렀던 어촌은 이제 '상업공간'과 '문화공간', 최근엔 '레저와 관광의 핫플레이스'로 거듭나고 있다. 그런 어촌의 변화상을 꿰뚫어 보는 류청로 이사장의 주장은 강한 설득력을 발휘했다. 이따금 어민들을 설득하는 데 시간이 걸리기도 했지만 결국에는 그들의 마음을 움직여 어촌 활성화의 방향을 제 궤도에 올려놓곤 했다.

2021년 경남 K시의 J항에서 선착장 사용 방안을 둘러싸고 류청로 이사장이 어민들과의 논의를 이끌어낸 과정도 그러했다. 애초에는 어로작업과 활어판매, 레저 등 선착장의 용도를 다양하게 만들려면 어선과 유람선이 선착장을 함께 사용해야 한다는 그의 의견에 어민들이 반대했다. 어로는 어로, 레저는 레저라는 구분이 분명해야 한다는 자신들의 오랜 통념을 바꾸기가 쉽

경남 남해군 문항마을에서 어민들이 어촌체험 활동을 안내하는 모습 ⓒ김정하

지 않았던 것이다.

　하지만 류청로 이사장과의 오랜 토론 끝에 마침내 어민들의 마음이 바뀌었다.

　"듣다 보니 이사장님 생각이 과연 그럴듯합니다. 이제는 어촌도 변해야 할 시점에 이르렀습니다."

　그러한 논의를 거쳐 '소통에 의한 어항 설계'가 시작된 J항은 마침내 '상생형 어촌 활력 증진 모델'로 태어날 수 있었다. 이는 류청로 이사장의 어촌에 대한 애정과 현재 상황에 대한 정확한 파악, 미래에 대한 확신이 없었더라면 사실상 불가능했다. 어민들 앞에서 누구도 대놓고 말하기를 꺼리는 활어의 위생 처리와 항내 수질 관리, 해양쓰레기 문제 등을 그가 서슴없이 지적하는 것도 그래서 가능한 일이었다. 당장에는 뼈아픈 비판처럼 들리지만 그 문제들을 해결해야만 장기적 안목에서 어촌을 살릴 수 있다는 류청로 이사장의 호소에 어민들은 마음을 열고 경청했다.

항해사에서 해양공학과 교수로

어촌에 대한 애정이 진한 류청로 이사장이지만 그의 고향은 바다보다는 내륙 쪽에 더 가까웠다. 충남 논산시 양촌면에서 부농 류상대와 정순복의 6남 4녀 중 여섯째로 태어난 그는 어린 시절 어촌 문화를 접할 기회가 없었다. 하지만 초등학교 6학년 무렵 전남 목포에 가서 처음 본 바다의 매력은 류청로 이사장을 단박에 사로잡았다. 이후 대전시에 있는 보문고에 재학하던 중 헤밍웨이의 소설 『노인과 바다』를 읽고 얻은 절절한 감동은 그를 부산수산대(현 부경대) 어로학과로 진학하도록 이끌었다.

대학 시절의 류청로 이사장은 팔방미인이었다. 30편의 소설을 창작한 것을 비롯해 시, 평론, 희곡 등을 써낸 문학청년이었고 학보사 기자였으며 놀이판을 주름잡는 대금 연주자였다. 학과에서 배운 어업기술을 어촌에 나가 전수하는 동안 그의 꿈은 '낮에는 고기를 잡고 밤에는 글을 쓰는 어부 작가'로 굳어졌다.

대학을 졸업한 류청로 이사장은 부산수산대 실습선인 오대산호에 항해사로 승선해 2년을 근무했다. 북태평양에서의 명태잡이 어로 실습 중에는 여러 차례 만선의 보람을 맛보기도 했다. 태풍이 몰아치던 날 폭풍우 속에 몸을 던져 뱃전의 구멍을 막고 마스트로 기어 올라가 레이더를 고치는 수훈도 세웠다.

하지만 재주가 많고 비상한 만큼 류청로 이사장이 그리는 미래의 꿈은 다채롭고 원대했다. 그의 재능을 알아본 장선덕 교수의 권유에 따라 그는 부산수대 대학원에 진학해 해양물리학 전공자로 연구에 몰두했다. 조수간만에 따른 수질 변화 데이터를 얻기 위해 낙동강 하구에 띄운 나룻배에서 밤이슬에 젖고 추위에 떨면서 류청로 이사장은 차곡차곡 미래를 위한 계획을 가다듬었다.

그 계획대로 류청로 이사장은 군대 제대 직후에는 일본으로의 유학길에 나섰다. 오사카대 대학원 토목공학과 박사과정에 진학한 그는 그곳에서 당대의 항만해양공학 전문가 사와라기 도오루 교수를 만났다. 대가이면서도 자상한 지도를 아끼지 않은 은사 밑에서 그는 군파(群波)의 길이가 방파제의 안정에 미치는 영향의 이론적 분석에 성공했다. 그리고 이를 적용한 논문 「사석방파제의 수리학적 최적 설계에 관한 기초적 연구」로 박사학위를 받았고 귀국과 동시에 모교 해양공학과 교수로 부임했다.

이후 1984년 이래 류청로 이사장은 연안 구조물과 표사제어 구조물 등에 관한 논문을 무려 100여 편이나 발표했다. 아울러 한 분야에서의 교수 1인당 배출 인력으로는 전무후무하게 많은 40명의 박사를 길러내기도 했다. 그가 제자들에게 미친 영향도

크고 강했다. 그가 부임하던 첫해에 만난 제자 강윤구 박사는 존경의 마음을 담아 류청로 이사장을 "제자들의 학문과 삶에 철학을 심어준 횃불"이라 극찬할 정도다.

더불어 류청로 이사장은 한국해양공학회와 한국해안해양공학회 회장, 한국수산과학회 부회장 등을 역임하며 학계의 발전을 이끌었다. 나아가 부산신항만 건설을 비롯하여 각종 어촌정책을 자문하고 심의하는 일을 도맡았다.

자칫 관련 업체나 기관의 이익, 이권 싸움에 휘둘릴 수도 있는 매번의 심의에서 그는 '정직의 아이콘'이라 불렸다. 이는 그가 흥사단아카데미 회원 출신답게 "거짓말은 나라를 망친다"는 도산의 말을 좌우명으로 워낙 철저히 원칙을 고수한다 하여 붙여진 별명이었다.

인문학적 상상력이 담긴 어촌

한편으로 류청로 이사장은 어려서부터 축적해온 인문학 분야의 소양을 갖추고자 애썼다. 부산수산대에서 그를 가르친 작가 이주홍의 마지막 제자답게 부산대 대학원의 '과학기술의 역사와 철학' 협동과정에 적을 두고 역사학과 고고학, 철학을 두루 섭렵했다. 이어 인문·사회과학의 융복합적 연구로 활발한 활동을 펼치던 '동북아문화학회' 회장을 맡아 국내를 비롯해 중, 일, 러 학자들과의 국제교류를 직접 주도했다.

하지만 류청로 이사장이 어쩌다 취기에 잠길 때마다 꺼내는 취중 진담은 한결같았다. 그것은 다름 아닌 어부와 어로, 어촌에 대한 그리움과 관심, 애정이었다.

"평생 엉뚱하게 외도를 하느라 어부로 살지 못한 게 한입니다. 저는 다시 배를 타러 가겠습니다."

그런 말을 하노라면 그의 귓전에는 언제나 시인 김기림이 지은 부산수대 교가가 울렸다. '올려라 높이 돛을 올려라/파도야 치든 말든 바다는 좋은 곳.' 혹은 영국의 해양시인 존 메이스필드의 「그리운 바다」가 떠오르기도 했다. '내 다시 바다로 가리./그 외로운 바다와 하늘.//내 다시 바다로 가리./바닷물결 소리는 나를 향한 거세고도 분명한 부름.' 그와 함께 류청로 이사장의 눈앞에는 어로학과를 졸업하고 배를 타다 종내 바다에 뼈를 묻은 동기생들의 모습이 선연히 떠오르곤 했다.

결국 류청로 이사장은 2015년 봉직한 지 29년 만에 정년을 남겨놓은 채 교수직에서 물러나 한국어촌어항협회 이사장으로 취임했다. 그러곤 온갖 노력을 기울여 협회를 공단으로 만들어놓았으며 2021년에는 다시 주위의 간곡한 요청을 받아들여 부산수산정책포럼 대표이사장을 맡았다.

류청로 이사장이 펼쳐온 주장은 자못 획기적이었다. 그는 인력난부터 어자원 고갈 등 각종 어려움에 빠진 어촌을 선순환 구조에 위치시키려면 어로 시스템을 개선해야 한다고 보았다. 즉 어로를 통해 얻는 '단백질'이란 키워드를 취미, 예술, 힐링, 웰빙 등과 두루 연계해야 한다는 것이었다. 나아가 류청로 이사장은 수산물관리에 해썹(HACCP)제도를 도입하고 ICT(정보통신기술)를 도입한 자동화 스마트기술 접목형 어항과 수족관을 제작하자는 제안도 내놓았다.

그 밖에도 류청로 이사장은 횟집에서의 생선 실명제 실시로 고기를 잡은 사람이 신선도 보장, 빅데이터와 증강현실, 드론 등을 적극적으로 활용한 어업 선진화 등을 제안했다. 뿐만 아니라 어부 셰프 식도락이나 해상 체험·체류 관광, 어업전문가·아티스트 공동 창작품 제작, 오지·낙도에서의 자발적 유배 체험 등 실로 기발하고도 '신박한' 아이디어를 끝도 없이 쏟아냈다.

"이사장님의 아이디어는 현재의 어촌에 정말 현실적으로 필요한 것들입니다. 스마트기술 접목형 양식(養殖)과 기후적응형 어업 추구, 유통 개선, 관광산업 활성화, 일자리 확보, 문화 역량 강화, 그리고 지원 프로그램 마련 등은 방파제나 부두 건설, 인공어초 구축 등의 인프라 구축만큼이나 중요합니다."

류청로 이사장의 제자로, 스승의 뒤를 이어 어촌 활성화 대책 마련에 부심하고 있는 김현주 선박해양플랜트연구소 연구위원이 맞장구치는 말이었다.

요컨대 류청로 이사장은 어촌정책의 근간을 '착한 하드웨어와 소프트웨어를 결합하는 휴먼웨어'에 두어야 어민을 중심으로 어촌과 바다를 살릴 수 있다고 주장한 것이다. 더 범위를 넓혀 그는 어업을 통한 부가가치의 창출과 어촌 주변 사회 인프라 확충, 사립학교의 어촌 유치, 쾌적한 어촌 경관 조성이 이루어져야 하고, 그래야만 젊은 귀어인들을 유치할 수 있다고 역설하기도 했다.

어민을 중심에 두자는 류청로 이사장의 의견에 박상우 한국해양수산개발원 어촌연구부 부장은 전적인 동의를 표했다.

"어민에 대한 지원이야말로 바람직한 수산 정책 방향입니다. 어촌공동체의 주역인 어민이 소득 증대와 삶의 질 제고로 '최저 국민수준'을 누릴 수 있도록 관계자뿐만 아니라 국민 모두가 함께 힘을 보태야 합니다."

그처럼 많은 아이디어를 제안했음에도 불구하고 정작 류청로

한국 어촌 활성화의 방향을 시사하는 사례인
경남 남해군 문항마을 앞 갯벌에서의 어촌체험 프로그램 ⓒ김정하

이사장이 한국어촌어항협회 이사장 취임 이래 힘써온 일은 달리 있었다. 어부들에게 글쓰기를 권한 것이었다.

"어부들에게 일기와 수상록에 자신의 애환을 담으라고 권해 왔습니다. 그렇게 내면을 들여다보며 성찰하노라면 자연히 어부로서의 자긍심도 높아지기 마련입니다."

실제로 이미 상당량의 원고를 모았다는 류청로 이사장은 그 원고들을 모아 책으로 출간한 후 일반서점에 배포하여 판매할 예정이라 했다.

"일본에서는 어부를 어사(漁師)라 부릅니다. 어부들의 책이 서점에 깔려 일반인들 사이에서 읽히다 보면 언젠가는 한국에서도 그들을 '뱃님'이라 부를 날이 반드시 올 것입니다."

류청로 이사장은 여전히 젊은 시절 자신을 어로학과로 이끌었던 『노인과 바다』를 떠올리는 듯싶었다. 그 소설 마지막 대목에서 노인이 사자 꿈을 꾸었듯 류청로 이사장은 어부들의 화려한 변신을 그려보고 있었다.

도움말씀 주신 분
김헌태 부경대 해양공학과 교수, 김현주 선박해양플랜트연구소 연구위원,
강윤구 한국항만협회 기준개발팀 팀장, 박상우 한국해양수산개발원 어촌연구부 부장

파도 곡선 그리는 손놀림, 21세기 '바다의 문명' 짓다

해양건축사 조형장

바다를 다시 만난다. 2022년 4월 잇달아 발표된 부산과 울산의 해상도시, 해저도시 건설 계획에 나라 안팎의 관심이 쏠렸다. 그것은 나누고 가르는 육지문명이 아니라 잇고 어우러지는 21세기 해양문명 시대에 어울리는 기획들이었다.

바다의 재창조, 해양건축에 뛰어들다

조형장 건축사사무소 '메종' 대표는 어려서부터 곁에 두고 보던 바다를 나이 36세가 되어서야 다시 만났다. 11년간을 건축사로 일하던 그가 뜻하지 않았던 '영도연안발전 장기플랜' 설계에 참여하게 되면서였다.

"해양도시의 건축사라면 응당 해양건축에 관심을 가져야 합니다."

그 말 한마디에 조형장 건축사는 뒷머리를 맞은 것처럼 강한 충격을 받았다. 때마침 IMF 위기와 매너리즘, 무기력에 빠져 있던 터였다. '해양건축 프로젝트'는 그에게 구원의 메시지와도 같았다. 그것은 바다의 발견이 아니라 발명, 혹은 재창조라 불러도 좋을 일이라 여겨졌다.

조형장 건축사에게 해양건축을 권한 이는 프로젝트 책임자였던 이한석 한국해양대 교수였다. 그는 조형장 건축사의 멘토가 되겠노라고 자처했고 그로부터 조형장 건축사는 '바다를 다시 만드는 일'에 뛰어들었다.

다행히 조형장 건축사가 곁에 두고 자란 부산 앞바다는 언제나처럼 그 자리에 있었다. 대구광역시에서 조경일과 도명자의 1남 2녀 중 장남으로 태어난 조형장은 부산으로 이주했다. 어린 시절은 다대포에서 게와 고동을 잡으며 보냈다.

무엇을 하든 부친의 열렬한 응원을 받던 조형장의 주특기는 만화 그리기였다. 그 밖에도 초등학교에서는 서예부, 중고등학교에선 미술부와 야구부, 그리고 대학에서는 사진반을 드나들 정도로 다방면에 관심이 많았다. 그중에도 중학교 시절 기술 선생님에게서 들었던 "대학에는 건축학과가 있다"는 말이 오랫동안 그의 뇌리에 남아 있었고 건축이 무엇일지 늘 궁금했다. 바라던 대로 동아대학교 건축공학과에 진학한 뒤 여러 과목을 접하고 실습을 해보니 과연 배우는 내용마다 모두가 신기하고 재미있었다.

건축학에 빠져든 조형장 건축사는 재학 중이던 1987년 부산 건축대전에서 '특선'을 수상하는 저력을 발휘했다. 건축사 자격증을 얻은 1995년 그는 30대 초반의 나이에 벌써 회사의 이사가 되어 있었다. IMF로 인한 고초도 겪었지만 자신감을 잃지 않은 조형장 건축사는 2000년 건축사무소 '메종'을 설립하면서 독립의 길을 택했다.

내처 마음을 다잡은 조형장 건축사는 늦깎이 대학원생이 되어 한국해양대 대학원 해양건축학과에 들어섰다. 그 학과는 1999년 한국에서 최초로 해양건축 전공을 개설하고 의욕적으로 해양건축 연구자를 배출하는 한편 실적을 축적해나가고 있었다. 조형장 건축사는 연구에 몰두하면서도 한국해양대와 일본대학이 공동으로 개최하는 국제워크숍에 참가하여 곤도 다케오 교수 등 해양건축 전문가들과의 토론을 통해 안목을 넓혔다.

하지만 모처럼 다시 만난 바다는 무척이나 실망스러웠다. 2003년의 〈국제신문〉 기획연재물인 '가고 싶은 해변' 기사 작성에 자문단의 일원이 되어 부산의 해변을 찾아다닌 소감이었다. 그 바다는 곳곳이 상가와 모텔에 점령된 채 쓰레기로 뒤덮여 있었고 항만과 시장, 군사시설은 시민들의 접근을 막고 휴식, 사색을 방해하기 일쑤였다. 절경을 훼손하고 전망을 사유화한 공간에서는 쾌적함과 심미성을 찾기는커녕 안전마저 보장받기 어려울 정도였다. 게다가 마구잡이식 골재 채취와 제방 건설, 간척사업으로 해안의 침식과 모래 유실, 생활환경 악화와 오염은 날로 심해지고 있었다.

이대로는 안 되겠다 싶었던 조형장 건축사는 해양건축의 모델을 찾고자 우선 일본으로 건너갔다. 기온이 30도가 넘는 여름 날씨에 발이 부르트도록 걸어 다니며 도처의 해양건축물을 둘러보았다. 특히 요코하마의 '미나토미라이21' 건설 현장과 도쿄의 구도심 해양개발 사업 현장은 놀라움 그 이상이었다.

요코하마에서는 바다와의 완충공간인 동시에 친수공간으로 조성된 해양공원에 개항기 적(赤)벽돌 창고와 첨단 랜드마크 빌딩으로 이루어낸 신구(新舊)의 조화가 눈길을 사로잡았다. 도쿄의 워터프론트 건설공사에서는 첫 번째로 뜬 삽질을 훗날 들어설 트램과 자기부상열차 설치의 순서와 절묘하게 일치시키는 작업 진행방식에 감탄을 금치 못했다.

내처 조형장 건축사는 유럽을 찾아갔다. 네덜란드와 독일, 스웨덴에서는 수상가옥이, 영국에서는 피어건축이 기다렸다는 듯 눈앞에 나타났다. 바다에 어우러지는 정취를 살린 그 건축물들을 보고 있자니 "가장 멋진 건축이란 자연에 녹아드는 것"이라던 건축가 김중업의 말이 저절로 떠올랐다. 조형장 건축사는 그동안 산적한 문제를 벗어나 새로운 해양건축에 도전하고 싶은 의욕이 한꺼번에 솟구치는 것을 느꼈다.

바다의 곡선미를 살려 토목기술과 조화를 이루다

지난 2022년 4월 21일, 감만동에 차려놓은 깔끔한 작업실에서 만난 조형장 건축사는 인터뷰 내내 손에 든 연필을 움직였다. 부지불식간에 떠오르는 아이디어를 종이 위에 옮겨놓는 '그

부산시 남구 감만동에 있는
건축사사무소 '메종'의 작업실에서
작업하는 조형장 건축사 ⓒ김정하

림으로 사고하기(Graphic Thinking) 훈련' 버릇이었다. 그즈음 그는 부산 연안의 송도부터 남항을 지나 영도 다리까지의 해역에 아트공원과 수상문화체험공간, 역사문화존 등을 만드는 '부산 남항 수변공간 계획 마스터플랜' 마무리에 한창 몰두하고 있었다.

그의 날렵한 손놀림을 따라 머리에 떠오른 해안선과 파도의 곡선, 바람의 움직임을 닮은 건축물의 형태가 지면을 채워나갔다. 직선과 곡선이 그어진 종이 위에 숲을 연상시키는 올리브그린과 함께 대지의 빛깔을 닮은 짙은 브라운 색깔로 악센트를 가하자 우아하고도 참신한 해양건축물 경관이 갖추어졌다.

그런 작업을 통해 그동안 조형장 건축사가 선보인 설계작품이 '부산 남천항 마리나복합시설 기본계획'과 '부산항 거점형 마리나 복합시설 마스터플랜', '북항 조형 등대 실시설계', 그리고 '광안리해수욕장의 소라화장실' 등이다. 그 작품들은 바다가 만

부산항대교 부근 '거점형 부산 하버마리나 항만개발 마스터플랜' ©조형장

들어낸 곡선을 잘 살리면서도 토목과 기술을 두루 조화시켜 안전성, 조형성, 기능성을 갖춘 해양건축이라는 주위의 극찬을 받았다. 드디어 2013년 조형장 건축사는 해양건축 관련 논문으로 박사학위를 받고 이론과 실무의 융합에 나섰다.

조형장 건축사는 부산대학교 우신구 교수 등과 공동으로 추진한 '행복한 도시어촌 청사포 만들기' 사업에서 주민, 공무원, 연구자들과의 성공적인 협치(協治)를 이루어내기도 했다. 이 사업은 어항시설을 설치하고 어촌경관을 보존하면서도 "커뮤니티를 회복하고 접근성, 인지성, 편의성을 증대한" 공로로 '2017 대한민국 국토경관 디자인대전'에서 대통령상을 받았다. 아울러 조형장 건축사는 부산건축사회 미래전략위원장을 비롯해 부산건축제 프로그래머, 건축사신문 편집주간으로도 맹활약을 펼쳤다.

랜드마크를 만들기에 부실한 법적 토대

하지만 조형장 건축사의 그런 열띤 노력에도 불구하고 주위에서는 아직 부산에 해양건축이 자리를 잡지 못했다고 안타까워했다. 조형장 건축사가 심혈을 기울여 설계한 '부산시 플로팅아일랜드 조성계획'부터 상당수의 작품들이 마스터플랜 단계에만 머문 채 현실에서 접할 수 없었기 때문이다.

그리고 보니 세계 각지의 해상종족은 바다 위에 해초로 집을 만들어 살아왔고 호주 시드니에는 조개껍질 모양의 오페라하우스가 세계인의 사랑을 받고 있다. 국내에서도 이미 서울에 '세빛둥둥섬'이 만들어졌고 제주에는 선상호텔이 들어섰다. 그런데도 명색이 '해양도시'를 자처하는 부산에는 이렇다 하고 내놓을 만한 상징적인 해양건축물을 찾아보기 어려운 게 사실이다.

지역의 해양건축 전문가들은 그 까닭에 대해 이런 비판적인 견해를 내놓았다.

"모처럼 해양건축의 기회가 와도 비전문가와 외지 건축가가 중구난방으로 의견을 내놓고 행정 기관이 간섭을 하고 나섭니다. 그로 인해 모처럼 해양건축을 펼쳐놓으려는 시도가 왕왕 좌절되고 왜곡되곤 합니다."

2022년 4월에도 부산시와 울산시는 앞서거니 뒤서거니 해상

도시, 해저도시 건설 계획을 발표했다. 전대미문의 이 건설 계획에 대한 나라 안팎의 관심과 반응도 "전에 없던 참신한 계획"이라며 제법 요란하고 뜨거웠다.

하지만 그런 요청과 기대, 계획에 비해 아직 한국에서는 해양건축을 추구할 만한 법적 토대부터가 부실하다. '건축물'을 "토지에 정착하는 공작물"로 보는 한국의 현행 건축법에 따르면 해상·해저 도시에는 지번(地番)을 부여하는 게 불가능하다. 그로부터 재산권이 발생하지 않으니 당연히 금융계나 산업계가 관심을 갖고 개발 자금을 지원하기도 어려운 것이다.

혹여 물에 떠우는 '플로팅 건축물'이라 해도 항만법, 공유수면관리법, 선박법을 총동원하여 적용해야 가까스로 '공유수면 점사용' 정도가 가능한 형편이다. 해양건축 전문가들은 그런 관련법 개정뿐 아니라 지역사회의 관심과 지원을 비롯한 인력 양성등의 과제가 그야말로 첩첩산중이라고 지적하고 있다.

해양건축으로 재창조될 미래의 해양도시 부산

그럼에도 불구하고 해양도시 부산의 시민들이 바다에 걸고 있는 기대에는 변함이 없었다.

"바다가 돌아왔다!"

지난 2022년 5월 5일 북항 재개발 현장의 시민휴식공간 일부가 개방되자 부산시민들이 터뜨린 환호성이었다. 그 소리에 '부산' 하면 '바다'를 먼저 떠올리곤 하던 외지인들은 아마도 의아했을 것이다. 해양도시 부산에 난데없이 바다가 돌아왔다니? 그러면 그동안 부산에서는 바다가 사라지기라도 했었다는 말인가?

아마도 그것은 지역정체성을 담은 그럴듯한 해양건축물을 랜드마크로 지닌 해양도시의 출현을 기대해온 부산 시민의 오랜 염원이 표출된 탄성이었을 것이다. 혹은 재개발이 진행 중인 북항의 어지러운 경관에 대한 비판의 목소리일지도 모르겠다. 충장로 일대에 벌써 난립하기 시작한 고층 건물로 인해 산복도로의 바다의 조망이 가려지면서 선박들의 길라잡이 역할을 하던 수정동 산마루의 도등(導燈)마저 보이지 않는다.

바야흐로 바다 재창조가 필요한 시점이다. 그래야 해양도시는 그에 걸맞은 정체성과 이미지를 갖추게 될 것이다. 땅을 나누고 가르는 육지 문명이 종막을 고한 오늘날, 높낮이 없는 연대와 화합이 요구되는 21세기 해양문명 시대에 어울릴 만한 조형물이 바로 해양건축이다. 시드니의 오페라하우스를 비롯해 요코하마의 미나토미라이21, 영국 해안의 피어 건축 등은 그 지역의 주민만이 아니라 방문객에게도 바다가 지니고 있는 상징적 의미를 유감없이 나누어 준다.

그러므로 전문가들 중에는 해양건축을 통한 해양문화 확산이 시급하다는 의견도 있다. 조형장 건축사에게 해양건축의 영감을 주었던 이한석 한국해양대 교수는 해양건축을 '시대적 소명'이라고 말했다.

"바다의 소중함과 가치를 재발견하고 워터프론트, 친수공간,

네덜란드 암스테르담 운하의 플로팅 주택
ⓒ수해양 문화공간을 위한 정주형 플로팅건축 설계기술 개발 연구단

해상·해중 주거 개발로 해양관광 활성화와 도시재구축을 이뤄야 합니다. 빈발하는 해수면 상승 등의 재난에서 연안도시를 지키기 위해서라도 해양건축 발전은 한시바삐 추구되어야 합니다."

이명권 한국해양대 교수 역시 부산에서 엑스포 등 거대한 규모의 행사를 유치할 경우 그 부지의 50% 이상은 해상에 마련해야 한다고 보았다. 따라서 해양건축 기술의 축적과 활용이 절대적으로 필요하다는 게 그의 주장이다. 아울러 이명권 교수는 녹과 부식의 염려가 없는 유리섬유 신소재(GFRP)의 함체(艦體) 개발 등이 해양건축을 신산업으로 부상시킬 것이라는 전망도 소개했다.

'신은 건축가를 창조하고 건축가는 건축으로 세상을 창조한다'는 말이 있다. 이제는 건축가가 바다를 다시 창조해야 할 때이다. 해상·해저 주거지나 인공섬만이 아니라 해저도시와 해저오락장, 해상 공장과 농장, 해저터널과 해저케이블, 해상교량, 해상공항 등의 건설 모두가 그 창조 영역에 들어갈 해양건축이다. 더구나 해역의 환경 파괴나 자연 훼손을 최소화하면서 그런 창조물들을 안착시키려면 전문가로서 해양건축사의 역할이 절대적으로 필요하다.

해양도시의 미래는 그렇게 재창조되어야 하기에 '해양건축 전도사'를 자처하는 조형장 건축사와 그 뒤를 뒤따르는 해양건축사들에게 거는 기대가 클 수밖에 없다.

도움말씀 주신 분

이한석 한국해양대 교수, 이명권 한국해양대 교수, 우신구 부산대 교수,
박창록 (주)OCEANIC 대표, 유상훈 애드아키건축사사무소 대표

미지의 심해에 발을 내딛다

해저로봇 개발자 이판묵

바다가 생소하긴 화성보다 더하다. 지구 표면의 70%를 차지하며 평균 수심 3,700여 미터인 전 세계 바다에서도 심해는 아직 미지의 영역이다. 한국인의 상상력은 『삼국유사』의 수로부인이나 구전설화의 별주부, 소설 속 주인공 심청이 다녀온 용궁에서 오래전 멈추어 있다.

실제로 바다의 수면 아래에서는 10미터마다 1기압씩 압력이 높아져 30미터 이하 물속부터는 인간 활동이 어렵다. 6,000미터 아래 엄지손톱 넓이에 무려 1톤의 압력이 가해지는 상황에서 사람을 대신해 임무를 수행할 수 있는 것은 오로지 해저로봇뿐이다.

6,000미터 심해 무인잠수정 개발을 주도하다

해저로봇 개발에 최근 박차를 가하고 있는 한국은 2007년 그 첫출발을 알리는 쾌거를 거두었다. 대전시 대덕연구특구에 있

2016년 서태평양 괌 인근 3,000미터 해저 탐사에 나선 무인잠수정
'해미래'가 바다에 투입되는 모습 ⓒKRISO

는 선박해양플랜트연구소(KRISO)의 이판묵 박사가 세계에서
네 번째로 무인잠수정 '해미래'를 개발해 해저 6,000미터에 내
려보냈던 것이다. 그러곤 그곳에서 해저로봇으로 하여금 열수
광상과 해저면 조사, 시료 채취, 생물 탐사를 성공적으로 수행
케 했다.

　그 시기를 전후하여 이판묵 박사는 수심 200미터에서 활동하
는 자율무인잠수정 '보람호'와 '이심이'를 비롯해 조류의 저항에
강한 기뢰 제거용 무인로봇, 수중 복합 이동로봇 '크랩스터' 등

의 핵심기술 개발에도 참여했다. 그것은 이판묵 박사가 KRISO
에서 근무한 38년간 주변의 평가에 초연한 채 오로지 해저로봇
의 기술 발전과 실용화만을 바라보고 일로매진해온 성과였다.

그가 해저로봇에 대해 펼쳐놓는 상찬(賞讚)은 잘난 자식을 둔
부모의 자랑 못지않다.

"해저로봇은 해저 관측을 비롯해 해저지형, 해저구조, 해저자
원, 해저환경을 조사하고 해저플랜트 설치나 해저파이프라인 검
사, 해저구조물 유지와 관리를 해낼 수 있는 능력을 두루 갖추
고 있습니다. 그뿐이 아닙니다. 해저에서 기뢰를 탐색하고 제거
하며 감시정찰이나 잠수함 대응작전을 펼치는 등 군사적 목적
과 재난 방지 등에 활용할 방안도 실로 무궁무진하고 다양합니
다. 특히 언젠가 자원이 고갈될 미래에 해저에서 원유나 천연가
스 자원을 찾아내려면 해저로봇의 도움이 절대적일 것이라 봅니
다."

해양구조물 연구와 해저로봇 개발에 뛰어들다

그처럼 바다를 상대로 해저로봇을 개발해온 이판묵 박사이지
만 그의 고향은 바다에서 먼 고장이었다. 충남 공주군 정안면에
서 이병식과 노옥자의 1남 3녀 중 장남으로 태어난 데다 초중고
12년의 학교생활을 모두 서울에서 보냈다. 어린 시절 나선형 기
어가 맞물리는 정치한 아름다움에 매료되었던 그는 한양대 기
계공학과를 택했다.

그런데 그는 대학 1학년이던 어느 날 부산의 앞바다를 찾았다가 하늘과 바다가 맞물린 듯한 해거름 녘의 풍경에 넋을 잃었다. 그 순간 문득 어린 시절 읽었던 쥘 베른의『해저 2만리』내용이 떠오르면서 자신도 언젠가는 미지의 세계인 바다를 탐구해보고 싶다는 생각을 갖게 되었다.

대학을 졸업한 후 한국과학기술원(KAIST)에서 석사과정을 마친 이판묵은 1985년 한국기계연구소 선박분소(현 선박해양플랜트연구소)에 발을 들여놓았다. 그러곤 해양공학연구실에 소속되어 해양구조물을 개발하는 연구에 참여하기 시작했다. 해양공학연구실은 그즈음 한국에 불어닥친 해저유전 개발 붐에 따라 심해의 유정(油井)을 찾으려는 요구에 응하기 위해 설치된 부서였다. 기계공학 전공자로서 해양구조물 개발에 참여한 이판묵 박사는 자연스럽게 기계공학을 주축으로 조선공학, 해양공학, 메카트로닉스공학, 컴퓨터공학 등이 두루 접목된 해저로봇에 관심을 갖게 됐다.

하지만 당시만 해도 한국에서의 해저로봇 연구는 아기로 치면 걸음마를 배우는 수준이었다. 이판묵 박사 역시 기왕에 KAIST에서 '진동 제어'로 석사논문을 쓰며 '휴보' 로봇을 개발한 오준호 교수에게서 지도를 받았지만 해저로봇에 관해서는 어디서도 배운 바가 없었다. 하지만 독학으로 관련 지식을 파고들면 들수록 이판묵 박사는 해저로봇을 연구하고 싶은 열망이 커져만 갔다. 주위로부터의 지지나 인정은 고사하고 인력부터 인프라, 예산은 물론 시험장비조차 부족한 상황에서 그는 매일 밤늦게까지 실험실에 남아 해저로봇 시제품 제작에 매달려 살았다.

어려움 끝에 만들어낸 해저로봇

그 결과 드디어 1988년 이판묵 박사는 잠수부의 역할을 대신할 원격조종 무인잠수정을 설계해 한국에서도 해저로봇 개발이 가능함을 입증해 보였다. 그러곤 다시 KAIST에서 박사과정을 밟으며 연구에 몰두해 1998년에는 「이산 슬라이딩 모드 제어 및 자율무인잠수정에의 응용」으로 박사학위를 받았다. 내처 그해에는 미국 하와이대학에서 10개월간 객원연구원으로 연구하며 업그레이드된 해저로봇 개발의 의지를 다졌다.

누구나 짐작할 수 있듯 해저로봇을 개발하려면 그에 맞는 소재부터 부품, 장비 등과 관련된 기술의 지원이 절대적으로 필요했다. 해저로봇 개발을 기상학과 해양학, 지리학, 지질학, 생물학, 물리학, 자원학 등 온갖 학문이 집약된 종합학문이라 부르는 까닭이다.

하지만 국내에서의 해저로봇에 대한 관심이나 기술 수준은 그런 필요와는 상당한 거리가 있었다. 예컨대 수심 6,000미터에서 작동시킬 심해무인잠수정을 개발하려면 고전압에 대용량의 전원변환기가 꼭 필요했다. 하지만 그 잠수정 개발에 나선 2004년 무렵에는 국내에 이를 제작하는 업체가 없었다.

연구선을 타고 해저로봇 탐사 작업에 나선 이판묵 박사 모습 ⓒKRISO

    이에 이판묵 박사는 유사한 제품을 개발한 미국의 연구소를 통해 제조회사에 제작을 의뢰했다. 그러자 "한꺼번에 1,000대 이상을 주문하지 않으면 만들어줄 수 없다"는 답이 되돌아왔다. 말인즉슨 '기술 유출의 위험을 무릅쓰고 한 대만 만들어주지 않겠다'는 뜻이었다. 이에 이판묵 박사를 비롯한 연구진은 부산에 있는 전원변환기 전문 업체를 찾아가 끈질긴 설득에 나섰고 마침내 온갖 어려움을 극복해가며 국내 최초로 수중용 전원변환기를 제작하는 데 성공했다.

    해저로봇의 기계 장치나 설비를 완벽하게 갖춘다 해도 이를 해저에 내려보내 탐사활동을 시키려면 온갖 조건이 들어맞아야 한다. 탐사를 시행할 해역을 정하고 해저지형과 해류, 기후 등 제반 환경을 파악해 치밀한 계획을 세워도 막상 로봇을 투입한 현장에는 예상치 못한 난관이 수두룩하다. 특히 한반도 주위의 해저는 빠른 조류와 탁한 시계(視界), 깊은 해저지형 등으로 해저탐사를 위협하는 악조건이 많기로 세계적으로도 유명하다. 그런 현장에 해저로봇을 내려보내려면 케이블의 긁힘과 꺾임, 파괴부터 누수로 인한 전자부품 손상, 작업 중 충돌로 인한 카메라나 라이트 손상 등 갖가지 사고가 발생할 수 있다.

그런 터라 해저로봇을 심해로 내려보내고 연구선에서 탐사를 진두지휘하는 이판묵 박사는 잠시도 긴장의 끈을 늦추지 못했다. 그를 돕는 연구원들은 24시간 동안 2교대로 쉴 수 있어도 이판묵 박사는 로봇이 작동하는 내내 모니터 앞을 지키고 있어야 했다. 옆에서 누가 쉬라고 권해도 현장의 상황이 궁금해 한시도 눈을 뗄 수 없었다. 그렇게 마음을 졸이다 다행히 로봇이 제대로 작동해 목표지점에서 해저 관측과 샘플 채집 등 임무를 무난히 마치고 귀환할 때면, 그 보람은 어떤 기쁨과도 비길 수 없었다.

전망 밝은 한국의 해저로봇 개발

2010년대에 들어서자 해양주권을 내세우며 해양자원, 해양영토, 해양관리를 위해 해저로봇을 개발하려는 국가 간 경쟁이 더욱 치열해졌다. 해양영토로서의 대륙붕의 범위가 국제법적으로 정해져 있음에도 그곳에서의 탐사나 개발, 군사 행위는 왕왕 해저로봇 등을 활용하는 기술이 좌우했다.

실제로 인류의 미래를 결정할 해저자원을 구하려 해도 매장량이 풍부한 해저광산 대다수는 수심 5,000미터 아래에 존재한다. 결국 해저자원의 탐사와 채굴, 운반, 정제에 필요한 기술과 자금을 지닌 나라만이 그 일을 해낼 수 있다. '바다를 제패하는 자가 세계를 제패한다'는 구호가 이제는 '해저를 지배하는 자가 세계를 지배한다'로 바뀔지도 모른다는 말이 현실이 되어가는 중이다.

2012년 중국은 심해유인잠수정 '자오룽'을 7,000미터 심해에 내려보내는 성공적 탐사 실적을 거두었다. 이는 일본의 '신카이 6500'이 세웠던 기록을 단숨에 깨버린 일대 사건이나 다름없었다.

이에 단단히 자극을 받은 한국도 본격적 유·무인잠수정 개발에 나서 연구에 박차를 가했다. 당연히 그 앞줄에는 이판묵 박사가 서 있었다. 그는 2008년 한국해양연구원 해양탐사 장비연구사업단 단장을 비롯해 2011년에는 KRISO 해양시스템연구부 부장, 다시 2020년에는 KRISO 해양시스템연구본부 본부장 등을 맡아 일하며 나라의 요구에 부응하고자 애썼다.

그렇게 이판묵 박사가 앞서 뛰는 동안 한국에서도 대학과 연구소, 기업에 포진한 해저로봇 연구자 수십 명이 해저로봇 기술의 연구와 확산에 나서기 시작했다. 그 인재들을 받아들인 국내 유수의 대학들은 KRISO, 한국해양과학기술원(KIOST), 한국로봇융합연구원, 한국생산기술연구원과의 협력에 기업과의 협조관계를 구축하여 전문기술융합에 속도를 냈다. 그중에서도 특히 산·학·연을 연계하여 다수의 프로젝트를 이끄는 KIOST의 구심점 역할이 도드라졌다.

2016년 서태평양 괌 인근 3,000미터 해저에서 채집한 광물자원을 분석하는 연구원들 모습 ⓒKRISO

그와 더불어 인공지능과 통신, 신호처리, 프로세서 기술 등 기술 발전이 조선해양 산업과 기자재 산업의 발달을 견인했다. 다시 그에 힘입어 대학, 연구소 등에는 다양한 시험이 가능한 수조와 해저환경 재현용 고압챔버, 연구조사선 등이 속속 갖추어졌다.

그렇기 때문에 이판묵 박사는 한국에서의 해저로봇 개발 전망이 매우 밝다고 확신하고 있다.

"국내 해양로봇 시장은 좁지만 세계를 향해 시야를 조금만 넓히면 기술을 적용할 영역은 무한 지경입니다. 특히 한국은 인공지능 개발과 빅데이터 활용, 자율운항시스템 개발 분야에서 앞서가는 전문기술을 지니고 있으므로 세계를 무대로 얼마든지 그 영역을 넓혀갈 수 있으리라 봅니다."

그 말처럼 최형식 한국해양대 교수가 KRISO와 함께 추진 중인 수중로봇의 상용화, 그리고 KIOST 주도로 해저 건설현장에 투입하기 위한 무인수중건설로봇 개발 등은 이 분야에서 주목을 받는 연구로 꼽힌다. 이와 더불어 김진환 KAIST 교수가 인공지능과 알고리즘, 자율제어 등 첨단기술을 해저로봇 개발에 적용하고자 추진 중인 연구도 각광을 받고 있다.

유선철 포항공대 교수는 그 모든 연구 개발 능력을 한층 높이기 위해서는 국가적으로 특단의 대책이 필요하다는 견해를 피력했다.

"해저로봇 개발은 아직 희귀분야에 속한다고 말할 수 있습니다. 이를 획기적으로 발전시키려면 세상에서 인기를 끄는 다른 과학기술들과의 과감한 융합이 이루어져야 합니다. 이를 위해서는 다른 무엇보다 공공영역에서 해저로봇을 활용할 목표를 세우고 그에 대한 막대한 투자가 우선돼야 합니다."

이판묵 박사가 38년간 치러낸 것은 오랜 인내와 기다림, 거칠고 힘든 난관이었다. 그 모두를 겪고 이룩한 해저로봇 개발의 전망이 비로소 밝아지자 그에게 건네는 주위의 평가도 점차로 후해졌다. 그것은 단지 "해저로봇 연구의 기틀을 다진 연구자"라는 찬사가 아니었다. 환갑을 훌쩍 넘긴 나이에도 시종일관 초심을 잃지 않고 해저로봇 연구에 몰두하는 이판묵 박사에게는 "언제나 개발 현장을 지키는 현역 과학자"라는 호칭이 따라다녔다. 그런 평가를 받는 이판묵 박사는 2008년 장보고대상 국무총리상을 비롯해 2010년 교육과학부장관상, 그리고 2021년에는 'KRISO인상'을 받았다.

이판묵 박사와의 인터뷰는 딱딱한 이미지에서 벗어나기 어려운 대전시 대덕연구개발특구 KRISO 연구실에서 진행되었다. 그런데 인터뷰가 끝나갈 무렵에 그는 문득 재미있는 말을 꺼냈다. 공학자에게서는 좀처럼 들어보기 어려운, 동화 속 주인공에 관한 이야기였다.

"저는 언젠가 해저로봇 기술을 접목시켜 실제로 살아 있는 것처럼 보이는 인어공주를 만들어보고 싶습니다."

그 한마디는 이판묵 박사가 왜 그토록 지난한 과정을 무릅써가며 해저로봇 연구에 몰두해 왔는가를 짐작게 해주는 설명이었다. 그것은 마치 그리스 신화에서 자신이 만든 조각상에게 애정을 느낀 조각가 피그말리온이 지녔던 것과 흡사한 꿈이었다. '인어공주'의 아름다움과 선량함, 열정이라는 바다 정령(精靈)의 품성은 인간이 바다와의 교감으로부터 얻고자 하는 바이기도 하다. 이판묵 박사는 어느덧 해양과학을 인문학적으로 구현하려는 꿈을 갖게 된 듯싶다.

따지고 보면 전화나 TV, 비행기와 잠수함 모두가 그런 신화나 전설 속의 꿈으로부터 얻은 아이디어를 구현해낸 발명품들이다. '인어공주'에 대한 이판묵 박사의 꿈 이야기를 듣고 보니 지금은

접근이 어려운 심해 역시 언젠가는 인류의 삶의 터전이 되는 날
도 머지않으리라 여겨졌다.

도움말씀 주신 분

최형식 한국해양대 교수, 유선철 포항공대 교수, 김진환 한국과학기술원 교수

블루오션 크루즈산업, 준비하는 자에게 열린다

크루즈 연구자 황진회

바다는 때로 낯설다. 17세기에 그려진 지도 '천하도'에서 바다 너머에 있다는 삼수국(三首國)이나 일목국(一目國), 여인국(女人國)만 낯선 게 아니다. 객실 1,500여 개를 갖추고 카지노에 연회장, 수영장 등과 함께 스케이팅, 골프, 암벽등반을 즐길 수 있는 크루즈선도 아직 한국인에게는 낯설다.

그 배를 타면 오대양에 흩어진 섬들과 빙하, 육대주의 해양도시와 아마존 오지, 남극을 찾아 나서는 이색여행에 가담할 수 있다. 운항하는 틈틈이 자동차 신차발표회나 아이돌 공연, 패션쇼 등이 펼쳐지는 '테마 크루즈' 프로그램도 다양하고 화려하다.

하지만 그 모두 한국인에겐 아직 먼 남의 나라 얘기다. 크루즈라 하면 대뜸 1912년에 벌어진 '타이타닉호' 침몰 사건이나 2020년 일본에서의 '다이아몬드 프린세스호' 코로나 선내 감염 사건부터 떠올리는 사람이 적지 않다.

2019년 한국과 중국, 일본, 러시아 노선을 운항하던 11만 4천 톤급의 중대형 이탈리아 크루즈선 '코스타 세레나호' ⓒ〈국제신문〉

국내 크루즈 관광의 빈약한 현주소

그래서인지 세계 조선 1위에 해운 7위라는 명성에 걸맞지 않게 한국 크루즈 관광객의 수는 중국은 물론 상대적으로 GDP가 낮은 대만이나 말레이시아보다도 적다. 무려 2,900만 명에 달하는 내국인이 해외여행에 나서 서비스수지 적자가 염려되던 2019년에도 마찬가지였다. 그 많은 아웃바운드 관광객 중 크루즈 관광에 나선 실제 수요는 5만 명뿐으로, 전체의 0.17%에 불과했다. 크루즈선의 인바운드 관광에서 얻은 실적도 초라하긴 마찬가지이다. 2016년 외국 크루즈선이 한국의 항구를 기항지로 택해 266만 명이나 되는 관광객을 실어 날랐지만 그 덕에 국내 관광업체가 얻은 실익은 적었다. 부산의 경우 한나절에 걸쳐 국제시장과 해운대를 안내하고 '반계탕'을 점심 메뉴로 내놓은 저가 관광이 고작이었던 것이다.

물론 한국에서도 나름대로 크루즈를 육성해보려는 시도나 노력이 없었던 것은 아니다. 2003년에는 폴라리스쉬핑사(社)가 크루즈선 '클럽하모니'를 띄워 부산을 모항으로 일본 후쿠오카와 벳푸, 나가사키를 돌아오는 노선을 선보인 바 있다. 이듬해인 2004년에는 팬스타사의 '팬스타드림호'가 부산에서 주말 원나잇 크루즈 운항에 나서기도 했다. 2012년에는 클럽하모니호가 일본 규슈를 돌아오는 재도전을 시작했고, 중국이 항로를 열어주지 않는 악조건 속에서도 무려 11개월간이나 운항을 이어갔다.

그러나 선사(船社)로서 엄청난 경비를 투자한 그 시도와 노력은 국내의 미미한 관심으로 인해 크루즈 붐을 일으키지 못했다. 다행히 2015년에는 「크루즈 산업 육성 및 지원에 관한 법률안」이 제정되면서 크루즈 전용 항만과 터미널이 연이어 건설되고 전문인력 교육도 함께 시작됐다. 지자체와 선사, 연구기관 등의 협조로 아시아 크루즈 리더스 네트워크(Asia Cruise Leaders Network, ACLN)를 운영한 제주도는 2016년 크루즈 방문객 100만 명을 유치하면서 '아시아 최고 기항지'에 선정되기도 했다.

크루즈 연구자 황진회

하이엔드 관광 크루즈 산업

국내 크루즈 산업 연구의 앞줄에 서 있는 황진회 한국해양수산개발원 부연구위원은 크루즈선 승선이 행복의 보증수표와 같은 체험이라 말했다.

"크루즈는 행복과 편의, 열광과 재미와 더불어 웰빙과 힐링 등 하이엔드(High-end) 관광을 보장하는 산업입니다. 실제로 크루즈선을 타보면 관광객을 물론 승무원과 연구자까지도 덩달아 행복해지는 분위기를 만끽할 수 있습니다."

국내 크루즈 산업 전문가인 조성철 한국해양대 교수가 크루즈 관광의 매력에 대해 내놓는 분석적인 견해는 좀 더 역동적이었다.

"크루즈선에는 승객들이 원하는 모든 것이 갖추어져 있고 원하는 곳이면 어디든지 갈 수가 있습니다. 그런 점들은 일정한 목적지보다 여기저기를 떠돌기 좋아하는 한국인의 유목민적 여행 스타일과도 잘 들어맞습니다."

일찍이 2006년 이래 황진회 위원은 그리스와 동남아, 중국 등지를 돌며 자신이 말한 대로 '행복 산업'에 매료된 크루즈 여행객과 승무원들을 두 눈으로 지켜봐왔다. 그는 크루즈 산업 연구를 시작한 후 매년 한두 차례씩 일본 도쿄나 요코하마, 중국 상하이나 베이징, 스페인 마드리드와 바르셀로나 등을 찾았다. 크루즈 산업의 발신지나 모항, 혹은 기항지에서 크루즈 관련 법과

부산광역시 영도구 국제크루즈터미널 앞에서 크루즈 산업의 미래를 설명하는
황진회 위원 ©김정하

제도, 시설, 정책 등을 조사하기 위해서였다.

현지에서 그는 일본 국토교통성이나 대만 항만청, 싱가포르
관광청 등을 방문하여 그 나라 관계자들과 함께 크루즈선의 한
국 유치를 위한 국제적 협력 방안을 논의했다. 그러는 사이 틈
틈이 '크루즈 관광산업 발전기반 조성방안'이나 '크루즈 산업
육성 종합계획' 등 연구프로젝트 15건을 수행하여 보고서를 발
표했다.

그처럼 관련 국가를 방문하고 연구를 진행할수록 황진회 위
원은 크루즈 산업이 조선과 선용품, 관광, 쇼핑, 엔터테인먼트

등 연관 산업을 이끄는 견인력과 후방연관효과를 갖고 있음을 확신하게 됐다. 예컨대 크루즈선에 승선한 승객 2,000여 명이 소비하는 1일분 식자재만도 해도 웬만한 백화점이나 마트의 하루치 판매량에 육박했다. 그에 비해 안정성 측면에서 육상교통 이용 여행 시 사고율 5만 분의 1, 항공기 여행 사고율의 160만 분의 1에 비해 크루즈 여행은 사고율이 625만 분의 1로 현저히 낮다는 연구도 있다.

한국에서는 오지 탐험이나 다름없는 일이 크루즈 산업 연구이지만 황진회 위원에게는 그다지 낯선 일이 아니었다. 초등학교 시절 보이스카우트 대원으로 경험한 캠핑이나 대학 재학 중 수시로 감행했던 지리산 등반의 연장과도 같았기 때문이다.

항공기 조종사에서 해운 분야 연구원으로

황진회 위원은 경남 고성읍에서 황종래와 허점년의 2남 2녀 중 둘째로 태어났다. 고성문화원 사무국장이었던 부친과 독실한 불교 신자였던 어머니 덕에 그는 사소한 일탈도 없는 반듯한 모범생으로 어린 시절을 보냈다. 하지만 그런 황진회 위원도 장차 하고 싶은 일은 달리 있었다. 향토문화에 조예가 깊었던 부친은 그가 공무원이 되길 바랐지만 그는 창공을 누비며 세계 각지를 오가는 항공기 조종사가 꿈이었던 것이다.

그런 황진회 위원의 꿈은 경상대 경제학과에 진학하여 사회과학을 배우고 역사학을 두루 섭렵하면서 연구자로 바뀌었다.

1996년 경상대 대학원을 졸업한 그는 해운산업연구원(현 한국
해양수산개발원, KMI)의 문을 두드려 해운 분야의 연구위원이 되
었다.

이후 오랜 기간 남다른 은근과 끈기로 연구실에서 수도승과
같은 '장좌불와(長座不臥)'를 주특기로 삼은 황진회 위원은 자신
의 전문 연구로 국무총리상과 해양수산부장관 표창장을 받았
다. 이어 그는 연구 영역을 넓혀 '남북 해양 협력'과 국내 최초
의 '북극 정책', 그리고 '크루즈 산업' 연구 분야로 발을 내디뎠
다. 따지고 보면 그 모두 생소한 분야로, 식구들마저 그가 북극
연구자로 소개되는 TV 뉴스를 보고야 그가 하는 일을 짐작했을
정도였다.

풀어야 할 과제가 산적한 크루즈 산업

그 가운데서도 '크루즈 산업'은 황진회 위원의 가족만이 아니
라 한국의 해양산업 연구자들에게도 낯선 분야였다. 그도 그럴
것이 한국에 있는 크루즈 전용 터미널 수 5개소는 일본의 100개
소, 중국의 30개소와 아예 비교 자체가 무의미하다. 크루즈 산
업 전문가들조차 아직도 국내 크루즈 산업의 갈 길이 멀다고 보
는 것도 무리가 아니다.

크루즈 산업에 관련된 문제를 구체적으로 살펴보자. 현행법이
내항과 외항을 철저히 구분하는 터라 크루즈선을 위한 항로의
지정이 어렵고, 크루즈선 내에서 면세품을 판매해도 되는지, 면

세유 구매가 허가되는지 등도 오락가락이다. 게다가 승무원의 하선에 대한 제약이나 신설 크루즈선에서의 카지노 영업이 불허된 점, 승객을 위한 무비자 입항에 대한 제한 등도 크루즈 산업 진흥을 위해 풀어야 할 과제들이다.

그런 터에 크루즈선에서 일할 전문인력의 양성 분야는 승선 근무에만 국한되어 있는데 그마저 국내 크루즈선이 부족해 승선 실습이 어려운 형편이다. 그 밖에도 지자체를 비롯한 관련 업계의 관심이 적은데다 크루즈 업무를 담당해야 할 해양수산부에조차 이를 전담하는 별도 조직이나 인력이 없는 형편이다.

다른 무엇보다 전문가들이 안타까워하는 건 국내에 국제적 규모의 크루즈선을 보유한 선사가 전무하다는 점이다. 이를 해소하자면 우선 세계적 기술을 자랑하는 국내 조선업체가 크루즈선을 만들어야 하는데 어느 회사도 선뜻 이를 시도하지 않는다.

이와 달리 크루즈 전문가들은 선가(船價) 덤핑 때문에 힘들어하느니 고부가가치 선박인 크루즈선 건조야말로 업계의 '블루오션'이 될 것이라 주장한다.

"조선사들로선 기왕에 해보지 않은 일이라 그렇습니다. 크루즈선 건조 경험이 부족하니 자신감도 부족하고 거액의 투자를 하기 부담스러울 수밖에 없지요. 대안은 정부가 나서는 길밖에 없습니다. 정부가 진정으로 크루즈 산업을 육성할 의지가 있다면 지금이라도 조선사를 위한 후순위 투자, 혹은 보증에 나서주

부산항에 기항한 외국 크루즈선에서 하선해 부산 관광에 나서는 승객들 모습
ⓒ〈국제신문〉

어야 합니다."

바닷물(Sea), 모래(Sand), 태양(Sun)의 3S만으로도 해양관광이 가능하다는 생각에 비하면 한국에서의 크루즈 관광은 아직도 극복해야 할 난관이 대단히 많다.

하지만 2023년 이후 한국 크루즈 산업이 맞이하게 될 미래 상황에 대해 심상진 경기대 교수는 낙관적이었다. 동북아 지중해의 한복판에 자리한 지정학적 강점 덕택에 한국의 크루즈 관광의 미래는 더없이 밝다는 것이었다.

"'동북아 지중해'라는 개념은 아마도 크루즈 산업을 위해 만들어진 것인지도 모릅니다. 언젠가 부산을 모항으로 금강산과 원산, 블라디보스토크의 항구를 기항지로 연결한 노선이 열린다면 전 세계의 크루즈선들이 몰려올 것입니다. 당연히 한국이 크루즈 산업의 리더가 돼야 하겠지요."

이에 덧붙여 황진회 위원은 최근 각광받고 있는 한국 영화를 비롯한 노래, 춤 등 이른바 'K-컬처'를 한국의 크루즈 산업에 접목시킬 구상을 가다듬고 있다. 미국에서도 1977년부터 9년간 방영된 드라마 〈사랑의 유람선〉이 크루즈 관광 붐을 일으켰으니 기대해봄 직한 아이디어다.

황진회 위원은 2019년 코로나19 사태 직전까지도 마이애미 크루즈 컨퍼런스 참가, 일본 국토교통성 크루즈 관계자 교육, 한·중·일·러 크루즈 전문가 협력체 조직 등을 위해 분주하게 뛰어다녔다. 코로나19로 팬데믹이 닥친 와중에도 아시아 크루즈 리더스 네트워크에서의 발표와 중·일 크루즈선 방역체계 관련 조사로 발걸음의 속도를 늦추지 않았다.

크루즈 산업의 미래를 위해 부지런히 움직이는 사람들

바다에서는 언제나 물때를 읽을 줄 아는 사람이 가장 바쁜 법이다. 코로나 팬데믹이 아직 끝나지 않은 2022년도 황진회 위원은 다른 어느 크루즈 전문가보다 바쁘게 보냈다. 그 이유에 대해 황진회 위원은 미래 전망을 낙관하는 만큼 마음이 바빠진 탓도 있지만 행여 물 들어올 때 노 저을 시기를 놓칠까 염려하기 때문이라 했다. 다른 한편으로는 크루즈가 1년 6개월쯤 후에 실현될 계획을 미리 세워두어야 해당 시점에 능동적 대처가 가능한 특성을 지닌 산업이기 때문인 듯싶었다.

황진회 위원과 함께 크루즈의 미래를 가꾸는 주역들도 그에 못지않게 부지런했다. 그중에서도 2018년 발족해 황진회 위원이 운영위원장을 맡고 있는 '(사)한국크루즈포럼' 회원들이 가장 활발하게 움직였다. 이 모임에는 손재학 전 해양수산부 차관을 대표로 조성철 한국해양대 교수, 주영렬 충남대 교수, 윤주 한국문화관광연구원 연구위원 등이 회원으로 참가하고 있다. 이들은 코로나19가 기승을 부리던 2021년 한 해에만도 온, 오프라인으로 세미나를 무려 11회나 개최했다.

그들 덕에 아직 한국인에게 낯선 크루즈도 필시 언젠가는 친숙한 레저활동의 무대로 다가올 것이 분명해 보인다. 실제로 2019년 코로나19 사태 발발 직전까지만 해도 세계적으로 크루즈선은 매년 15척씩, 관광객은 164만 명씩 증가하던 참이었다. 그래서 전문가들은 2023년 이후 아웃바운드 크루즈 관광객의 실제 수요가 15만 명, 인바운드 관광객은 40만 명에 달할 것이라 전망하고 있다.

때마침 글로벌 크루즈선사들이 홍콩이나 싱가폴을 모항으로 아시아에서의 운항 횟수를 늘릴 계획을 세우고 있다는 소식이 들려온다. 그에 더하여 크루즈 체험을 원하는 연령층이 고령층부터 청년층까지 다양해지고 각종 할인제도의 시행으로 승선요금이 줄어들 것이라 예상되고 있다. 오랜 가뭄에 시달린 크루즈 관광업계나 애호가들에게는 그야말로 반가운 신호가 아닐 수 없다.

도움말씀 주신 분

손재학 전 해양수산부 차관, 조성철 한국해양대 교수, 심상진 경기대 교수,
윤주 한국문화관광연구원 연구위원

35년간 극지 개척,
세종·다산·장보고기지를 짓다

극지연구 과학자 김예동

지구가 위태롭다. 기후 변화로 몸살을 앓는 터라 미주와 유럽, 아시아를 가리지 않는 혹한과 가뭄, 홍수 등 '극한기후 현상'이 인류를 위협하고 있다. 특히 해수면의 상승으로 수십 년, 어쩌면 수년 내에 전 세계 인구 40%가 주거하는 해안지대가 바닷물에 잠길지 모른다는 우려가 현실로 다가오고 있다. 남북극 중 남극의 얼음만 모두 녹아도 전 세계 해수면 58미터가 높아져 세계 각지의 해안선 70%, 한국에서는 부산과 서울, 인천이 물에 잠기리라는 우울한 전망도 제기된 바 있다.

안진호 서울대 교수는 지구 전체의 빙하와 온실가스의 상관성으로 이를 설명했다.

"태양 빛의 60%를 반사하는 남극과 북극의 얼음이 녹는 것이 가장 큰 문제입니다. 그러면 지구가 이산화탄소를 자정할 수 있는 능력을 잃게 되므로, 그로부터 걷잡을 수 없는 기후 이변이 발생하게 됩니다. 따라서 남극과 북극의 환경을 지키는 일이야

남극 빙원에서 연구 중인 김예동 박사 ⓒKOPRI

말로 인류의 생존을 지키기 위한 최우선 과제입니다."

　오늘날 남극과 북극은 온도 상승과 오존층 파괴, 생명 다양성의 훼손 등으로 신음하고 있다. 그 현상은 전 지구적 이산화탄소의 배출과 원인과 결과를 주고받는 악순환으로 되풀이되고 있다. 이미 1972년 유엔은 스톡홀름에서 인간환경회의를 개최하여 인간환경선언을 통과시키고 인류환경행동계획을 제정하여 '인류 환경'이란 개념을 제기한 바 있다.

　한국을 대표하는 극지연구자 김예동 박사는 인구수는 세계 29위인데도 세계 9위의 탄소 배출국인 대한민국 역시 그 책임에서 자유롭지 않다고 힘주어 말했다.

"이산화탄소 배출로 인한 지구온난화는 해안가에서 살아가는 인류의 절대다수 중에서도 특히 빈곤층을 위협합니다. 환경 수호라는 인류 공영의 가치를 위해 모두가 노력해야 하며 그중에서도 극지 연구에 나서야 할 필요성이 그 어느 때보다 절실합니다."

'남극 조약협의 당사국회의'와 '기후 변화에 관한 정부 간 협의체', '유엔 기후변화 협약'를 자문하는 국제남극연구과학위원회(SCAR)의 막중한 임무를 담당한 그의 말에는 엄청난 무게가 실려 있었다. 김예동 박사는 2021년 아시아인으로선 최초로 SCAR 의장으로 선임되어 3년째 일하고 있다.

2022년 10월 중순, 제네바에서 열렸던 과학외교포럼에서 돌아온 김예동 박사를 인천 송도에 있는 극지연구소에서 만났다. 남극과 북극 기지 건설에 일생을 바치고 여생을 후배들의 연구에 대한 후원과 국제무대에서의 '과학 외교'에 바치겠다는 그는 여전히 의욕과 힘이 넘쳐 보였다.

유학 시절, 미지의 남극에 매료되다

김예동 박사는 서울 돈암동에서 언어학자인 김방한 서울대 교수와 고창희의 4형제 중 셋째로 태어났다. 어려서부터 혼자 내면으로 침잠하기를 즐기는 성격이었지만 남이 모르는 미지의 세계에 대한 호기심과 동경도 무척 강했다. 특히 기계나 기구의 구조와 기능에 대한 관심이 커서 라디오를 비롯해 집 안에 있는 기계란 기계는 모조리 뜯어 속을 들여다봐야 직성이 풀렸다.

서울고를 나와 서울대학교 학부와 대학원의 지질학과를 졸업한 김예동 박사는 미국 루이지아나대 유학생이 되어 나름대로 치열하게 연구에 몰두했다. 그런 그는 1983년 말 그 대학 교수로부터 뜻밖의 제의를 받았다. 남극 연구에 참가해보지 않겠냐는 권유였는데 한국인으로선 생전 상상도 못 해본 연구 테마였다. 그 연구에 걸린 장학금도 적지 않았지만 미지의 세계에 대한 연구라는 매력이 김예동 박사를 강하게 잡아끌었다.

하지만 그 계획을 전해 들은 김예동 박사의 부모는 필사적으로 반대하고 나섰다. 그해 9월 1일 대한항공 007기 조종사였던 김예동 박사 바로 위의 둘째 아들을 소련 영토인 사할린섬 상공에서의 사고로 잃어버린 직후였다. 그런 판국에 셋째 아들마저 남극이라는 험지로 보내고 싶지는 않았던 것이다.

게다가 남극은 1819년 러시아 황제의 명령에 따라 벨링스하우젠이 처음 남극권 바다의 항해에 나선 이래, 실로 오랜 세월 동안 노르웨이의 로알 아문센과 영국의 로버트 스콧 등 백인들이 독점해온 탐험의 무대였다. 1911년 남극 탐험에 나서 괄목할 성과를 거두었던 일본인 탐험가 시라세 노부가 평생을 두고 싸웠던 것도 지원이나 장비의 열악함만이 아니었다. "그건 부유하고 체질이 강한 서양인들의 놀이"라는 일본 내부에서의 편견이 수시로 그의 발목을 잡았다.

하지만 김예동 박사는 결국 남극 연구에 나서기로 결정을 내렸다. 그러곤 처음 발을 디뎌본 그 순백색과 청색의 얼음대륙에서 뜻밖에도 왕성하게 살아 숨 쉬고 있는 활화산과 생명체들에 매료되었다. 이후 40년의 인생 역정을 거치면서 그는 "한 번 남극에 온 사람은 반드시 다시 오게 된다"라는 이른바 '남극 괴담'의 주인공이자 증인이 되었다.

1987년 루이지아나대에서 지구물리학으로 박사학위를 받은 김예동 박사는 마치 그를 기다리고 있었던 듯한 조국의 부름을 받았다. 그 무렵 막 남극 연구를 시작한 대한민국의 '유치 과학자'로 귀국하여 한국해양연구소(현 한국해양과학기술원) 극지연구실 연구원이 된 것이다. 이후 35년 직장 생활을 하는 동안 처음에는 12개월, 다음에는 13개월에 걸친 두 차례 월동 기간을 포함해 모두 7년이라는 긴 시간을 남극, 혹은 북극에서 보내며 극지연구에 일로매진해왔다.

대한민국에서 극지를 연구해온 내력은 그 자체가 개척사였다. 1987년 남극 세종과학기지 건설에 나선 H건설의 작업은 시쳇말로 '맨땅에 헤딩'이었다. 국내와 중동에서는 수많은 건설을 해냈지만 영하 40도 이하의 동토(凍土)에서 공사를 해본 경험은 전무했던 것이다. 현지 정보는 고사하고 연구진이나 공사담당자가 어떤 작업복을 입어야 할지도 몰라 김예동 박사가 직접 청계천 피복공장에 가서 재질을 골라 주문을 넣어야 했다. 하지만 놀랍게도 그렇게 시작해서 밀어붙인 역사(役事)의 결과는 세계 도처에서 한국인들이 일구어낸 기적처럼 대단히 성공적이었다.

북극 다산기지 건설을 주도하다

2002년 김예동 박사가 KIOST 극지연구본부장으로 취임해 앞에서 이끈 북극 다산과학기지의 건설 역시 기적에 가까웠다. 북극에서 기지를 건설하려면 우선 국제북극과학위원회(IASC)에 가입해야 했고, 그러자면 북극을 과학적으로 연구한 기존 연구 실적 상당량이 있어야 했다. 하지만 국내에 북극 전문가가 손으로 꼽을 형편인 터에 그런 많은 연구성과는 없었다. 그로부터 3년 전인 1999년 김예동 박사와 강성호 현 극지연구소장이 중국 쇄빙선 쉐룽호에 동승해 연구한 논문 정도가 고작이었다.

급한 김에 김예동 박사는 북극과 조금이라도 연관성이 있는 논문을 모두 검색한 후 한국 과학자의 이름이 들어간 연구자료를 모아 제출하는 궁여지책을 마련했고, 다행히 한국은 그 자료에 힘입어 IASC 가입에 성공했다. 그에 덧붙여 뒤늦게나마 한국이 정부 차원에서 '스발바르 조약'에 가입하겠으며 이를 전제로 장래에 스발바르에 기지를 설치하여 장기 연구에 나서겠다는 구상도 북극 관련 국가들로부터 인정을 받았다.

그로부터 부랴부랴 북극기지를 마련하는 일에 나선 한국은 2002년 노르웨이령 스발바르 제도의 뉘올레순에 다산기지를 개설할 수 있었다. 그리고 그 덕에 한국은 2008년 북극이사회에 옵저버로 참여하면서 당당히 북극권 이해 당사국 중 한 나라가 되었다. 그 결과는 북극기지 개설에만 매달리느라 부친의 임종조차 지키지 못한 김예동 박사에게 다소나마 위안을 안겨주었다.

제2장보고과학기지 건설단장으로서의 성과

2004년 KIOST에 부설된 극지연구소 초대 소장이 된 김 박사는 극지연구를 궤도에 올려놓는 일에 박차를 가하는 한편, 아시아극지과학포럼(AFOPS)을 창설하였다. 한국이 의장국이 되고 김예동 박사는 그 초대 회장을 맡아 동분서주했다.

김예동 박사는 다시 2009년 남극에서의 제2기지 건설 계획을 추진할 건설단장을 맡아 험난한 사업 일정에 뛰어들었다. 정작 큰 장벽은 한국의 제2기지 건설에 우호적인 '남극조약 협의 당사국회의' 회원국이 아니라 "남극에 왜 기지가 둘씩이나 필요하냐?"는 국내 여론의 몰이해였다. 그런 국내 여론을 돌려세우기 위해 김예동 박사는 수시로 언론을 통한 인터뷰에 나서는 한편 발이 닳도록 예산처를 드나들었다.

김예동 박사는 남극 주변부에 머물며 기후를 연구하는 정도가 아니라 남극대륙 안으로 파고들어 가 제2기지를 건설해 빙하와 대기, 생물, 운석에 대해서도 연구해야 할 필요성을 관계자들에게 역설했다. 아울러 크릴새우, 메로 고기 등 수산자원과 석유, 가스 등 장래에 활용이 가능한 부존자원의 가치도 결코 적지 않음을 강조했다.

그런 노력과 우여곡절 끝에 드디어 장보고과학기지 건설 계획이 확정되었다. 그렇게 비로소 한국도 극야(極夜)와 백야(白夜)를

장보고기지 전경 ⓒ〈국제신문〉

함께 관찰할 수 있고, 영하 40도와 초속 65미터의 강풍에도 연구가 가능한 친환경적인 시설을 갖게 되었다.

하지만 아무리 완벽한 시설을 갖춰도 남극기지에서의 월동 생활에는 고통과 위험이 뒤따른다. 1960년대처럼 마취도 없이 맹장 수술을 해야 하는 일은 피할 수 있게 됐지만 24시간 내내 계속되는 어둠과 눈 폭풍인 블리자드에 갇혀 지내는 동안의 고독과 불안은 어쩔 수 없다. 그걸 이겨내려다 보니 상대의 언어를 전혀 알아듣지 못하는 중국인과 한국인이 마주 앉아 밤새도록 방백을 주고받는 웃지 못할 일마저 벌어진다.

1996년에 김예동 박사는 빙원의 크레바스에 빠졌다 구사일생

북극해에 떠 있는 빙산의 모습 ⓒ〈국제신문〉

으로 구출되었고 급기야 2003년에는 불의의 사고로 전재규 대
원이 목숨을 잃는 일이 벌어졌다. 그런 상황에서는 대원들을 다
독이며 분위기를 화목하게 이끄는 월동대장 김예동 박사의 부
드러운 카리스마가 한껏 빛을 발했다. 다행스럽게도 1990년대
까지는 위성전화와 편지에만 의존하던 외부와의 소통이 2000년
대 들어와선 위성통신과 인터넷을 사용하면서, 대원들은 가족이
나 지인과 자유롭게 통화를 할 수 있게 되었다.

　그런 고생을 감내한 덕에 한국의 연구진은 3백 년간 쓸 수 있
는 대체 연료 '가스 수화물'을 발견하는 쾌거를 이룩했고 남극
으로 날아든 운석을 꾸준히 채취하여 세계 5위의 운석보유국으

로 이름을 올렸다. 나아가 남극 빙붕(氷棚) 몇천 미터 아래에서 시추한 빙하 속의 공기와 물을 연구해 고(古)기후와 장기적인 기후 변화를 분석하기도 했다. 또, 자외선에 강한 생물체에서 항산화물질 '라말린'을 추출해 화장품 제조에 활용하는 방법을 개발했고 영하의 수온을 견디는 물고기로부터 부동액을 채취하여 상용화의 길을 열어놓았다.

그렇게 이어져온 극지연구 현황에 대해 김종덕 해양수산개발원 원장은 전문지『극지와 사람』2022년 최근호에서 이렇게 밝혔다.

"이젠 '극지활동진흥법'을 근거로 극지연구에 관한 체계적이고 통합적인 정책 추진이 가능하게 됐다."

다만 한국의 극지연구에는 장기적 거시적 안목에서의 대규모 투자와 외교적 후원, 구체적 현장연구 지원이 여전히 숙제로 남아 있다. 전문가들은 이를 해결하려면 극지연구소를 극지연구원으로 확대하고 제2쇄빙선 건조에 맞춰 북극항로에 기대가 큰 부산에 분원이 설치돼야 한다고 입을 모았다.

K-루트의 발판, 남극 제3기지 추진

그러나 남극과 북극에 기지를 개설한 한국의 도약은 세계인을 놀라게 했다. 2011년에는 한때 극지연구를 위해 러시아 쇄빙선을 빌려 쓰던 나라의 쇄빙선 아라온호가 김예동 박사의 지휘를 받아 러시아 어선을 구조하는 일을 해냈다. 다시 2021년에는 김예동 박사가 추진하던 'K-루트' 1,740킬로미터 개척에 성공함으로써 남극대륙 한복판에 제3기지를 건립할 수 있는 기본계획의 바탕을 다졌다.

그러한 업적이 지닌 의미에 대해 이용희 한국해양대 교수는 이런 말로 찬사를 보냈다.

"김 박사님의 연구는 한국도 인류의 미래를 위해 노력한다는 사실을 국제사회에 널리 알리는 일이었습니다."

그런 거창한 임무를 위해 김예동 박사는 대한지구물리학회 회장을 비롯해 남극로드맵도전 프로젝트 공동의장, 일본 극지연구소 초빙교수 등을 역임하며 동분서주했다. 그러는 동안 저간의 공로를 인정받아 2005년에는 '닮고 싶고 되고 싶은 과학기술인'으로 선정되었고 2014년엔 대한민국 과학기술훈장 웅비장을 받았다.

막상 김예동 박사 자신은 극지연구라는 역사(役事)의 첫 주자가 되어 연구에 초석을 놓은 자신의 역정을 이렇게 술회했다.

"한국에서 처음으로 극지에 발을 디뎠다는 사실이 저에게는 행운인 동시에 엄청난 부담이기도 했습니다."

김예동 박사의 개척정신에 대해 홍성민 인하대 교수는 이런 특별한 의미를 부여했다.

"김 박사님이 해오신 극지연구는 연구 영역의 확대만이 아니라 대한민국의 영토를 한반도 밖에서 넓혀온 업적입니다."

그것은 김예동 박사가 자신의 저서 『남극을 열다』에 고딕체로

눌러쓴 말과 정확하게 일치하는 내용이었다.

"극지 개척이야말로 국가의 과학기술을 발전시키는 동시에 민족의 활동 영역을 세계로 넓히는 길이다."

도움말씀 주신 분

이용희 한국해양대 교수, 홍성민 인하대 교수, 안진호 서울대 교수, 이상헌 부산대 교수

나는 바다로 출근한다

초판 1쇄 발행 2023년 11월 15일
    2쇄 발행 2024년 10월 2일

지은이 김정하
펴낸이 강수걸
편집 이혜정 강나래 오해은 이선화 이소영 김효진 방혜빈
디자인 권문경 조은비
펴낸곳 산지니
등록 2005년 2월 7일 제333-3370000251002005000001호
주소 부산시 해운대구 수영강변대로 140 BCC 626호
전화 051-504-7070 | 팩스 051-507-7543
홈페이지 www.sanzinibook.com
전자우편 sanzini@sanzinibook.com
블로그 sanzinibook.tistory.com

ISBN 979-11-6861-190-0 03810